HÖLLISCHE BEGIERDEN

KÖNIGIN DER VERDAMMTEN

MAGIE DER VERDAMMTEN UND GÖTTLICHE
SCHICKSALE BUCH 3
BUCH DREI

KEL CARPENTER

Übersetzt von
TATJANA BECIJOS

»Stehst bloß da und siehst mir beim Verbrennen zu. Aber es ist okay, weil ich mag, wie es wehtut.«

»Just gonna stand there and watch me burn / that's alright because I like the way it hurts.«

~ Eminem und Rihanna, *Love The Way You Lie*

ICH STAND IN FLAMMEN.

Zumindest fühlte es sich so an, als ich mich von der Glaswand abwandte, die ganz New Orleans in Szene setzte. Die Stadt der Toten. Wir standen vor den verdammten Toren der Hölle und was passierte?

Ich leitete meine Verwandlung ein.

Wie lange hatte Rysten gesagt, dass ich Zeit hätte, bevor es richtig losging? Achtundvierzig Stunden? Und was dann?

Ich zitterte und das lag ganz sicher nicht daran, dass mir kalt war. Zur Hälfte war ich Sukkubus und zur Hälfte ... Bestie. Vor der Verwandlung hatte ich *Blue Ruby Ink* niedergebrannt. Ich hatte Laran *und* Moira gebrandmarkt. Ich hatte die Seele des Alptraum-Kobolds vernichtet. Und ich war nahe dran gewesen, sämtliche Reiter zu ficken. Zumindest alle, bis auf einen.

Was würde ich also während der Verwandlung tun? Wäre ich überhaupt ich selbst – oder die Bestie?

Ich seufzte schwer und fuhr mir mit einer verschwitzten Hand durchs Haar.

Das alles setzte voraus, dass ich bis dahin nicht spontan in Flammen aufging.

»Alles in Ordnung, Liebes?«, fragte Rysten und holte mich in die Realität zurück. Ich blinzelte den Nebel weg und sah ihn im Türrahmen stehen.

»Du sagtest, ich hätte achtundvierzig Stunden Zeit. Was passiert dann?«, fragte ich, während meine Kehle bereits trocken und kratzig war. Ich machte noch einen Schritt auf ihn zu und blieb abrupt stehen, als ich eine Veränderung in der Luft spürte. Sie war kaum wahrnehmbar. Seine Augen weiteten sich, er schloss sie und atmete tief ein.

Und als er die Augen öffnete, war er nicht mehr der Rysten, den ich kannte und mochte.

Ich blinzelte, als sich ein Nebel um ihn legte. Auf seiner Haut bildeten sich weiße Flecken. Sie sammelten und verdichteten sich langsam und fielen um ihn herum wie Schnee ... oder Asche. Seltsam schön. Und erschreckend.

»Siehst du das ...« Ich verstummte, als er einen weiteren erschütternden Atemzug nahm. Er ließ ein Stöhnen verlauten.

»So süß«, murmelte er.

Ich runzelte die Stirn und kniff die Augen zusammen. Der Nebel bewegte sich und wirbelte um ihn herum, drehte sich und pulsierte im Gleichklang mit etwas. *Seinem Herzen.*

»Was passiert dann?« Diese drei kleinen Worte klangen viel verführerischer, als ich es für möglich gehalten hätte. Ich trat einen Schritt näher und Rystens Augen verdunkelten sich von Grün zu fast Schwarz, aber nicht vor Wut. Sondern mit ...

»Entweder deine Sukkubus-Natur oder die Bestie wird die Oberhand gewinnen. Möglicherweise auch beides.«

Seine Zunge schoss heraus und leckte über seine Unterlippe. Die Hitze in mir wurde immer intensiver. Schon bald würde ich Gefahr laufen, ohnmächtig zu werden. Vielleicht war das auch besser so, wenn man berücksichtigte, wie Rysten mich ansah.

»Und dann?«, fragte ich heiser, meine Stimme nicht mehr als ein Flüstern. Er lächelte, aber es hatte nichts Jungenhaftes oder Niedliches an sich. Seine Augen hatten einen wilden Ausdruck angenommen, den eines Raubtiers, das nur ein Ziel verfolgte.

»Du wirst dich stärken müssen.« Er machte drei Schritte auf mich zu, bevor mein Gehirn begriff, was er tat. Der Nebel begann bereits wieder zu verschwinden. Die pulsierende Hitze in mir führte mich zu ihm. Auf ihn zu.

»Was tust du da?«, flüsterte ich durch rissige Lippen. Meine Beine zitterten, je näher er kam, und ich war mir nicht sicher, ob es die Anstrengung oder das Verlangen war. Trotz seines furchteinflößenden Zustands war ich nicht in der Lage, echte Angst zu empfinden. Er würde mir nicht wehtun.

Rysten überwand die Distanz zwischen uns mit bedächtigen Schritten. Als er vor mir stand, waren seine Augen völlig schwarz. Keine Spur von Farbe in ihnen.

Ich biss mir auf die Lippe und bekämpfte gleichzeitig den Drang, mich an ihn zu lehnen und in Ohnmacht zu fallen. Rysten machte mir die Entscheidung leicht, indem er einen starken Arm um meine Taille schlang. Er umfasste meine Hüfte und seine krallenartigen Finger bohrten sich in die Haut unter meinem dicken Pullover. Ich stieß ein leises Stöhnen aus und atmete tief ein.

Sein Duft traf mich wie ein Güterzug und ich krallte meine beiden Hände in den Stoff seines Hemdes. Rysten verstand das als die Einladung, die er brauchte. Er griff mit der anderen Hand nach oben, vergrub sie in meinem Haar und zog meinen Kopf nach hinten. Mein Körper wurde unter seiner Berührung zu Wackelpudding, während das Brennen in mir außer Kontrolle geriet und nach einer Art Erlösung suchte.

Er senkte seine Lippen auf meine und jeder Gedanke verschwand.

Ich konnte nicht denken, spürte nichts außer seinen Lippen, die mit meinen verschmolzen. Er küsste mich so leidenschaftlich, dass ich von Lust überwältigt wurde. Verzehrt von ihr.

Deshalb überlegte ich nicht lange, als er einen Arm von meiner Taille auf meinen Hintern rutschen ließ und mich hochhob. Ich schlang meine Beine um ihn, ohne dass er es mir sagen musste. Die harte Beule in seiner Hose rieb gegen meinen Körper und versetzte mich in einen Rauschzustand.

Ich legte meine Hände auf seine Schultern und genoss die harten, straffen Muskeln, die ich dort spürte. Meine Finger berührten seinen Kragen und glitten dann unter sein Hemd, bevor mich meine Ungeduld übermannte. Ich umschloss den dicken Stoff und zog daran. Knöpfe knallten, als ich sein Hemd in der Mitte zerriss. Meine Hände glitten über die glatte Haut seiner Brust. Er knurrte zustimmend, was meinen Magen zum Flattern brachte. In meinem Inneren loderten die Flammen noch heißer.

Mein Rücken berührte kühles Glas und mein Kopf wurde gerade klar genug, um zu wissen, dass das nicht normal war. Ich war vielleicht öfter erregt, als ich zugeben wollte, aber normalerweise fiel ich nicht innerhalb von zwei Sekunden über jemanden her. Ich löste mich aus unserem Kuss, um Luft zu holen und ihn zu fragen, was zum Teufel los war. Rysten nutzte diese kurze halbe Sekunde, um sich an mir zu reiben und eine köstliche

Serie von Küssen und Bissen an meinen Hals zu hinterlassen.

Ich ließ meinen Kopf nach hinten fallen und lehnte mich an das Glas, während ich meinen Rücken krümmte, um ihm besseren Zugang zu *allem* zu geben, denn in diesem Moment war nichts anderes wichtig. Nur das Brennen in und zwischen uns, das mich in einer verschwommenen Realität festhielt, in der das Einzige, was Sinn machte, seine Haut auf meiner war.

»Was zum ...«

Die plötzliche Unterbrechung war laut genug, um wahrgenommen zu werden, aber sie reichte nicht aus, um die glühende Hitze zu durchdringen, die mich erfasst hatte. Eben noch war ich gegen das Glas gepresst gewesen, im nächsten Moment befand ich mich auf Händen und Knien.

Ein wildes Knurren entwich meinen Lippen, als ich zu den beiden Reitern aufblickte, die Rysten zurückhielten, welcher meinen Blick mit seinen pechschwarzen Dämonenaugen fixierte.

»Du bist ein verdammter Idiot«, fauchte Krieg ihn an. Er versuchte, Rysten in den Schwitzkasten zu nehmen, und Tod ließ ihn gewähren. Ich stieß selbst ein warnendes Knurren aus, als die Empörung von mir Besitz ergriff, und handelte. Mir war gar nicht bewusst gewesen, dass die Bestie mich dazu anstachelte, bis ich Julian aus dem Weg schob und Laran eine Ohrfeige verpasste.

Ich blieb wie erstarrt stehen, als sich der Nebel wieder lichtete und sich in meinem Magen ein Gefühl der Angst breitmachte. Laran stand stocksteif da und starrte mich an, während er Rysten wie ein Bleigewicht fallen ließ. Die tranceartige Lust, die ihn scheinbar überkommen hatte, löste sich in dem Moment, als er auf dem Boden aufschlug. Seine Augen klärten sich und wurden wieder leuchtend dunkelgrün, während sich der elfenbeinfarbene Nebel um ihn herum verflüchtigte.

Ich schüttelte den Kopf und versuchte, mir einen Reim auf die Verrücktheit zu machen.

»Ruby, Liebes, es tut mir so leid ...« Seine Entschuldigung wurde unterbrochen, als Laran ihm gegen den Kopf trat.

»Hey«, schnauzte ich Laran an und die Wutspirale, mit der alles angefangen hatte, kam wieder zum Vorschein. »Was zum Teufel, Laran?« Meine Fäuste ballten sich wie von selbst, aber ich hielt mich davon ab, zuzuschlagen.

»Ruby«, sagte Julian in einem trügerisch sanften Ton, »ist dir klar, dass deine Hände in Flammen stehen?«

Ich wagte einen Blick auf meine Hände und sah, dass sie tatsächlich von blauem Feuer verzehrt wurden. Die Flammen loderten meine Arme hinauf, bis zu meinen Ellbogen, aber sie brannten nicht.

Ich schluckte erneut schwer und biss die Zähne zusammen, um das Feuer zum Erlöschen zu bringen.

Natürlich war das nicht so einfach.

Zuerst passierte nichts. Die Flammen schrumpften nicht, aber sie wuchsen auch nicht. In gewisser Weise nannte ich das einen Sieg. Denn fast jedes Mal, wenn ich die Flammen eingesetzt hatte, war entweder jemand gestorben oder ein Gebäude abgebrannt. In gewisser Hinsicht war es also eine Verbesserung, wenn nichts passierte.

Bis sich meine Kleidung entzündete.

»Verdammt noch mal«, stöhnte ich und wandte mich an die Bestie in mir. Sie löschte die Flammen, ohne mich dazu zu bringen, zu betteln, aber das bösartige Lächeln, das daraufhin folgte, entging mir nicht. Die Bestie wusste, was hier vor sich ging. Dass ich in absehbarer Zeit kaum noch Kontrolle haben würde.

In ein paar Tagen würde es niemanden mehr geben, der sich wirklich zwischen die Bestie und die Welt stellen könnte.

Niemanden außer den Reitern zumindest.

Vermutlich war es gut, dass sie genau dafür geschaffen worden waren, denn auf mich aufzupassen, wurde zu einem Vollzeitjob.

2

Wütend trat ich um Laran herum und schritt den Flur entlang. Moira stand vornübergebeugt in der Tür und lachte so heftig, dass sie zur Seite schwankte und mit mir zusammenstieß. Ich verdrehte die Augen, packte ihren Arm und zog sie hinter mir ins Schlafzimmer, bevor ich die Tür zuschlug. Das würde die Reiter nicht dauerhaft fernhalten, aber es könnte mir ein paar Minuten Aufschub verschaffen.

Hinter mir klopfte es an der Tür.

»Verdammt noch mal ...« Ich riss die Tür auf, aber Julian war derjenige, den ich am wenigsten erwartet hatte.

»Ruby, ich weiß, das muss ...«

»Fünf Minuten. Kann ich fünf verdammte Minuten für mich haben?«, blaffte ich. Julian zuckte nicht mit der Wimper und er ging auch nicht weg.

»Jetzt, wo die Verwandlung beginnt ...«

»Rysten sagte, ich hätte achtundvierzig Stunden. Ich bitte um fünf Minuten.« Ich weigerte mich, einen Rückzieher zu machen, und hielt seinem Blick stand, bevor er eisig und teilnahmslos wurde.

»Schön.« Der Muskel in seinem Kiefer zuckte. Ich wollte die Tür schließen, aber er hielt sie mit seiner Hand fest. »Wenn ich etwas höre ...«

»Fünf Minuten«, wiederholte ich und drückte mich gegen die Tür. Sie rührte sich nicht, bis er sich zurückzog und mir dabei zunickte.

Die Tür schnappte zu und ich drehte mich um, lehnte mich zurück und stützte meinen Kopf dagegen. Ich starrte an die Decke und traute mich endlich, zu sagen: »Was soll ich denn jetzt tun?«

»Das Gleiche wie immer«, sagte Moira. Ich bewegte meinen Körper nach vorn und stieß mich von der Tür ab. Mein Blick fiel auf meine beste Freundin, während ich eine Augenbraue hochzog und sie stumm fragte, was das denn sei. Sie schürzte ihre Lippen und sagte nur ein Wort. »Überleben.«

Bandit kam zu mir herüber und zupfte an meiner Jeans. Ich beugte mich vor, nahm ihn in die Arme und setzte mich auf die weiße Daunendecke. Moira gesellte sich zu uns und streckte sich neben mir aus.

»Ich habe Angst«, flüsterte ich in sein Fell. Er schnurrte und kuschelte sich an mich.

»Natürlich hast du das«, schnaubte sie. »Ich würde mir Sorgen machen, wenn es anders wäre.« Moira wölbte sich und verschränkte ihre Arme hinter dem Kopf, als würde sie sich um nichts in der Welt sorgen. Das tat sie zwar, aber nur meine empathischen Fähigkeiten und meine jahrelange Beobachtung ihrer Person verrieten mir das. »Aber du hast mich«, fuhr sie selbstbewusst fort. »Und den Müllpanda *und* die Reiter. Zumindest einen Teil von ihnen, wenn sie nicht gerade versuchen, dich zu ficken.« Sie kicherte und Bandit stieß ein grässliches Krächzen aus. Ich fuhr mir mit einer Hand über die Stirn, strich mir über das Gesicht und stieß einen genervten Seufzer aus.

»Genau darüber mache ich mir Sorgen«, murmelte ich. »Was, wenn die Reiter mich nicht aufhalten können? Was, wenn ...« Ich hielt inne und stählte mich, um ihr die Wahrheit zu sagen. Um die nächsten Worte über die Lippen zu bringen. »Was, wenn die Bestie zum Vorschein kommt und ich letztlich alle in New Orleans umbringe?«

Moira schien über ihre Worte nachzudenken und sog die Luft zwischen ihren Zähnen hindurch, bevor sie antwortete: »Ich glaube nicht, dass es so weit kommen wird.«

Ich blinzelte an die Decke und legte den Kopf schief. »Warum denkst du das?«

»Aus zwei Gründen. Der erste ist, dass diese vier faulen Säcke alle scharf auf dich sind. Ich dachte schon, Julian würde dich von hinten nehmen, als du anfingst, sie einladend auf Händen und Knien anzuknurren«, antwortete sie und schmunzelte.

»Ich habe nicht ...«

»O doch, hast du«, grinste sie und wedelte mit dem Finger. »Bewahre dir deine Bescheidenheit für jemand anderen. Du bist seit über zehn Jahren meine beste Freundin. Ich weiß, wie du bist, wenn du geil bist und nicht ficken kannst. Hallo, willkommen in den letzten fünf Jahren.«

Ich verdrehte die Augen und beugte mich vor, um das Kissen unter mir zu nehmen und es ihr ins Gesicht zu werfen. Sie fing es ohne zu zucken auf.

»Der zweite Grund«, sagte sie mit übertriebener Langsamkeit, »ist, dass du ein Sukkubus bist, der seit über fünf Jahren hungert. Etwas verrät mir, dass deine Verwandlung eine Wahnsinnsshow werden wird.« Sie grinste und die blauen Pentagramme in ihren Augen wirbelten fröhlich umher.

»Bitte sag mir, dass du nicht vorhast, zuzusehen ...«

»Fuck, nein.« Sie gab ein würgendes Geräusch von sich, das in Kichern ausartete. »Ich liebe dich, Rubes, aber du bist wie meine Schwester. Deine Verwandlung ist ein Porno, den ich nicht sehen will. Wenn ich was erleben will, ist die Bourbon Street nicht weit.«

Die Bourbon Street. Der einzige Ort auf diesem Kontinent, an dem du mit verbundenen Augen einen Stein werfen könntest und mit größerer Wahrscheinlichkeit einen Dämon als einen Menschen treffen würdest. Nur drei Häuserblocks von den Höllentoren entfernt, wurde sie praktisch von unserer Art überrannt. Das bedeutete, dass es weder für mich noch für sie sicher war, schon gar nicht mit diesen leuchtenden, blau gebrandmarkten Augen.

Sie trug das Zeichen des Teufels und wenn ihr Schleier auch nur für eine Sekunde verrutschte, war alles vorbei. Die Welt würde wissen, dass eine neue Seele diesen Namen trug.

»Bitte sag mir, dass du nicht vorhast, zur Bourbon Street zu gehen, bei allem, was hier gerade los ist ...«, sagte ich. Sie legte den Kopf schief und Argwohn lag in der Luft. »Moira, das kann doch nicht dein Ernst sein.« Sie stieß einen Seufzer aus.

»Ich würde nicht sagen, dass ich es vorhabe. Aber ich *erwäge* meine Möglichkeiten«, verteidigte sie sich. »Es ist ja nicht so, dass irgendjemand auf die andere Seite wechseln wird, bis du deine Verwandlung vollzogen hast. Bis du so weit bist, könnten Wochen vergehen. Es wäre eine Schande, wenn ich mir die Chance entgehen lassen würde, bevor wir der Erde Lebewohl sagen ...«

Ich wusste, dass sie nicht den Eindruck erwecken

wollte, mir ein schlechtes Gewissen einzureden, aber ihre subtile Ermahnung berührte mich sehr. Zum einen, weil das alles meine Schuld war, und zum anderen, weil ich sie schon einmal fast verloren hätte. Trotzdem hatte sie sich entschieden, mir zu folgen, und zwar nicht nur bis ans Ende dieser, sondern in eine ganz andere Welt.

Ich setzte mich auf und ignorierte Bandits Proteste, als ich ihn zur Seite schob und meine Arme um ihre zierliche Gestalt schlang. »Ich werde dir nicht sagen, was du tun darfst und was nicht. Ich mache mir nur Sorgen um dich«, flüsterte ich in ihr dunkelgrünes Haar. Sie roch nach Minze und Frühling.

»Ich weiß.« Sie schlang ihre Arme um meine Taille und drückte mich fest an sich. »Mir geht es genauso. Vor dir habe ich mir noch nie Sorgen um irgendjemanden oder irgendetwas in meinem Leben gemacht. Und das alles ohne sexuelle Befriedigung«, brummte sie. »Deshalb *denke* ich darüber nach, aber ich habe mich noch nicht entschieden. Du weißt, dass ich nie etwas tun würde, was dich in Gefahr bringt.«

»Um mich mache ich mir keine Sorgen.«

Ein Klopfen an der Tür unterbrach uns und ich knurrte leise vor mich hin. Moira drückte mich fester an sich und schüttelte sich vor lauter Lachen, als die Tür aufschwang.

»Ruby, Liebes, ich unterbreche euch nur ungern, aber Allistair wird gleich hier sein und wir müssen darüber reden, wie du vorgehen willst.«

Ich konnte nur vermuten, dass Rysten die Verwandlung meinte, worauf ich keine Antwort hatte. Trotzdem löste ich mich von Moira und folgte ihm zurück ins Wohnzimmer.

Er setzte sich in den einzelnen Sessel auf der anderen Seite des Raumes und warf mir einen entschuldigenden Blick zu. Ich fragte mich kurz, ob seine Distanzierung auf unser unerklärliches Herummachen zuvor zurückzuführen war oder auf das erschütterte Vertrauen, das wir nach Moiras Entführung noch nicht wieder aufgebaut hatten. Da Julian mit dem Rücken zur Glaswand stand und die Arme hinter sich verschränkt hatte, konnte ich nur vermuten, dass es ein bisschen von beidem war.

Ich machte einen Schritt auf Laran zu, der auf dem schwarzen Ledersofa saß, und erstarrte, als seine Augen zu mir hochwanderten. Sein Blick war heiß und misstrauisch. Letzteres war es, was mich innehalten ließ.

»Stimmt hier etwas nicht?«, fragte ich, wobei meine Stimme etwas schärfer klang, als ich es beabsichtigt hatte und ein Hauch der Bestie in mir zum Vorschein kam. Sie war nicht glücklich mit ihm. Keine von uns verstand, warum ausgerechnet er uns gegenüber so misstrauisch war.

Er war gebrandmarkt.

Er gehörte *uns*.

Um ihn herum bildete sich ein schwerer Nebel, der scheinbar aus dem Nichts auftauchte. Er war rot wie menschliches Blut und schäumte, während er sich aus ihm heraus ergoss. Ich blinzelte, kniff die Augen zusammen und legte den Kopf schief.

»Ich habe dir eine Frage gestellt, Laran.« Es war nicht meine Stimme, die er hörte, sie war sinnlich und weich. Die Worte waren voller Verführung und Feuer und schienen sich auf ihn zu legen. Seine Augen wurden ganz schwarz und verdrängten jede Spur von Weiß. Meine Lippen öffneten sich, als die Hitze durch mich kroch und durch meine Adern bis zu dem schmerzenden Ort in meinem Inneren schoss. In meinem Kopf begann es zu hämmern.

Langsam machte ich einen weiteren Schritt auf ihn zu und nahm die Stimmen von draußen, die Worte sprachen, die nicht wichtig waren, nur noch schwach wahr. Laran ballte seine Hände, als wollte er sich zurückhalten. Ich wusste nicht, wovor, aber das Pochen drängte mich näher zu ihm.

Ich stellte mich direkt zwischen seine Beine und griff durch den Nebel nach vorn ...

Starke Hände legten sich um meine Taille, zogen mich zurück und von ihm weg. Von meinem ...

»Reiß dich zusammen, Ruby«, flüsterte eine raue Stimme in mein Ohr, die vor Verlangen nur so strotzte. Unerwartet stieß ich mit dem Rücken gegen etwas Festes. Meine Lippen öffneten sich von selbst und ich schmeckte die Luft um mich herum. Lust und Hitze. Dunkelheit und Schatten. Kälte, die so kühl war, dass sie ein brennendes Verlangen entfachte, das meine Lungen hinunterfloss, direkt zu der Stelle zwischen meinen Schenkeln.

Der Körper hinter mir blieb still, wie ein Toter, weder zog er mich näher heran, noch ließ er mich in die Welt hinaus. Als hätte er Schwierigkeiten, sich zu entscheiden. Ich drehte mich um und streckte meine Arme nach oben, um seine Schultern zu ergreifen. Meine Finger wanderten über seine straffen Muskeln, strichen über die nackte Haut seines Halses und wickelten sich um kurze Haarsträhnen, von denen ich wusste, dass sie weiß sein würden. Ich zog kräftig daran und lächelte, als ihm ein Knurren entwich.

Der Griff um meine Taille wurde fester, fast schmerzhaft, aber er ließ nicht locker.

»Stell mich nicht auf die Probe«, flüsterte Tod in mein Ohr und drehte mich erneut. Seine Lippen waren kühl, als sie meinen Nacken hinunter und wieder hinauf strichen. Er atmete tief ein und ich erschauderte vor Vergnügen. »Du magst die Erbin der Hölle sein, aber niemand umwirbt den Tod, wenn er sich nicht *unterwerfen* will.«

Meine Beherrschung hing bereits an einem sehr

dünnen Faden. Die Vorstellung, von ihm dominiert zu werden, ließ sie zerreißen. Die Bestie drängte nach vorn und drückte meine Hüften gegen die harte Erektion, die sich gegen mich presste.

Er atmete zischend ein.

»Du magst der Tod sein, aber du wirst trotzdem knien«, antwortete meine Bestie. Ihre Version von ›knien‹ sah anders aus, als die meisten sich das vorstellten. Sie wollte nicht nur seine Unterwerfung. Sie wollte seine Anbetung, seine Hingabe, seine ganze verdammte Seele.

Ihre Version vom knienden Tod endete damit, dass sein Gesicht zwischen meinen Schenkeln hing und mein Mal auf seinem verdammten Schwanz eingebrannt war.

O Mann, ich war so was von erledigt.

Aber ich konnte mich nicht überwinden, es zu beenden.

Die Hitze brannte in mir wie ein Inferno. Sie pochte. Sie hämmerte. Sie drängte mich zu etwas, das ich nicht ganz verstand. Ich drückte mich nach hinten und fuhr mit meinem Hintern über seine Länge ...

Zack!

Ich blinzelte. Nicht, dass ich etwas gegen Schmerzen hätte, aber ich war überrascht. Meine Sicht klärte sich und es war nicht Tod oder einer der Reiter, der vor mir stand, sondern Moira.

Sie hob eine dunkelgrüne Augenbraue und verschränkte selbstgefällig die Arme vor der Brust.

»Ich weiß, dass du gerade verdammt geil bist, aber es gibt eine Zeit und einen Ort dafür, und der ist nicht vor meinen nicht ganz so jungfräulichen Augen. Reiß dich zusammen, Rubes.«

Meine Bestie blinzelte sie an.

»Hast du mich gerade geohrfeigt?«, fragte die Bestie und runzelte verwirrt die Stirn. Moira wich nicht zurück.

»Ja. Du bist eine hungrige Schlampe. Das verstehe ich. Aber du musst dich noch ein kleines bisschen länger zusammenreißen.« Die Bestie sah sie an und neigte meinen Kopf, sodass das Hämmern in meinen Adern für einen Moment nachließ. »Für mich. Kannst du es für mich tun?«, fragte sie leise. Es war kein Flehen, denn Moira bettelte nie. Stattdessen verlangte sie von der Bestie, was niemand sonst in diesem Raum tun konnte.

Denn die Reiter waren nicht unser Rettungsanker. Sie waren nicht diejenige, die uns zusammenhielt, wenn alles andere versagte.

Und für sie würden wir alles tun.

Die Bestie streckte unsere Hand aus und strich eine verirrte Strähne ihres dunkelgrünen Haares beiseite. Intim, aber in keiner Weise sexuell.

»Für dich, die du sie immer beschützt hast. Sei gewarnt: Sehr bald werde ich nicht mehr aufhören können.« Unser Kopf hob sich, als sie Laran in die Augen sah, der einige Meter hinter Moira saß und mich mit seinem dunklen Blick intensiv beobachtete. »Ich werde *alle* meine Gefährten beanspruchen, bevor wir nach Hause zurückkehren.«

Mit diesen Worten zog sie sich zurück und ließ mich ratlos und verwirrt allein.

Ich hatte nicht einmal Zeit, die Stimme hinter mir zu registrieren, bevor die hellen Flecken in meiner Vision explodierten. Die Welt wurde weiß, als der Schlaf mich einholte, aber das Feuer in mir ließ nicht nach.

Nicht einmal der Schlaf konnte mich vor meinen höllischen Qualen retten ... Oder vor meinem Verlangen.

3

JULIAN

SIE HATTE MICH. SIE HATTE MICH UND SIE *WUSSTE* ES.

Während Ruby und ich um ihre wachsende Anziehungskraft auf mich und die schmerzhaft süchtig machenden Dinge, die ich für sie empfand, herumgeschlichen waren, würde die Bestie das nicht tun. Wir waren auserwählt, erschaffen worden, um sie zu beschützen, aber die Bestie wollte mehr.

Sie wollte alles von uns. Alles von mir.

Sie wollte jeden Aspekt von mir besitzen. Meine Seele.

Wenigstens kümmerte sich diese Kreatur nicht darum, ob es in mir noch so etwas wie ein Herz gab, abgesehen von dem nutzlos schlagenden Ding in meiner Brust. In dieser Hinsicht würde ich sie nicht enttäuschen. Sie mochte als Mensch aufgewachsen sein, aber das Mädchen in meinen Armen war durch und durch Feuer und Asche.

Ihre Haut leuchtete wie die Glut einer aufkeimenden Flamme. Heißer als ein Stern und tödlicher als alles, was sich diese Welt vorstellen konnte, war die Kraft, die sie in sich trug, nur selten vorhanden, außer wenn sie schlief. In diesem Zustand spürte ich, wie sich ihr Verlangen an mir festkrallte und mir unter die Haut ging, sogar noch deutlicher, als wenn sie mich verhöhnte.

Ich schmiegte ihren Körper eng an meine Brust und tat so, als würde es mich nicht stören, wie sie ihre Arme um meinen Hals schlang und sich sogar im Schlaf an mich klammerte. Ich atmete ihren Duft ein. Die Art, wie er nach mir rief.

»Wir müssen sie bewegen«, sagte Laran.

Ich konnte es ihnen gegenüber nicht zugeben. Wie ich mich fühlte. Ich konnte es Ruby selbst nicht eingestehen, obwohl ich wusste, dass es sie schmerzte, dass ich uns beide verleugnete. Ich wollte sie anders als alles und jeden, der vor ihr da gewesen war.

Und so sehr ich auch versuchte, mich um unser aller Willen von ihr fernzuhalten, so sehr näherte ich mich meiner Belastungsgrenze.

»Sie wird etwas zu sich nehmen müssen, wenn sie aufwacht«, begann Allistair. Ich knurrte bei dem bloßen Gedanken daran, dass ich nicht derjenige sein würde. »Hast du etwas zu sagen, Tod?«

Ich drückte sie ein paar Zentimeter näher an mich heran.

Hatte ich ein Problem?

Ja, das hatte ich.

Ich war viel zu zwiegespalten in dieser Sache. Würde ich meinen verdammten Job machen, würde ich sie übergeben und es dabei belassen. Ich würde ihre Annäherungsversuche zurückweisen. Ich würde das Gefährtenband ablehnen, das sie mir anbot. Ich würde sie in Sicherheit bringen und mich nicht ablenken lassen. Ich würde nicht davon träumen, wie sich ihre Haut färben würde, nachdem sie Bekanntschaft mit meinem Gürtel gemacht hatte, oder darüber fantasieren, wie sie für mich stöhnen könnte.

Ich würde wissen, dass das hier nur in Flammen enden konnte.

Und doch ... konnte ich nicht weggehen.

Und ich konnte auch nichts davon laut zugeben.

Anstatt zu antworten, ging ich mit der schlafenden Dämonin auf dem Arm davon.

»Hey«, krächzte die Todesfee hinter mir. »Was glaubst du, was du da tust? Wo willst du hin?«

»Ich passe auf sie auf.«

Das war die einzige Antwort, die ich geben konnte. Ich wollte nicht daran denken, was Allistair mit ihr machen würde. Meine eigene Besitzgier war nicht zum Teilen geeignet und wenn ich sie bei ihrer ersten Fütterung begleitete, würde ich jeden Zentimeter ihrer Haut markieren.

Aber Ruby würde das nicht wollen und ich konnte nicht anders.

Etwas knallte gegen meinen Rücken und zerbrach. Kein Mensch, sondern ein Gegenstand. Ich drehte mich ein Stück zur Seite und sah Glasscherben. Eine Lampe. Und die Todesfee, die sie geworfen hatte.

»Du kannst sie nicht einfach mitnehmen, ohne Antworten zu geben. Ich habe dich gefragt, was du vorhast, denn wenn ihr Idioten nicht schlau seid, macht ihr sie nur wütend, und wenn ihr denkt, dass ich böse bin, habt ihr noch nichts gesehen.«

»Beruhige dich«, antwortete ich kalt. »Die Verwandlung bringt ihren Verstand durcheinander. Sie wird nicht mehr logisch denken können, bis sie sich ernährt hat. Ich bringe sie in einen privaten Raum, der von starken Schutzwällen bewacht ist, damit sie keine Gefahr für die Stadt darstellt.«

Die Todesfee hielt inne. Sie traute uns nicht und es war bewundernswert, dass sie jedem misstraute, der mit ihrer besten Freundin zu tun hatte. Sie war wirklich eine richtige Vertraute. Besitzergreifend. Leicht unvernünftig. Sie misstraute den Absichten anderer, war aber demjenigen, an den sie gebunden war, absolut loyal.

Das war der einzige Grund, warum sie noch stand, nachdem sie eine Lampe nach mir geworfen hatte.

»Das wird ihr nicht gefallen.«

»Die Alternative ist, dass wir warten, bis sie aufwacht, und sie vor die Wahl stellen. Dann wird sie entweder zustimmen oder, was viel wahrscheinlicher ist, ihre Wut wird wieder hochkochen und ich werde nicht in der Lage sein, sie zu entspannen.« Allistair meldete sich mit einem diplomatischeren Verständnis des Szenarios zu Wort. »Ruby ist der stärkste Sukkubus, den ich vor der Verwandlung gesehen habe, und sie hat Angst davor, sie durchzumachen. Das wird es ihr bereits ziemlich schwer machen. Wenn sie in ihrer Wut die Stadt niederbrennt, wird sie nur noch unberechenbarer und instabiler. Das ist die beste Lösung.«

Ihre Augen musterten Ruby und wurden weicher, als sie sie mit einem müden Blick ansah. Sie mochte das Ganze nicht, aber sie war mit ihrer Situation überfordert. Wir waren die Reiter und das war es, wozu wir bestimmt waren. Ob wir nun ihre Vertraute waren oder nicht, wir vier waren dafür verantwortlich, dass Ruby es sicher durch die Verwandlung schaffte.

Mit einem Nicken der Todesfee drehte ich ihnen den Rücken zu und hoffte, dass wir ausreichen würden.

Dass wir genau das tun konnten, was wir ihr versprochen hatten, denn wenn nicht … würden wir uns nicht nur vor dem Zorn der Todesfee verantworten müssen.

4

SCHATTEN TANZTEN IM KERZENLICHT, ALS ICH ZU MIR kam. Ich lag kurzzeitig in diesem seltsamen Zwischenzustand, in dem ich wach war, aber nicht ganz, und starrte auf die schwarzen und grauen Flecken, die sich hin- und herbewegten. Es hatte etwas so Friedliches an sich, aber das gefiel mir nicht. Diesmal nicht. Nicht mit einem Körper, der wie eine Feder gespannt war und auf seine Befreiung wartete.

Wo bin ich?

Ich drehte mich um und hielt auf halbem Weg inne. Laternenähnliche Kugeln hingen von der Decke und strahlten ein sanftes Licht aus. Winzige, glitzernde Lichter blinkten auf und ab und nahmen mich mit ihrer einfachen Schönheit gefangen. Ich richtete mich auf und griff mit der ausgestreckten Hand nach einer der Laternen.

»Wie geht es dir?«

Ich sprang auf. Die Stimme, die ich hörte, war tief und satt und verlieh dem Frieden und der Ruhe einen Hauch von Verführung. Ich folgte ihr bis zum Ende des Bettes, wo Allistair saß und mich in der Stille beobachtete. Meine Hand fiel auf meinen Schoß und ich schob die purpurroten

Laken beiseite und versuchte, die weiche Textur zwischen meinen Fingern und die Art, wie sie meine Oberschenkel streifte, zu ignorieren.

Meine nackten Oberschenkel.

Ich blinzelte.

»Wo ist meine Jeans hin?« Meine Kehle war so trocken wie die Sahara und meine Stimme klang heiser. Ich schluckte angesichts der Empfindungen, die sich in mir aufbaute, schwer. Sie waren erstickend und in der brütenden Hitze, die mich weiterhin plagte, geradezu schwindelerregend.

»Du hast sie verbrannt«, antwortete er. Diese Stimme jagte mir einen Schauer über den Rücken. »Moira hat dich angezogen, während du geschlafen hast. Sie dachte, du würdest dich in ... minimaler Kleidung am wohlsten fühlen.« Seine Augen wanderten über das blasse Fleisch meiner Beine, vorbei an der schlichten schwarzen Unterwäsche und über mein enges Shirt. Meine Arme bekamen eine Gänsehaut und ich verschränkte sie vor der Brust, in der Hoffnung, dass er meine steifen Brustwarzen durch den dünnen Stoff nicht sehen konnte.

Das räuberische Aufblitzen seiner Augen und das Hochziehen seiner Lippen verrieten alles.

»Wo ist Moira? Und warum bist du hier? Ich dachte, du würdest dich um ...«

»Moira ist ausgegangen. Krankheit hat sie mit zur Bourbon Street genommen, damit sie sich amüsieren kann. Wir haben ihr gesagt, dass es die Verwandlung erschwert, wenn deine Vertraute gestresst ist. Ich dachte, du würdest dich über die kleine Lüge freuen, damit sie nicht alles mitbekommt, was als Nächstes passiert.« Er holte tief Luft und stand auf, um seine Anzugjacke auszuziehen. »Was mich betrifft, so ist das wohl ziemlich offensichtlich. Du hältst es nicht länger als ein paar Augenblicke aus, ohne zu versuchen, dich zu ernähren, und ich bin der einzige Inkubus unter uns. Wir werden ... diese Situation korrigieren.«

Was zum Teufel?

Ich sprang vom Bett auf, aber meine Beine verhedderten sich in den Laken. Ich rutschte auf dem kühlen Steinboden aus und konnte mich erst wieder fangen, *nachdem* ich auf meinem Hintern gelandet war. Die Beine gespreizt und die Arme aufgestützt, war meine Position aus Allistairs Sicht äußerst kompromittierend. Ich schüttelte den Kopf und schob meine langen blauen Locken beiseite, um ihn richtig anfunkeln zu können.

»Korrigieren? Du wirst einen Scheiß korrigieren, Arschloch«, knurrte ich und versuchte, rückwärts zu kriechen, weg von seinem prüfenden Blick. Er war weit über ein Meter achtzig groß und stand keine zwei Meter von mir entfernt. Er hätte mir auf meine Brüste starren können, die aus meinem tief ausgeschnittenen Tanktop hervorlugten, aber er tat es nicht.

Er hielt seine goldenen Augen auf meine gerichtet und hob fragend eine Augenbraue.

»Sind wir wieder beim Thema?«, fragte er freundlich. Empörung machte sich breit, aber ich antwortete nicht. Ich hatte zu viel Angst vor den Worten, die herauskommen könnten. »Ich verstehe«, murmelte er leise, während er seine Manschettenknöpfe öffnete. »Warum sagst du mir nicht, was du willst?«, fuhr er im Plauderton fort, während er begann, sein Hemd aufzuknöpfen.

Ich schluckte schwer, aber mir fehlten die Worte.

Bedürfnis und Verlangen schlugen auf mich ein, wie ein verdammter Rammbock, aber ich wollte nicht nachgeben. Nicht auf diese Weise. Nicht, wenn er ...

»Du hast mich ausgeknockt«, hauchte ich, während meine Wut und mein Bedürfnis aufeinandertrafen.

Was war nur los mit mir?

»Ich habe getan, was ich tun musste«, sagte er sachlich. »Krieg hat diesen Raum speziell für deine Verwandlung vorbereitet, und da du so schnell damit begonnen hast, hielten wir es für das Beste, dich frühzeitig zu verlegen. Um der Situation die Schärfe zu nehmen, bevor es richtig losgeht.«

Ich knirschte mit den Zähnen und schloss meine Beine, als ich mich zum Aufstehen bewegte. Natürlich war Allistair da. Er bot mir seine Hand an, wie der perfekte Gentleman. Ich schlug sie weg und zog eine Grimasse, als er einige Meter zurückstolperte.

Scheiß Stärke.

Scheiß Verwandlung.

Scheiß Reiter, die dachten, sie könnten entscheiden, was das Beste für mich war.

Und Moira? Hatte sie sich wirklich darauf eingelassen?

Der Schweiß rann mir den Rücken hinunter, während das Fieber in ungeahnte Höhen kletterte. Ich würde an Dehydrierung sterben, bevor jemand seinen Schwanz irgendwo reinstecken konnte.

»Ruby, ich weiß, dass es dir im Moment schwerfällt, vernünftig zu sein, aber du musst mir vertrauen«, säuselte Allistair. Es dauerte nicht lange, bis er sich erholte und wieder auf mich zukam, wobei er mit seiner schönen Stimme versuchte, mich zu bändigen.

Der Bastard dachte, schöne Worte würden das Problem lösen? Von wegen.

Er war nicht der Erste unserer Art, mit dem ich zu tun hatte.

»Dir vertrauen?« Ich atmete heftig. »Du hast mich

gegen meinen Willen ausgeknockt und mich weiß der Teufel wo hingebracht«. Ich wedelte mit der Hand im Raum herum und bemerkte erst dann das Sortiment an *Instrumenten* an der hinteren Wand. »Und all das ohne meine Erlaubnis. Ich muss überhaupt nichts tun, du verdammter ...«

»Lass mich dir die Anspannung nehmen, damit wir das einigermaßen vernünftig besprechen können«, unterbrach mich Allistair. Das Hemd, das er getragen hatte, rutschte von seinen Schultern und fiel auf den Boden. Es hatte wahrscheinlich mehr gekostet als meine Hypothek, aber das war ihm völlig egal. Sein Blick blieb an mir haften, während er barfuß und nun ohne Hemd, nur mit einer schwarzen Hose und kühler Arroganz bekleidet, nach vorn stapfte.

Ich warf ihm einen bösen Blick zu und drehte mich, um nach einer Tür in der hinteren Ecke des Raumes zu suchen, wobei ich versuchte, Allistair auszuweichen. Er packte meine Hand, bevor ich auch nur einen Meter weit kommen konnte, und riss mich zu sich zurück, wie einen Ball an einer Schnur. Ich schlug mit einem dumpfen Schlag gegen seine Brust.

Wut. Begierde. Verrat. Verlangen. Furcht. Bedürfnis.

Meine Emotionen wirbelten durcheinander wie die Winde eines aufkommenden Sturms. Meine Verzweiflung wurde immer größer, während die Bestie in mir vor Wut pochte. Ich verstand nicht, was vor sich ging. Ich konnte es nicht verarbeiten.

Ich konnte gar nichts verarbeiten.

Moira hatte mich mit ihnen allein gelassen, um ... sie zu ficken.

Sie zu brandmarken.

Mich ihnen zu unterwerfen.

Mit ihnen meine Verwandlung zu vollziehen.

Ich konnte es nicht verstehen. Wollte es nicht verstehen.

Sie hatten sich nicht das Recht verdient, die Dämonen zu sein, die mich verwandelten. Im Gegenteil, sie hatten mir diese Wahl genommen. In der Annahme, dass sie die Sache vorantreiben könnten. Mich drängen könnten.

»Ich will dich nicht drängen oder dir die Entscheidung abnehmen, Ruby, aber wenn dir nicht jemand die Anspannung nimmt, wirst du deine Verwandlung in einer sehr schlechten Verfassung erleben und noch verwirrter sein als jetzt. Wenn du das möchtest, dann setze ich mich dort drüben hin.« Er wies auf einen großen, gepolsterten Sessel auf der anderen Seite des Raumes. Daneben stand ein Regal mit Fesselungsausrüstung. Halsbänder, Leder- und Metallfesseln, unterschiedlich lange Leinen mit Clips an den Enden – alles hing an den Haken an der Wand. »Und ich werde bleiben, bis du mir etwas anderes sagst. Aber ich glaube nicht, dass es das ist, was du wirklich willst.«

Erneut verflüssigte sich mein Inneres, nur weil ich in seiner Nähe war. Dieses Hin und Her verursachte ein Schleudertrauma, das mich noch verzweifelter machte, meinen Weg zurück zur Vernunft zu finden. Wenn nur das Brennen aufhören würde ...

Lange, elegante Finger fuhren an meinen Seiten auf und ab, eine Bewegung, die eigentlich beruhigend sein sollte, es aber nicht war. Meine Haut war in der Zeit, in der ich geschlafen hatte, überempfindlich geworden. Früher hätten seine Finger mich nur leicht gestreichelt, aber jetzt strömten Feuer und Hitze in meinen Adern und durch jede Faser meines Wesens.

»Wird es aufhören?«, hauchte ich und presste meine Hände gegen die Konturen seiner Brust. Mein Atem kam in kurzen, schnellen Stößen und er berührte mich kaum. Vielleicht war das gar nicht die schlechteste Idee ...

»Aufhören? Nein«, antwortete er direkt und ohne Umschweife. »Lindern? Ja. Du solltest dir eine kurze Auszeit gönnen, in der du mit einem klareren Kopf darüber nachdenken kannst.« Sein Herz zitterte unter meiner Handfläche, aber die Bewegung seines Daumens um die Unterseite meiner Brust war gleichmäßig.

Kontrolle. Allistair hatte sich ausgezeichnet unter Kontrolle.

Ich? Nicht so sehr.

Bedächtig ließ ich meine Hände über seine Brust gleiten und fuhr mit den Fingerspitzen an den Rändern der Narben entlang, die schon lange verblasst waren. Ein berauschendes Gefühl breitete sich in mir aus und ließ meine Beine zittern. Ich griff mit meinen Händen in seinen Nacken, umklammerte den festen Muskel dort und grub meine Nägel in sein verachtenswert weiches Haar. Warum konnte er sich nicht wie ein Stachelschwein anfühlen? Das würde die Sache so viel einfacher machen. Natürlich musste der Inkubus noch üppigeres Haar haben als ich.

»Kein Sex. Ich bin eindeutig nicht bei Sinnen.« Ich packte ihn fester, aber sein Kopf bewegte sich nicht einen Zentimeter. Diese neu gewonnene Stärke war wohl genauso unzuverlässig wie mein Feuer. »Du bringst mir bei, mich zu ernähren, und das war's. Hast du mich verstanden?« Meine Worte hätten viel kühner geklungen, wenn ich nicht von dem Gefühl seines Körpers an meinem gekeucht hätte.

»Ich glaube, du wirst feststellen, dass diese Art von Ernährung ziemlich süchtig machen kann«, sinnierte Allistair, während er seine Fingerspitzen unter mein Shirt schob und das weiche Fleisch neckte. Ich keuchte und er schmunzelte.

Mistkerl.

»Beantworte die Frage!«

Ich war nicht bereit, meine Augen zu schließen und mich ohne sein Versprechen darauf einzulassen. Vielleicht sollte ich nicht so vertrauensselig sein, schließlich waren wir Dämonen und dergleichen, aber er war Hunger. Einer der vier Reiter. Es gab kein Gesetz, an das ich ihn binden, kein Versprechen, das ich ihm abringen konnte. Egal, wie die Sache ausgehen würde, ich musste darauf vertrauen, dass er meinte, was er sagte, denn am Ende war er der Einzige, der sich daran halten konnte.

»Kein Sex, *zumindest nicht dieses Mal*. Du hast mein Wort«, erwiderte Allistair. Seine Lippen verzogen sich zu einem arroganten Grinsen, während seine Hände ihre leichten Liebkosungen fortsetzten. Ich stöhnte auf, sowohl vor Frustration als auch vor Verlangen. Der Teufel sollte ihn verfluchen. Er würde mein Verderben sein und wir hatten gerade erst angefangen.

Aber das Spiel funktionierte auch zu zweit.

Ich zog ihn zu mir heran und Allistair lehnte sich näher zu mir, sodass ich mit meinen Lippen über seinen Kiefer streichen konnte. Seine Hände legten sich um meine Taille und ich wackelte ein wenig mit den Hüften und drückte meinen Unterleib gegen ihn. Seine Erektion zuckte und er atmete scharf ein.

»Was machst du da, kleiner Sukkubus?«, hauchte er. Ich hielt inne und bemerkte den gefährlich tiefen Ton seiner Stimme. Vielleicht hatte ich ihn zu weit getrieben, aber die Bestie in mir glaubte nicht, dass es weit genug war.

Ich legte meine Hände auf beide Seiten seiner Schultern und drückte dagegen.

Sein Körper gab nach, er stolperte zurück aufs Bett und ließ sich sanft auf die blutroten Laken fallen. Ich wartete nicht, bis sein Schock nachgelassen hatte, sondern setzte mich auf seinen Schoß. Die Bestie brummte zustimmend, als ich meine Arme um ihn schlang und meine Hüften gegen die harte Erektion unter mir presste.

Das fieberbedingte Delirium löschte jeden Sinn für Rationalität aus. Ich vergaß schnell, worauf ich eigentlich hinauswollte, und suchte stattdessen nach etwas viel Ursprünglicherem.

Erlösung.

Allistair war der Erste, der sich bewegte und mich so heftig küsste, dass unsere Zähne aufeinanderprallten. Ein normaler Mensch hätte vielleicht aufgehört, um darüber nachzudenken, dass dieser bestialische Drang wieder einmal aus dem Nichts gekommen war, aber als seine Zunge den Saum meiner Lippen teilte, verflog jeder Widerstand aus meinem Kopf.

Ich stöhnte. Dieser Mann küsste wie ein Gott. Ich hatte mich immer für eine gute Küsserin gehalten, aber Allistair war nicht wie die schlaffen Freunde, die ich in den letzten Jahren gehabt hatte. Er küsste mich mit einer solchen Präzision, dass ich gar nicht merkte, dass ich mich endlich entspannt hatte und mich in ihm verlor, bis ich schon weg war. Seine langen, geschickten Finger schlossen sich um meine Handgelenke. Er zog meine Arme hinter meinen Rücken, wo er seinen Griff wechselte und nun beide Handgelenke in einer Hand hielt.

Ich versuchte, mich zu entziehen, und testete meine eigene Kraft. Wieder einmal war sie verschwunden und ließ mich als nicht sehr widerwillige Gefangene eines Inkubus zurück, der eine freie Hand und viele Lebzeiten an Übung hatte.

»Viel besser«, säuselte er.

Ich erschauderte angesichts der Art, wie seine Stimme über meine Haut glitt. Ich hatte ihn unterschätzt. Er war nicht nur ein x-beliebiger Inkubus von der Straße. Er war die pure Verführung. Rohes Verlangen. Seine Haut selbst war ein so starkes Aphrodisiakum, dass die stärkste Frau den Verstand verlor.

All die Zeit über hatte ich mir Sorgen gemacht, ihm die Wahl zu nehmen, obwohl er mir so leicht die Wahl hätte nehmen können. Mein Körper zitterte vor unkontrolliertem Verlangen.

»Was machst du mit mir?«, murmelte ich, als seine freie Hand unter meinen Oberschenkel glitt und die andere den Griff um meine Handgelenke verstärkte. Seine Finger huschten mit federleichten Berührungen über meine Haut. Er umfasste meinen Hintern und drückte ihn zusammen, als könnte er nicht anders, während seine Hüften sich nach oben bewegten und mich kaum berührten. Meine Lippen öffneten sich zu einem leisen Stöhnen, als das Gefühl mich einhüllte und ich nicht mehr loslassen wollte.

Verdammt. Ich musste noch viel mehr fühlen, um meine Erlösung zu finden, aber bei diesem Tempo würde ich ihn anflehen, es einfach zu tun.

»Allistair.« Ich biss ihm warnend auf die Unterlippe und saugte daran. Er schmeckte nach Blut und Scotch, eine würzige Note, die mich high machen könnte. Er stöhnte und mein verräterischer Körper versuchte, sich ihm zu nähern, während er seinen Griff verstärkte und mir jeglichen Spielraum nahm, den ich hätte haben können.

»So wild, kleiner Sukkubus. Ist es der Schmerz, nach dem du dich sehnst?«

»Zeigst du mir, wie man sich ernährt, oder bist du weiterhin ein Schlappschwanz ...«

Seine Hand glitt zwischen uns und rieb mich durch den Stoff meiner Shorts. Meine Augen rollten in meinem Kopf zurück, während meine Hüften seinem Befehl folgten.

»Ich habe dich etwas gefragt, Ruby. Du musst nicht unhöflich sein.«

Seine Stimme lullte mich noch tiefer in den Dunst der Verzweiflung ein und mein Fieber stieg mit jedem Kontakt zwischen uns. Mit jedem seiner Geräusche, mit seinem Geruch, seiner Berührung. All das ließ mich in eine Version von mir eintauchen, die ich nie gekannt hatte. Ich war Leidenschaft. Ich war Verlangen. Ich brannte.

»Ich brauche eine Antwort. Ist es der Schmerz, nach dem du dich sehnst, oder willst du dich mir unterwerfen, während ich dir beibringe, wie du dich sättigen kannst?«

Seine folternden Finger glitten weiter zwischen meine Beine und er schob einen unter den dünnen Baumwollstreifen. Er strich über meine nackte Haut und spürte dabei die Feuchtigkeit dort.

»Ich unterwerfe mich niemandem«, stöhnte ich.

»Ruby«, sagte er warnend. »Ich verliere gerade den Verstand, weil ich in dir sein will. Wir müssen beide satt werden und du hast mich gebeten, dich nicht nach Strich und Faden zu vögeln. Das heißt, du hast zwei Möglichkeiten.« Er hielt inne und rieb mit dem Fingerrücken an meinem Eingang. Meine Hüften wippten sanft in seinem Rhythmus. »Entweder du unterwirfst dich mir oder ich bringe Julian rein und du *wirst* dich ihm unterwerfen. Wie willst du es haben?«

Die Bestie in mir wollte sie alle. Zur gleichen Zeit.

In dieser Hinsicht war sie eine versaute kleine Schlampe.

Ich war mir nicht sicher, ob ich sie beide auf einmal überleben würde. Geschweige denn alle vier.

Aber der Gedanke hatte auch seine Reize ...

Ich stöhnte auf, als Allistair mich weiter neckte.

»Ich brauche jetzt keine Schmerzen«, stieß ich hervor. Allistair grinste, aber so leicht ließ er mich nicht davonkommen.

»Was wirst du dann tun?«, fragte er leise.

Wir waren wieder beim Thema. Natürlich waren wir das, verdammt.

»Ich werde ...« Er zog eine Augenbraue hoch und forderte mich heraus, es zu sagen. Das reichte fast aus, um die Bestie zu reizen, aber das wollte ich im Moment nicht. »Ich werde tun, was du *verlangst*«, sagte ich schließlich.

Kurzzeitig dachte ich, er würde so lange drängen, bis er hörte, was er hören wollte, aber selbst Allistair war dafür nicht geduldig genug. Er krümmte seinen Finger und riss den Stoff meines Höschens mit einer schnellen Bewegung in der Mitte auseinander.

»Sehr gut«, sagte er mit Schärfe in der Stimme, während er mich entblößte. »Du wirst kommen. Hart. Und wenn du kommst, werde ich mich an deiner sexuellen Energie laben. Es wird sich wie ein Ziehen anfühlen, aber mach dir keine Sorgen. Wir haben das schon mal gemacht.«

Ohne Vorwarnung stieß er zwei Finger in mich hinein und ich schrie vor Schreck auf. Ohne zu zögern, fing er an, sie in mich hinein- und herauszupumpen, und baute dabei langsam einen Rhythmus auf. Mein Blut kochte vor mich überflutender Lust.

Eine dicke Rauchwolke begann sich um ihn herum zu bilden, die wie geschmolzenes Gold schimmerte. Er drückte seinen Daumen gegen meine Klitoris und der Rauch zog nach außen und schmiegte sich um uns. Er modellierte uns. Er umspielte meine Haut und ließ die Härchen vor Energie kribbeln. Ich zitterte gegen seine Finger und sie ließen nicht locker.

»Mehr«, hauchte ich und versuchte, mich auf seinem Schoß zu winden, aber Allistair gab keinen Zentimeter nach. Mein Rücken wölbte sich, meine Arme lagen sicher hinter mir, und er drückte mich auf meine Knie, während ich versuchte, alles zu nehmen, was er mir zu geben bereit war. Allistair brummte anerkennend und beugte sich, um seinen Mund auf meine rechte Brustwarze zu drücken.

»Du kennst die Regeln.«

Er saugte hart daran und umspielte mit seiner Zunge die Spitze, wobei er mich immer höher trieb, während seine Finger langsamer wurden. Sein Daumen kreiste träge um meine sensible Knospe und übte genug Druck aus, um mich verrückt zu machen, aber nie über den Rand hinaus zu bewegen.

Ich knurrte ihn an und der Bastard biss mich. Mein schmerzendes Inneres zog sich zusammen, als ich verzweifelt nach meiner Erlösung verlangte, und ich stöhnte frustriert auf, was an einen Schrei grenzte.

»Sag meinen Namen, wenn du kommst.«

Besitzergreifender Bastard.

»Ja«, fauchte er. »Das bin ich.«

Ich hatte nicht einmal Zeit zu antworten, bevor er eine Spur von saugenden Küssen auf meiner Brust hinterließ. Er knabberte an meiner anderen Brustwarze und zog heftig daran, während er gleichzeitig seine Finger krümmte.

»Allistair«, rief ich. Mein Körper krampfte sich um ihn herum zusammen und presste sich an seine Finger, die immer noch gierig in mich eindrangen, während er mir die ganze Lust nahm – und noch mehr. Gerade als ich dachte, das Hochgefühl würde nachlassen, war da dieses Ziehen, das mich in der Glückseligkeit festhielt. Ich explodierte und der Raum bebte mit mir.

Allzu bald hörte der Orgasmus auf und ließ mich wie leergefegt zurück ... Als Allistair meine Arme freigab und mich auf seinen Schoß fallenließ, rieb der grobe Stoff seiner Hose an mir, unter welcher sich sein harter Schwanz abzeichnete. Ich drückte mich an ihn und genoss das tiefe Stöhnen, das ich zwar nicht hörte, aber spürte.

Er wollte mich. *Warum also verwehrte er es sich?*

Allistair griff nach unten, packte mich an den Hüften, hob mich mit Leichtigkeit von ihm herunter und beugte sich vor, um mich vor sich auf den Boden zu setzen.

»Was machst du da ...«

»Geh auf die Knie!« Ich blinzelte angesichts des Tonfalls in seiner Stimme. Sie war tiefer als sonst. Kräftiger. Fast noch ... *verzweifelter.*

Ich setzte mich auf den kalten Boden und zwischen seine gespreizten Beine.

Mein Herz hämmerte gegen meine Brust, während ich ihn von unten anstarrte. Ich hatte mich nie als unterwürfig betrachtet, aber diese Seite von ihm faszinierte mich. Die Seite, bei der ich fast spüren konnte, wie er ... aus den Angeln gehoben wurde. Er präsentierte seine Arroganz mit einer Selbstsicherheit, wie sie nur wenige an den Tag legen konnten, aber darunter spürte ich eine Verzweiflung. Seine Kontrolle galt mehr ihm selbst als mir.

»So?«, fragte ich leise.

»Ja.«

Ich wollte erschaudern, als der Goldstaub um uns herum auf meine Haut drückte und überall kribbelte, wo er sie berührte. Ich fuhr mir mit der Zunge über die Unter-lippe und schmeckte sein Blut, vermischt mit etwas Star-kem. Etwas ... Köstlichem.

»Was du schmeckst, nennt man Kama. Es ist die sexuelle Energie, die unsere Art nährt.« Seine Worte bahnten sich ihren Weg in mein Gehirn, während mich die goldenen Partikel zu ihm zogen. Mich aufforderten näherzukommen. Mehr zu nehmen.

»Kama ...«, murmelte ich. »Wie Kamasutra?«

Allistair schmunzelte. »Genau.«

Ich hob eine Hand in seine Richtung und ließ sie nur wenige Zentimeter von ihm entfernt schweben. Die leuchtend gelbe Substanz überzog meine Finger und ich führte sie zu meinem Gesicht, um sie zu untersuchen. Es sah wirklich aus wie Goldstaub. Zögernd hob ich meinen Zeigefinger an die Lippen und leckte das Goldpulver ab. Ein unstillbares Verlangen überkam mich und ich schlang meine Lippen um den Finger und stöhnte tief, während ich ihn trocken saugte.

»Genug«, knurrte Allistair und lenkte meine Aufmerksamkeit wieder auf ihn. Ich blickte auf und biss mir sanft auf den Zeigefinger. Seine Pupillen weiteten sich und ein leises Grollen ertönte in seiner Brust. »Es ist unhöflich, mit anderen deiner Art zu spielen, kleiner Sukkubus.«

In seiner Stimme lag die Schärfe, an die ich mich erinnerte. Die Worte waren scharf genug, um Fleisch zu schneiden, aber sie machten einem Mädchen Lust auf mehr.

»Du bist derjenige, der mich immer wieder abweist, Hunger.«

Ich war es nicht allein, der das herausgerutscht war. Die Bestie war sehr, sehr nah an der Oberfläche, und ich war mir nicht sicher, ob Allistair sie durch seine eigene Bedürftigkeit sehen konnte. Seine Nasenflügel weiteten sich und seine Pupillen wurden immer größer. Dunkler. Voller. Bis kein einziger weißer Fleck mehr in seinen Augen zu sehen war. Er sah mich an wie der Reiter, der er war. Ein Ungeheuer für beide Welten.

Aber das war ich auch und er jagte uns keine Angst ein.

»Knöpfe meine Hose auf!«

Wegen der Unverfrorenheit seiner Aufforderung starrte ich ihn eine Weile mit offenem Mund an. War ich nicht diejenige, die ihn schon seit Wochen dazu anstachelte? Mit ihm spielte. Ihn herausforderte. Ich hatte ihm verboten, Sex mit mir zu haben, aber ich musste mich sättigen und er musste ficken. So viel war klar.

Wenn das Lutschen meines Fingers ihn schon fast aus den Angeln hob ... Die Bestie drängte nach vorn und verscheuchte das letzte bisschen meines Zögerns.

Ich streckte meine Hände aus, legte sie auf seine Oberschenkelinnenseiten und umklammerte ihn, damit ich vorwärts rutschen konnte. Er stöhnte auf, als meine Hände über die straffen Muskeln seiner Beine fuhren und sich langsam der harten Beule in seiner Hose näherten. Er zuckte zusammen, als meine Handfläche über ihn glitt und ich seine harte Länge zweimal auf und ab rieb.

»Knöpfe meine Hose auf!«, wiederholte er.

Ich klemmte den Reißverschluss zwischen zwei Fingern ein und zog ihn mit übertriebener Langsamkeit herunter. Normalerweise hätte ich eine schlagfertige Antwort parat gehabt, aber das war nicht so einfach, während ich diesen ganzen Goldstaub einatmete. Sein ... Kama. Der verdammte Staub vernebelte mein Gehirn und machte es mir schwer, Gedanken und Worte zu fassen, obwohl ich ihn nur ficken wollte. Wir hatten sogar ein Bett und alles ... Nein. Nö. Ich schüttelte den Kopf.

Lutschen. Nicht ficken. Verstanden, Ruby?

Als der Reißverschluss halb unten war, hielt ich inne

und meine Lippen spreizten sich, als seine Erektion ihn den Rest des Weges nach unten zwang.

»Ohne Unterwäsche, was?«, fragte ich und meine Stimme war nicht so leicht, wie ich es gern gehabt hätte. Da war zu viel Spannung. Zu viele Gefühle wirbelten in meiner Brust. Zu viel Schmerz zwischen meinen eigenen Beinen.

Zu stark kam die Bestie zum Vorschein.

Dennoch ignorierte er es.

»Ich bin gern vorbereitet«, sagte er achselzuckend, aber als ich mit einem Finger seine Länge entlangfuhr, bemerkte ich, wie sich sein Körper unter mir anspannte. Ich beugte mich vor und folgte mit meiner Zunge dem Weg, den mein Finger genommen hatte.

Er erschauderte und ein einzelner glitzernder Tropfen bildete sich auf seiner Spitze. Ich würde das sehr genießen.

Sinnlich schloss ich meine Lippen um seine geschwollene Spitze und schmeckte seinen salzigen Geschmack, wobei ich darauf achtete, meine Zähne nicht zu benutzen. Allistair stöhnte ermutigend auf, und ich nahm ihn in mir auf. Seine Spitze berührte den hinteren Teil meiner Kehle, sodass ich einmal würgen musste und mein Mund mit Speichel bedeckt war.

Er nahm mein Haar und führte mich vorwärts. Ich ließ mich fallen und nahm ihn tiefer auf.

»Fuck, du bringst mich noch um«, knurrte er.

Allistair war beileibe nicht klein, aber fuck, wenn er noch größer gewesen wäre, hätte ich ihn nicht bis zur Basis aufnehmen können. Meine Augen brannten ohnehin schon, sodass sich Tränen bildeten, aber diese Macht über ihn ... Dieses Gefühl, was ich ihm antun könnte, was ich ihm wegnehmen könnte, obwohl ich ihm ausgeliefert war ...

Es war aufregend. Berauschend.

Es war ... ich atmete durch die Nase ein und war auf den plötzlichen Angriff auf meine Sinne nicht vorbereitet. Ich konnte es nur als die sensationellste Erfahrung meines Lebens beschreiben, bei der ich gleichzeitig überall und nirgends war. Mein Körper kribbelte vor Kraft, Energie und Kama – ich zog mich zurück und ließ meine Zunge über seine Unterseite gleiten und um die Spitze kreisen. Allistair zuckte in meinem Mund und zu meinem Entsetzen pochte die besondere Stelle zwischen meinen Schenkeln heftig.

Ich hob meinen Blick zu ihm, meine Augen blitzten vorwurfsvoll. Es war zwar mein Mund, den er nahm, aber durch sein Kama fühlte es sich nach mehr an. Ein kleines Lächeln umspielte seine Lippen, als er mich beobachtete.

»Fühlt sich viel besser an, als du gedacht hast, oder?«

Ich antwortete darauf, indem ich meine linke Hand fallenließ und begann, mich zu reiben.

»Wenn ich komme, wird mein Kama herausfließen. Du wirst es einatmen müssen, Ruby. Stell dir vor, so viel wie möglich in dich hineinzuziehen«, sagte er mit zusammengebissenen Zähnen. Ich brauchte diese Ermutigung wirklich nicht. Das alles war verdammt geil.

Die Bestie fand das auch, aber ich war schon so weit fortgeschritten, dass ich es nicht mehr merkte.

Ich saugte hart an ihm und wirbelte ein letztes Mal mit meiner Zunge über seine Spitze, bevor Allistair mein Haar fester packte. Während er mich nach unten führte, stieß er zu und zwang mich, ihn bis zum Anschlag aufzunehmen. Meine Augen brannten vor Tränen und mein Inneres fühlte sich heißer an als die Flammen der Hölle. Unerbittlich schob er sich in meine Kehle. Ich rieb mich selbst in fiebrigen Kreisen und näherte mich mit ihm gemeinsam schnell meinem eigenen Höhepunkt.

Oh, verdammt, ja.

Ich stöhnte auf, schluckte noch einmal und er kam. Sein Sperma traf meine Kehle, als er mehrere flache Stöße ausführte, und dann ... Kama.

Wie er gesagt hatte, strömte es aus ihm heraus und in mich hinein. Als ob ich wüsste, was zu tun war, atmete ich ein und versuchte, mich darauf zu konzentrieren, während ich über meine Klitoris strich und mich in Glückseligkeit auflöste. Meine Finger glitten tiefer, zwei rutschten in mich hinein, und ich ritt meinen eigenen Höhepunkt aus, während ich so viel wie möglich von ihm nahm.

Hinter meinen Augen tauchten Flecken auf, helle weiße Blitze, die sich von der Schwärze abhoben und mich für ein paar Sekunden einnahmen. Als meine Sicht langsam zurückkehrte und mein Körper aufhörte, zu pochen, bemerkte ich, dass meine Lippen immer noch auf Allistair lagen und er mich noch nicht losgelassen hatte.

Ich wollte mich losreißen, aber zwei Handflächen drückten sich gegen meine beiden Kopfseiten. Sie hielten mich dort fest.

Kontrollfreak.

»*Mein*«, knurrte eine Präsenz zurück.

Die Besessenheit, die sie ausstrahlte, provozierte die Kontrolle der Bestie und sie rastete aus. Voller Kama und Kraft schoss sie nach vorn. Innerhalb eines Wimpernschlages hatte sie die Kontrolle übernommen und legte ihre Hand flach auf seinen Unterleib. Allistair wollte sich wieder aufrichten, aber sie griff mit der anderen Hand nach seiner Schwanzbasis und nahm den halb erigierten Schwanz in den Mund, während er zuckte. Allistair vergrub seine Hände in ihrem Haar, aber ich glaube nicht, dass er merkte, mit welcher Ruby er spielte, nicht bis sie an dem kleinsten Keim der Flamme zerrte und sie auf seinen Bauch goss. Das Feuer wurde immer stärker. Sicherlich hätte er schon lange wissen müssen, was los war, aber er stoppte es nicht.

Warum stoppte er es nicht?

Panik machte sich in mir breit, aber die Bestie hatte mich fest im Griff. Ich hatte ihr klargemacht, dass er ein akzeptabler Gefährte war. Wir waren beide einer Meinung, was bedeutete, dass sie ihn für sich beanspruchen konnte.

Allistair musste das wissen. Trotzdem wurde sein Schwanz hart und er hielt mein Gesicht mit Inbrunst auf beiden Seiten fest. Die Bestie schaute ihn mit schüchternen Augen an, und ich hatte keinen Zweifel mehr. Er wusste es und beugte sich ihrer Berührung.

Das Brennen in ihrer Handfläche verstärkte sich, als die Magie den Siedepunkt erreichte. Er atmete zischend ein, als sie ihm unser Zeichen einbrannte. Dann stieß er ein raues Stöhnen aus und zog sie an sich ... er zog sie näher zu sich heran ...

Sie löste sich von ihm. Ihre rechte Hand krümmte sich dort, wo sie ihn gebrandmarkt hatte, und ihre linke streichelte ihn mit kräftigen Stößen. Ich hätte eine Scheißangst gehabt, dass ich ihm aus Versehen den Schwanz abriss, so stark wie ich war, aber die Bestie war nicht besorgt. Sie nutzte ihre beachtliche Kraft, um ihn wieder an den Rand des Höhepunkts zu bringen. Ihre Zunge leckte über seine Eichel, aber kurz bevor er einen Stoß ausführen konnte, ließ sie ihn los und lehnte sich weg.

Allistair griff nach ihr und kümmerte sich nicht um das leuchtend blaue Pentagramm, das sich auf dem V seiner Leiste abzeichnete.

Er schob eine Hand in meine Halsbeuge, um meinen Kiefer zu führen, und wickelte die andere grob in mein Haar. Ich hätte das weitergehen lassen. Das wusste ich im

Grunde meines Herzens. Ich hätte ihm wieder einen geblasen und ihn vielleicht sogar noch mehr gegeben.

Ich hätte mich von ihm zerschmettern lassen, wie er es vermutlich auch getan hätte – Versprechen hin oder her –, wenn nicht in dem Moment eine Tür aufgestoßen worden wäre.

Ich blinzelte und Allistair hielt für den Bruchteil einer Sekunde inne. Er ließ nicht locker, aber er zog mich auch nicht näher zu sich.

»Ich habe gemerkt, dass die Schutzwälle überstrapaziert werden ...« Julian verstummte, als er mich sah, praktisch nackt, mit gerötetem Gesicht und geöffneten Lippen, Allistairs erigierten Schwanz keine zehn Zentimeter vor meinem Gesicht. »Sie ist satt«, mutmaßte Julian. Die rohe Kälte, die von ihm ausging, raubte mir die Hitze und mit ihr verließ mich auch die Bestie.

Ich löste mich aus Allistairs Griff und meine Kraft war vorübergehend wieder mächtiger als die seine. Meine Oberschenkel klatschten auf den glatten Marmor, als ich zur Seite kippte und heiser hustete. Allistair knurrte leise und Julian blieb mit vor der Brust verschränkten Armen an der Tür stehen. Ohne Griff und nur mit glattem cremefarbenem Anstrich fügte sich die Tür, die ich vorher nicht als Tür erkannt hatte, in den Rest der Wand ein. Aber er starrte mich mit harten grünen Augen an, die ich nicht lesen konnte, wenn ich nur das sah, was meine Augen sahen. Begierde und Misstrauen machten den Großteil seiner Gefühle aus, abgesehen von dem kleinen Funken Neid, den er noch zu zügeln versuchte.

»Siehst du etwas, das dir gefällt?« Ich fauchte ihn an und war wahnsinnig genervt von der Eifersucht, die ihn immer wieder überkam. Die Eifersucht, die er wie ein verdammtes Kind ignorieren wollte, obwohl er ein erwachsener Mann war. Das machte die ganze Sache nur noch komplizierter und schwieriger für mich zu verstehen.

»Wovon redest du?«, fragte er, aber nicht auf die kokette Art, wie Allistair es gern tat. Julian versuchte tatsächlich immer noch, dieses Spiel zu spielen. Er tat so, als würde es wie von Zauberhand verschwinden, wenn wir beide es ignorierten.

»Vergiss es!«, krächzte ich und lehnte mich zurück an die Wand. Allistair hatte wenigstens den Anstand, aufzustehen und mir einen Drink zu holen. Julian stand derweil da und sein glühender Blick durchbrach jede Illusion dessen, was hier wirklich vor sich gegangen war. Ich verdrehte die Augen und nahm das Glas mit der bernsteinfarbenen Flüssigkeit an, das Allistair mir anbot.

»W-was ist das?« Ich verschluckte mich und kippte das Getränk zurück.

»Zweihundert Jahre alter Scotch.«

Ich würgte kurz und schluckte, bevor ich noch stärker hustete als ohnehin schon.

»Was zum Teufel? Warum in aller Welt hältst du Scotch für angemessen, wenn jemand hustet ...«

»Warum sollte ich meinen Scotch nicht mit meiner Gefährtin teilen?« Als er das sagte, funkelte es in seinen Augen und das bestätigte meinen Verdacht. Allistair hatte wahrhaftig beansprucht werden *wollen*. Genau wie Laran es getan hatte und genau, wie Rysten es immer noch tat.

Aber Julian war eine andere Geschichte.

Er war absichtlich blind und die Eifersucht, die er empfand, würde nur noch schlimmer werden, wenn es so weiterging. Wir würden für immer zusammen sein. Buchstäblich bis ans Ende der Zeit, denn sie waren meine Beschützer. Wenn er so weitermachte, würde das bestenfalls unsere Beziehung erschweren. Die Bestie wollte ihn.

Sie wollte sie alle, aber ewig war eine verdammt lange Zeit, um sich mit diesem Unsinn zu beschäftigen.

Ich wandte meinen Blick von Allistair ab und sagte zu niemandem Bestimmten: »Ich will ein Bad. Ich will Moira sehen. Und dann will ich reden. In dieser Reihenfolge.«

Julians Kiefer zuckte, aber ansonsten ließ er sich seine Verärgerung nicht anmerken.

»Hast du noch andere Forderungen?«, schnappte Allistair und wurde abweisend.

Ich wusste, dass es ihn in gewisser Weise verletzte. Er hatte es zwar gewollt – ich hatte nicht ernsthaft darüber nachgedacht –, aber meine Wischiwaschi-Haltung zu diesem Thema kam jetzt etwas zu spät, da die Bestie eine weitere lebensverändernde Entscheidung getroffen hatte. Julians Anwesenheit erinnerte mich nur daran, dass ich nachdenken musste – denn sobald ich meine Verwandlung vollzogen hatte, war alles vorbei. Dessen war ich mir schmerzlich bewusst.

»Ja, in der Tat.« Ich zeigte auf die halb volle Flasche Scotch, die Allistair in der Hand hielt. »Ich will den Rest davon. Ich glaube, ich werde ihn benötigen.«

5

ALLISTAIR

Ich könnte ihm den Schwanz abreißen und ihn ihm in die Kehle schieben, bis er daran erstickte.

Leider konnte Tod nicht sterben und ich hatte mehr Klasse als das.

Ruby mit meinem Scotch in der Hand aus dem Zimmer fliehen zu sehen, war eine der härteren Erfahrungen, die ich je hatte machen müssen. Es gab viele Arten von Bindungen, aber die Gefährtenbindung und das Brandzeichen waren eine besondere Art der Beziehung. Dass ich gebrandmarkt und zum zweiten Gefährten ernannt worden war, entsprach meinem Wunsch, aber ihr Verhalten danach war … schmerzhaft.

Meine Fingerspitzen fuhren die Umrisse des dunkelblauen Pentagramms nach. Julian räusperte sich von der Tür aus, seine spitze Art zu sagen, dass ich mir ein Hemd anziehen sollte, weil er ein eifersüchtiger Bastard war und damit nicht umgehen konnte.

»Brauchst du etwas, Tod? Oder genießt du es einfach, ein Masochist zu sein?« Sein Blick wurde so brutal wie der Winter am Polarkreis.

»Fang verdammt noch mal nicht damit an, Hunger.«

Ich zog eine Augenbraue hoch. »Womit? Du hast uns wegen der *Schutzwälle* unterbrochen, von denen wir beide wissen, dass sie die erste Fütterung überstanden hätten.« Seine Augen blitzten und er sah weg. *Ja, ich weiß, wie stark unsere Schutzmaßnahmen sind.* »Gib es zu, Julian! Du bist ein Mistkerl, weil du nicht teilen willst, aber du willst auch keinen Schritt machen.«

»Du weißt nicht, wovon du sprichst ...«

»Ich kann deine verdammten Gefühle lesen. Lass den Scheiß. Ich weiß, warum du hier bist. Kannst du mir sagen, wie lange du draußen gestanden hast, bevor du mich unterbrochen hast?«

Ich rückte meine Hose zurecht, obwohl ich dank der Dämonin, die mich wegen dieses Arschlochs im Stich gelassen hatte, einen äußerst unangenehmen Anfall von blauen Eiern hatte. Noch nie hatte ein Mädchen mein Bett verlassen. Noch nie hatte eins richtig gehen können, nachdem ich mit ihr fertig gewesen war. Andererseits hatte Julian es auch noch nie gewagt, mich zu stören.

»Lange genug«, antwortete er.

Seine Art zu sagen, dass er nie gegangen war. Andere wären darüber wütend gewesen, vielleicht auch Julian selbst, weil er sich schämte, aber diesen Luxus konnte ich mir nicht leisten. Nicht, wenn für uns alle zu viel auf dem Spiel stand – vor allem für Ruby –, um die ungelösten Probleme zu einem harten Groll verkommen zu lassen.

Sosehr es mich auch schmerzte, ihr Brandzeichen zu verdecken, dies war keine normale Verbindung und würde mehr Taktgefühl erfordern, als jeder von ihnen hatte. Ich fand das Hemd, das ich auf dem Boden abgelegt hatte, und zog es wieder an. Ich knöpfte es richtig zu und legte meine

Manschettenknöpfe an, bevor ich mich wieder zu ihm umdrehte.

»Hast du gehört, was ich ihr angeboten habe, als sie anfing, sich zu wehren?«, fragte ich ihn. Wieder murmelte er etwas Unverständliches vor sich hin. Ich wertete das als ein Ja. »Wenn ja«, machte ich eine Pause, »dann solltest du wissen, dass die Möglichkeit ... sie fasziniert.«

Julian verkrampfte sich und es war die Stille eines Raubtiers, das noch tödlicher war als ich, die mir sagte, wie sehr er von ihr beeinflusst wurde.

»Ich teile nicht«, sagte er schließlich. Ich schüttelte den Kopf, als er sich zum Gehen wandte.

»Du hast keine Wahl.«

Julian kam auf mich zu. »Du weißt, warum ich wegbleibe. Warum ich wegbleiben *muss*.«

Das wusste ich, aber ich fand seine Gründe nicht überzeugend genug. So gern ich sie auch für mich behalten hätte, ich könnte teilen, wenn ich dadurch einen Teil von ihr behalten dürfte. Ich könnte sie eine Königin mit vier Gefährten sein lassen, so lange es nur uns gab.

Aber Julian konnte das nicht.

»Es gibt jetzt größere Monster als dich auf dieser Welt und eines von ihnen hat dich zu seinem Gefährten auserkoren. Du kannst aus Pflichtgefühl nicht weggehen, aber du gibst ihr nicht, was sie will. Du denkst, du kannst nicht teilen?« Ich schmunzelte dunkel und seine Augen blitzten warnend auf. »Stell dir vor, dass du dir das eine Ewigkeit lang ansehen musst, während du die traurige, erbärmliche Zeit ihrer Verwandlung immer wieder in deinem Kopf durchspielst und dich fragst, warum du die idiotischste Entscheidung deines Lebens getroffen hast.« Ich hielt inne, als sein Kopf zuckte und er die Fäuste ballte. Wenn er so kurz davor war, durchzudrehen, dann würde ihre Verwandlung genauso gut verlaufen wie die Wutanfälle der Bestie. »Ich kann keine Entscheidungen für dich treffen und ehrlich gesagt weiß ich nicht, warum ich dieses Gespräch erzwinge, wenn weniger von dir für mich mehr Zeit mit ihr bedeutet. Du musst deinen Kopf aus deinem Arsch ziehen, wenn es um sie geht. Du wirst nie einen Teil von ihr bekommen, dafür aber ihre Gefühle für dich zerstören, wenn du dich weiterhin wie ein pubertierender Junge benimmst und vor der Realität unserer Situation wegläufst. Verbinde dich mit ihr oder lass es bleiben, aber lass sie sich in der Zwischenzeit nicht wie Scheiße fühlen. Sie hat schon zu viel um die Ohren, um sich mit deinem Selbstmitleid zu beschäftigen.«

Nur selten musste ich Julian vor sich selbst retten. Als ich durch den Spiegel ging und ihn mit seinen Gedanken allein ließ, fragte ich mich, ob ich eines Tages zurückblicken und feststellen würde, dass dies eines dieser Male war. Ob der Druck, den ich auf ihn ausübte, das war, was er brauchte, um endlich seine eigenen Dämonen zu überwinden, oder ob die Gedanken selbst zu viel für ihn waren und ihn schließlich auffraßen.

6

JULIAN MOCHTE DIE AUGEN VERDREHT HABEN, ABER ich hatte den Rest der Scotch-Flasche bekommen.

Eine halbe Stunde später saß ich in dem Whirlpool und scherte mich einen Dreck um irgendetwas, als ich die Flasche leerte und sie zur Seite stellte. Die Düsen lösten die Verspannungen in meinen Schultern und zum ersten Mal in den letzten sechzehn Stunden fühlte ich mich halbwegs wie ich selbst. Ein hämmernder Kopf infolge interessanter Lebensentscheidungen und ein Übermaß an Alkohol waren besser, als Scheiße anzuzünden und mich auf die Reiter zu stürzen.

Es klopfte an der Tür, bevor sie aufschwang.

»Du kannst dich nicht ewig hier verstecken.«

Moiras Stimme drang zu mir durch, als sie barfuß, aber in Party-Chic gekleidet, ins Bad kam. Sie trug ein schwarzes Minikleid und Onyx-Ohrstecker, die im schummrigen Licht funkelten. Ihr dunkelgrünes Haar hatte sie zu einem riesigen Ballerina-Dutt hochgesteckt, in dem keine einzige Strähne fehl am Platz war. Das brachte ihre blauen Augen zum Strahlen und die Pentagramme zum Wirbeln. Das

Zeichen des Teufels – mein Zeichen – war für immer in sie eingebrannt.

»Ich verstecke mich nicht«, log ich. »Ich fühle mich nur nicht gut.«

Moira warf mir einen strengen Blick zu und ich stöhnte auf, als ich mich zurücklehnte und meinen Kopf auf Bandit stützte, der sich hinter mir auf dem Badewannenrand ausstreckte. Er schnurrte und schlang seinen Schwanz um meinen Hals. Ich griff abwesend nach hinten, um ihn hinter dem Ohr zu kraulen.

»Natürlich fühlst du dich nicht gut. Du betrittst gerade die Phase deiner Verwandlung. Ich wäre schockiert, wenn es dir gut ginge.« Sie setzte sich hinter mich; ihre Schritte waren fast lautlos auf dem Steinboden. »Jedes Mal, wenn du in der Nähe von einem von ihnen bist, willst du sie entweder ficken oder töten. Und so komisch es auch ist ... das bist nicht du. Das sind die Hormone oder wie auch immer du es nennen willst.« Ich spürte ihre Hände in meinem Haar, als sie den unordentlichen Knoten löste, den ich gemacht hatte, und begann, sich durch die Wirrungen zu arbeiten.

»Es frustriert mich, dass sie meinen, sie könnten mir sagen, was ich zu tun habe, und entscheiden, was das Beste für mich ist. In Anbetracht der komplizierten Beziehungen, die wir im Moment führen, finde ich meine Einstellung nicht unvernünftig«, brummte ich. Moira massierte sanft meine Kopfhaut, ihre gleichmäßige Wärme und Zufriedenheit strahlten auf mich ab.

»Sie ... geben sich Mühe. Das ist nicht gerade die konventionellste Situation. Du bist viel mächtiger, als sie es erwartet haben, und deine Stimmungen sind sehr wechselhaft. Tut mir leid, aber es ist wahr«, fügte sie hinzu, als ich meinen Mund öffnete, um zu widersprechen. »Außerdem hat die Bestie bereits deutlich gemacht, dass sie sie für sich beanspruchen will. Ganz zu schweigen von der Vertrauten-Sache, über die wir noch gar nicht gesprochen haben.« Ich öffnete den Mund erneut, dieses Mal, um mich zu entschuldigen, und sie zog mich ein wenig am Haar. »Denk nicht einmal daran, dich zu entschuldigen. Es ist schon genug Mist passiert. Das kann warten, bis wir die Gelegenheit haben, durchzuatmen. Ganz im Ernst. Wenn die Reiter recht haben, bin ich schon seit Jahren deine Vertraute. Dass du mich gebrandmarkt hast, macht es nur offiziell.«

Ich wusste nicht, womit ich es verdient hatte, eine beste Freundin wie sie zu haben. So verrückt sie auch sein mochte, sie war der Fels, den ich brauchte, wenn die Welt den Bach runterging. Eine Träne prickelte in meinem linken Auge und ich wischte sie weg, bevor sie fallen konnte.

»Bist du sauer, weil ich dich gebrandmarkt habe?«, fragte ich leise und wurde mir immer bewusster, dass Wasser aus dem Wasserhahn tropfte und drei Herzschläge den großen Raum erfüllten.

»Auf keinen Fall. Wie kommst du denn auf so etwas?« Sie brauchte nicht einmal über ihre Antwort nachzudenken.

»Weil ich weiß, wie du über Brandzeichen im Allge-meinen denkst, und ich will nicht, dass du denkst, ich würde dich besitzen oder so einen Scheiß. So ein Dämon bin ich nicht.« Ich schluckte schwer. »Das wollte ich nicht ... ich wollte dich nur retten.« Moira ließ mein Haar los und setzte sich an den Rand der Wanne.

»Du musst dich dafür nicht entschuldigen, Ruby«, sagte sie und deutete auf ihre Augen. »Ich weiß, was für eine Art Dämon du bist, und ich weiß, dass du mich nicht aus einem abgefuckten Besessenheitskomplex heraus gebrandmarkt hast. Du hast mir das Leben gerettet und so, wie ich das sehe, wird die Hölle mit deinem Zeichen auf mir viel sicherer sein. Keiner legt sich mit einem Dämon an, der das Pentagramm des Teufels trägt. Die Leute werden es sich zweimal überlegen, bevor sie etwas versuchen.« Ich griff nach ihrer Hand und drückte sie sanft. Sie schlang ihre beiden Hände um meine und drückte zurück. »Die Reiter sind auch verdammt sauer, weil sie eigentlich deine Vertrauten sein sollten. Ich finde es gut, dass sie dich mir nun nicht einfach wegnehmen können. Sie und alle anderen wissen jetzt, was Sache ist.«

Ich schmunzelte leise vor mich hin. Natürlich würde sie das so sehen.

»Wir sind ein Gesamtpaket«, stimmte ich zu.

»Ja. Du, ich und der Müllpanda«, kicherte Moira. Bandit grummelte und zog seinen Schwanz fester um mich.

»Waschbär«, korrigierte ich sie.

»Er hat *buchstäblich* Müll gefressen, bevor du ihn aufgenommen hast. Du kannst nicht einmal behaupten, dass er wie eine weniger domestizierte Katze ist. Er hat Müll gefressen ...«

Es klopfte erneut an der Tür und sie wurde aufgerissen.

»Alles in Ordnung hier drin, Liebes?«, rief Rysten.

»Wir sind in einer Minute draußen«, sagte ich. Moira rollte mit den Augen, als die Tür zufiel. »Wie war es in der Bourbon Street mit ihm?«

Sie stöhnte auf. »Es ist schwer, Spaß zu haben, wenn man von jemandem beaufsichtigt wird, der nicht dort sein will. Ich schwöre, er hat die ganze Zeit geschmollt, weil du hier warst und er keinen ›Moira-Dienst‹ schieben wollte. Was zum Teufel ist das überhaupt?«

»Tja, tut mir leid, dass du nicht flachgelegt wurdest«, schmunzelte ich, ohne dass es mir wirklich leidtat. Ich war mir sicher, dass in der Hölle eine Menge Dämonen vor ihrer Tür stehen würden, und ich hoffte, dass sie dort sicherer wäre.

»Apropos.« Sie hielt inne und hob eine Augenbraue. »Was ist hier Sache? Ich habe gemerkt, dass du vorhin ein paar *Probleme* hattest. Sind es die Brandzeichen? Was ist passiert?«

Oh, Mann.

Ich war mir nicht sicher, ob ich dieses Gespräch führen wollte, aber mir lief die Zeit davon, in der ich überhaupt eine Wahl hatte. Ich hob meinen Kopf von Bandit und beugte mich langsam vor, um aus der Wanne zu steigen. Die warme Luft umspielte meine nasse Haut und benebelte meinen Kopf.

»Es ist kompliziert. Ich will sie. Alle. Aber wir müssen noch ein paar Dinge klären. Ich will nicht, dass sie Entscheidungen für mich treffen.«

Das war milde ausgedrückt. Wir hatten einige große Probleme zu klären, aber ich war mir nicht sicher, ob ich in meiner knappen Zeit mit Moira alles durchgehen wollte. Ich ließ ihre Hand los, um aus der Wanne zu steigen, und meine Zehen krallten sich in den zotteligen weißen Teppich unter mir.

»Dass ich sauer auf Allistair war, als ich aufwachte, hätte vermieden werden können, wenn sie mir gesagt hätten: ›Hey, du musst dich ernähren‹, anstatt mich auszuknocken und mich mit ihm in ein Zimmer zu stecken. Das war wirklich nicht cool und auch wenn ich mich jetzt besser fühle, entschuldigt das nicht, dass es eine beschissene Sache war.« Ich griff nach einem flauschigen weißen Handtuch und trocknete mich ab.

»Ich weiß nicht, ob du es merkst, aber für den Rest von uns hast du nicht so klar gedacht. Das solltest du bedenken und das kommt von mir. Du weißt, dass ich jedem von ihnen in den Arsch treten würde, wenn ich der Meinung wäre, dass sie etwas tun, was sie nicht tun sollten. Aber du hast ein Feuer im Wohnzimmer gelegt. Ein Feuer, das niemand außer dir kontrollieren kann.« Sie hielt inne und presste ihre Lippen zu einem besorgten Lächeln zusammen. »Ich fand das, was Allistair getan hat, nicht besonders klug. Ich habe ihnen gesagt, dass es dich wahrscheinlich noch mehr verärgern würde, aber ich verstehe auch, warum sie es getan haben ... Ich will nur sichergehen, dass du das auch willst, denn du hast bereits dieses Arschgesicht, Krieg und den Schönling, Hunger, für dich beansprucht. Krankheit kann es kaum erwarten, der Nächste zu sein. Wenn du das also nicht willst ...«

Sie ließ ihre Bemerkung in der Luft hängen, aber wir wussten beide, was sie meinte. Wenn ich das nicht wollte, war es ein bisschen zu spät, verdammt. Brandzeichen ließen sich nicht rückgängig machen.

Ich wünschte, jemand hätte der Bestie das gesagt, bevor sie diese Nummer abgezogen hatte.

Ich schüttelte den Kopf und drehte mich zum weißen Waschtisch, wo eine Yogahose und mein Lieblingstanktop auf mich warteten. In Oregon war es um diese Jahreszeit zu kalt, um etwas Ärmelloses zu tragen, aber unten in New Orleans und in der schwülen Hitze Louisianas war die Luftfeuchtigkeit das ganze Jahr über hoch.

Langsam zog ich mich an und ließ mir Zeit, während ich versuchte, meine Gedanken zu sortieren. Die Unschärfe kehrte bereits zurück. Ich gab mir keine Stunde Zeit, bevor ich erneut durchdrehte.

»Mein Leben hat sich schon zuvor schneller verändert, als mir lieb war. Jetzt beginne ich die Verwandlung zur Unsterblichkeit mit zwei Gefährten, aber die Bestie will mehr.« Ich presste meine Hände zusammen und drehte meine Finger. »Es ist nicht der Sex, der mich so weit bringt. Es ist mein Mangel an Kontrolle, wenn ich sie brandmarke. Ich hatte nicht vor, Laran zu brandmarken. Ich hatte verdammt noch mal nicht vor, Allistair zu brandmarken. Die Bestie hat das getan und jetzt sind sie beide meine Gefährten, obwohl wir diese Bindung noch nicht vollzogen haben. Sie will sie alle und ich kann mich nicht davon abhalten, sie auf jede erdenkliche Weise an mich zu binden.« Ich hielt inne, als ich endlich das Gefühl hatte, zum Kern der Sache zu kommen. »Aber was ist, wenn sie das nicht wollen? Ich meine – ich *weiß*, dass Rysten es will, aber Julian? Er hat ziemlich deutlich gemacht, dass er nicht weitergehen will, obwohl er eifersüchtiger ist als du. Er sollte das recht haben, sich zu entscheiden, genau wie Allistair und Laran ... Aber ich fürchte, wenn sie mich nicht wollen, wird die Bestie auch nicht zulassen, dass sie jemand anderen wählen ...«

Ich stieß einen schweren Seufzer aus und ließ die Schultern hängen. Ich sorgte mich um die Jungs. Alle von ihnen. Das tat ich wirklich, aber würde ich auch in hundert Jahren noch so fühlen? Oder in tausend? Ich hatte schon Laran und Allistair, um die ich mich sorgen musste. Das Gespräch mit ihnen würde nicht annähernd so einfach sein wie das mit Moira. Aber mit allen vieren? Bei dem Gedanken daran wurde mir ganz schwindelig.

Ich lehnte meine Hüfte gegen den Waschtisch und rieb mir die Schläfen. Das war wohl das, was man unter Dämonenproblemen und Bindungsängsten verstand, aber was konnte man von jemandem erwarten, der einem Mann keinen Blowjob geben konnte, ohne dass er durchdrehte?

»Okay, erstens: Julian kämpft einen aussichtslosen Kampf. Das wissen wir alle. Sogar der Müllpanda weiß das

...« Sie runzelte die Stirn, als Bandit ein schnatterndes ... *Lachen* von sich gab. Fast so, als würde er glucksen. »Der Punkt ist, er wird darüber hinwegkommen. Zweitens: Hast du die vier schon mal getroffen? Reden wir von denselben Reitern?«, fragte Moira und verschränkte ihre Arme vor der Brust. Ich zog verwirrt die Augenbrauen zusammen und wusste nicht, worauf sie hinauswollte. »Die vier sind nämlich ganz verrückt nach dir, und zwar schon, seit sie aufgetaucht sind.«

»Das heißt aber nicht, dass sie für immer mit mir zusammen sein wollen, Moira.« Bandit kam herüber und zerrte an meiner Hose, um mir zu signalisieren, dass ich ihn hochnehmen sollte. »Oder dass ich für immer mit ihnen zusammen sein will«, fügte ich hinzu, während ich ihn in meine Arme nahm.

»Du wirst für immer mit ihnen zusammen sein, ob du sie nun fickst oder nicht«, sagte sie und wippte fast ungeduldig mit dem Fuß.

»Ja, und mir wäre es lieber, wenn die Bestie nicht versucht, jemandem die Eier abzureißen, weil derjenige nicht mehr mit mir zusammen sein will«, erwiderte ich schnippisch und verdammt ungeduldig. Ihre eigene schlechte Laune über mein Zögern sprang auf mich über.

»Aber wenn du es nicht aufhalten kannst, dann wird es ohnehin passieren.« Sie zog beide Augenbrauen hoch und schürzte die Lippen, um ihren Standpunkt klarzumachen. »Und hast du sie schon mal gefragt, wie sie sich fühlen, anstatt nur Vermutungen anzustellen? Ich meine, zum Teufel, Ruby, ihre ganze Existenz dreht sich um dich. In ihren Augen hättest du den verdammten Mond aufhängen können, Babe.«

»Haben wir nicht schon darüber gesprochen, dass wir uns in Dinge stürzen, ohne darüber nachzudenken?«, fragte ich fast weinerlich. Bandit hielt mich fester und streichelte mit einer Pfote meine Wange. Moira rollte mit den Augen.

»Ja, das haben wir. Und wir sind zu dem Schluss gekommen, dass du die verdammte Königin der Hölle bist, ob es dir gefällt oder nicht. Das ist nicht anders, Ruby.« Sie marschierte direkt auf mich zu, packte mich am Kinn und zog mich auf ihr Niveau herunter. »Du hast vier wahnsinnig heiße Jungs, die sich deine Bestie ausgesucht hat, und wenn du hier sitzt und es leugnest, wird sich das auch nicht ändern«, sagte sie mit beruhigender Stimme. »Du kannst jetzt deinen Dämonen-Arsch zusammenkneifen und dich der Scheiße stellen, so wie du es mit allem anderen in deinem Leben getan hast, oder du kannst hier sitzen, schmollen und Scotch trinken. Wofür entscheidest du dich?«

Fest presste ich die Lippen zusammen und schaute auf die leere Flasche hinüber.

Ich wusste es. Ich wusste schon vor unserem Gespräch, was ich zu tun hatte. Ich wollte es nur nicht zugeben.

Aber so war es: Entweder ich hielt mich an das Programm oder das Problem würde mich irgendwann einholen. Das wollte ich nicht zulassen.

Ich war Ruby Morningstar, um Teufels Willen.

Ich hatte herausgefunden, dass ich Luzifers Tochter bin, und mehrere Attentatsversuche überlebt. Ich war missbraucht worden und gestärkt daraus hervorgegangen. Ich hatte gelernt, dass ich mehr Gaben hatte, als ich es je für möglich gehalten hatte, und jetzt wollte ich mich verwandeln wie ein verdammter Champion.

Hoffentlich. Denn es war ja nicht so, als gäbe es für diesen Job ein Lehrbuch.

Und mir gingen langsam die Möglichkeiten aus.

7

Die Sonne spähte gerade über den Horizont, als ich das Wohnzimmer betrat. Eine zentimeterdicke Glaswand war alles, was mich von den Wundern und Gefahren von New Orleans trennte. Irgendwo da draußen befand sich das Tor zur Hölle, aber im Moment hatte ich größere Sorgen. Sie kamen in Form von vier gefährlich verführerischen Dämonen, die zufällig alle auf mich warteten.

»Du scheinst dich besser zu fühlen«, sagte Allistair grinsend von der anderen Seite des Raumes. Er saß ohne Hemd da und stellte das blaue Brandzeichen auf seinem Unterleib zur Schau. Sein Arm lag auf der Rückenlehne der langen Ledercouch, wo ein freier Platz zwischen ihm und Rysten wartete.

Verflucht sei er. Er war keine Spur besser als Laran. Sie hatten beide aus den falschen Gründen viel zu viel Spaß an der Sache. Einerseits hätte ich sie am liebsten erwürgt. Andererseits ... vielleicht konnte Julian den Anstoß gebrauchen, um seinen Mist zu klären ...

»Ja, danke der Nachfrage«, sagte ich mit einem Grinsen und verschränkte meine Arme vor der Brust. Anstatt den

Platz zwischen den beiden oder den neben Laran einzunehmen, steuerte ich direkt auf den einzigen Sessel zu. Bandit sprang darauf und positionierte sich so, dass er sie beobachten und gleichzeitig gestreichelt werden konnte.

»Wir müssen über deine Verwandlung reden«, sagte Julian und wandte sich von der Stadt ab. »Oder besser gesagt, wie du sie angehen willst.« Er hatte beide Arme hinter seinem Rücken verschränkt, trug eine dunkle Hose und ein eng anliegendes, langärmeliges Hemd, trotz der Hitze in New Orleans. Aber vielleicht war auch nur mir so heiß, wenn man berücksichtigte, wie schwach die Klimaanlage aufgedreht war. Er verkrampfte seinen Kiefer und wartete auf meine Antwort. Das Bild der totalen Kontrolle.

»Ähmmm ...«, brachte ich hervor. »Ich weiß es nicht. Da niemand dachte, dass ich mich verwandeln würde, habe ich den Hausmüttern im Waisenhaus nicht allzu viel Aufmerksamkeit geschenkt ...« Ich verstummte angesichts des Blicks, den er und Rysten sich zuwarfen. Allistair seufzte tief und auch Laran sah ein wenig unbehaglich aus.

»Du weißt nicht, was eine Verwandlung mit sich bringt?«, fragte Julian langsam.

Ich schüttelte den Kopf. »Nicht wirklich. Theoretisch weiß ich, dass ich vielleicht ein paar coole Kräfte bekomme und nicht mehr altere, aber wie ...« Ich zuckte mit den Schultern. »Wie gesagt, ich hätte nie gedacht, dass mich das jemals betreffen würde.«

Der Raum schien einen hörbaren Seufzer der Frustration auszustoßen. Offensichtlich hatten die Reiter mehr erwartet. Sie hatten mehr von mir erwartet. Aber es war ja nicht so, dass ich mich für diesen Job gemeldet hätte. Mir war mein Erbe völlig unbekannt gewesen, bis sie plötzlich auf meiner Türschwelle aufgetaucht waren, um mir die Nachricht zu überbringen. Die peinliche Stille machte mich nervös und ich schaute weg, als Moira sich auf die andere Seite meines breiten Stuhls setzte und ihren Arm um mich legte. Sie roch ein wenig nach Schweiß und Schnaps. Na toll.

»Es wäre vielleicht einfacher, wenn wir mit deinen Fragen anfangen, und von dort aus weitermachen«, schlug Rysten vor. Seine Lippen verzogen sich zu einem ermutigenden Lächeln.

»Nun ...«, begann ich, als Moira beschloss, sich einzumischen.

»Fangen wir mit euch vier Landstreichern an.«

Hat sie sie gerade wirklich so genannt? Ja. Ja, das hat sie.

»Ihre Bestie will euch alle beanspruchen. Wird es da irgendwelche Probleme geben? Denn sie ist ganz versessen darauf, niemandem die Entscheidungsfreiheit zu nehmen ...«

»Ich glaube, das reicht, Moira«, meldete ich mich zu Wort. Meine Augen verengten sich, als sie mit ihren schlanken Schultern zuckte.

»Ich bin müde. Es ist sechs Uhr morgens und wir halten eine Intervention ab. Irgendjemand musste ja das Eis brechen.«

Und dafür hast du dich eindeutig selbst ernannt.

So wie die vier mich beobachteten, schien ich von Kopf bis Fuß blau geworden zu sein. Ich legte meine Hände in den Schoß und drehte Däumchen; hinter mir stöhnte Moira auf.

»Denkt sie das wirklich?«

Die Worte schwirrten mir durch den Kopf. Plötzlich und ohne Vorwarnung.

Woher waren sie gekommen?

Ich runzelte die Stirn.

»Ich hätte sie schon vor einer Stunde gebrandmarkt, wenn sie sich Sorgen machen würde, wo ich stehe.«

Okay, das war *definitiv* nicht mein Gedankengang. Etwas Seltsames ging hier vor sich.

»Ruby, Liebes, du weißt doch, dass Harems in der Hölle recht verbreitet sind, oder?«, fragte Rysten, der als Erster das Schweigen brach, soweit ich das beurteilen konnte.

»Ja«, sagte ich. »Aber ihr seid keine normalen Dämonen. Es ist nicht unvernünftig, zu denken, dass jeder von euch eines Tages seinen eigenen Harem haben möchte ...« Ich verstummte und fühlte mich unter Larans Blick verlegen.

»Sie sieht sich wirklich nicht so, wie wir sie sehen.«

Ich riss meinen Kopf hoch und versuchte herauszufinden, woher die Stimme gekommen war, aber niemand sprach. Das wurde langsam ungemütlich ...

»Von der Bestie auserwählt zu werden, ist die größte Ehre, die uns zuteilwerden kann ...«, begann Rysten freundlich.

»Ich pfeife auf Ehre, Rysten. Ich muss wissen, was ihr wollt. Jeder von euch.« Ich schluckte schwer und sah in die Gesichter der Männer. Julian: stoisch. Rysten: nachdenklich. Allistair: kokett und verführerisch. Laran: intensiv, wie immer. Er saß ohne Hemd da, seine beiden Pentagramme thronten auf seinen Schultern.

»Es tut mir leid, dass ich euch gebrandmarkt habe, ohne vorher mit euch zu sprechen.« Ich schaute zwischen ihm und Allistair hin und her. »Ich hätte niemals ...«

Laran bewegte sich und erhob sich auf seine Füße. Die tiefsitzenden Jeans machten unanständige Dinge mit mir, aber es war sein imposanter Blick, der mich nicht mehr losließ, als er das Wohnzimmer durchquerte. Er kniete sich vor mir nieder und legte seine großen Hände auf die meinen. Bandit beugte sich vor, rieb sich an Laran und ließ ein Schnurren verlauten.

»Entschuldige dich nie dafür, dass du mich gebrandmarkt hast. Ich würde es nicht anders haben wollen. Du bist meine Gefährtin, Ruby Morningstar. Jetzt und für immer.« Die Aufrichtigkeit seiner Worte brachte mein Blut in Wallung. Ein langsames, gleichmäßiges Pochen baute sich in meinem Kopf auf. In meinem Herzen. Und in meinem Körper. Es pulsierte vor Kraft. *Hitze.*

»*Übertreibst du nicht ein wenig, Krieg?*«, ertönte eine andere Stimme unverblümt.

Laran knirschte leise mit den Zähnen. Konnte er es auch hören?

»Ruby, du musst verstehen, dass es weder uns noch anderen zusteht, dich zu brandmarken. Genauso wie niemand außer dir in der Lage wäre, uns zu brandmarken. So laufen die Dinge in unserer Welt«, fügte Allistair hinzu und beobachtete träge die Szene zwischen mir und Laran.

Seine Gefühle waren jedoch anders. Er war zwar nicht eifersüchtig, aber ... besitzergreifend. Nicht so düster oder gefährlich wie Julian, aber ich hatte den Eindruck, dass er gerade jetzt sehr schlimme Dinge mit mir anstellen wollte. Vielleicht war es besser, dass er nicht wie Laran vor mir kniete und seine unsterbliche Hingabe ausdrückte.

»Du bist Luzifers Tochter. Es wäre bestenfalls anmaßend und schlimmstenfalls eine tödliche Beleidigung, wenn wir dich beanspruchen würden, bevor du und die Bestie uns gewählt haben. Überleg mal, was die Bestie tun würde, wenn ein anderer Mann dich jetzt beanspruchen sollte. Würde sie es zulassen?«, fragte er mich, obwohl er die Antwort bereits kannte.

Außerhalb von ihnen? Nein. Nein, das würde keine von uns. Ich schüttelte den Kopf.

»Ganz genau«, seufzte er. »Wir haben dich nicht beansprucht, weil wir darauf warten, auserwählt zu werden. Nicht, weil wir einen eigenen Harem haben wollen. Ich glaube, ich spreche für uns *alle*, wenn ich das sage«, fuhr Allistair mit Nachdruck fort. Mir entging nicht, dass er Julian, dessen wahre Gefühle hinter einer undurchdringlichen Maske verborgen waren, einen hinterhältigen Blick zuwarf.

»Du weißt bereits, was ich fühle, Liebes. Wenn es nicht deine erste Mahlzeit gewesen wäre, hätte ich gern Allistairs Platz eingenommen«, fügte Rysten hinzu.

Ein warmes, wohliges Gefühl breitete sich in mir aus. Die Bestie schätzte ihre Hingabe, aber sie war immer noch ein wenig verärgert über Julians mangelnde Reaktion. So wie sie es sah, hatte sie sich für ihn entschieden und er sträubte sich gegen ihre Dominanz als Gefährtin. Ich wünschte, ich könnte mit erhobenen Händen langsam zurückweichen, aber das war nicht wirklich möglich, wenn zwei Wesen einen Körper besetzten.

»Ihre erste Mahlzeit?« Moira unterbrach und zog mich von der gefährlichen Kante zurück, von der ich nicht wusste, dass ich mich ihr genähert hatte. Die Bestie versuchte, mich zurück zu locken, damit sie wieder nach vorn schlüpfen konnte.

»Wenn sich ein Sukkubus oder Inkubus zum ersten Mal sättigt, brauchen wir mehr Kama«, erklärte Allistair. »Unsere eigene Art produziert mehr als ein anderer Dämon und Dämonen produzieren mehr als Menschen. Ruby hätte sich beim ersten Mal an einem von ihnen laben können, aber dann wäre derjenige stark erschöpft gewesen.« Er zog eine Augenbraue hoch und ich schürzte die Lippen. War das Bewunderung in seinem Gesicht? Stolz?

»Oder gar gestorben. Wenn man bedenkt, wie sie sich

ernährt hat, hätte sie vielleicht sogar jemanden getötet, aber verdammt, das wäre eine tolle Art zu sterben gewesen. Ihr Mund um meinen Schwanz herum war ...«

Zwei Finger packten mein Kinn und zogen mich nach vorn. Ich drehte meinen Kopf und begegnete Larans eindringlichem Blick.

»Wir wurden geschaffen, um dir ebenbürtig zu sein. Für uns bedeutet das, dass keine andere Frau unsere sein wird. Selbst wenn du uns nicht beanspruchen würdest, würden wir nie einen eigenen Harem haben. Dafür sind wir nicht gemacht«, sagte er mit vollem Ernst. Das war Krieg – kein Mann der vielen Worte, aber die wenigen, die er sagte, waren tiefgründig. Zumindest für mich.

»Das heißt aber nicht, dass ihr euch dafür entscheiden *müsst* ... oder dass ihr es alle wollt«, beendete ich und wandte meinen Blick zu dem Einzigen, der noch nicht gesprochen hatte. Derjenige, den ich gerade nicht lesen konnte. Der wahre Kern des Problems. »Willst du es?«

Julian starrte mich mit den schönsten Augen an, die ich je gesehen hatte. Sie hatten ein so tiefes und leuchtendes Grün, dass ich mich hundert Jahre lang bemühen könnte, ohne die Farbe richtig hinzubekommen. Aber trotz ihrer Schönheit waren sie unglaublich kalt. Wie der Tod ...

»Ich möchte, dass du in Sicherheit bist«, sagte Julian gleichmütig.

»Das habe ich nicht gefragt.«

Seine Worte versetzten mir einen Stich ins Herz, aber ich wollte es mir nicht anmerken lassen. Sie gaben mir jeden anderen Teil von sich freiwillig. Ich würde das nicht von ihnen verlangen. Von ihm. Die Bestie sei verdammt. Ich würde ihn nicht an mich binden, wenn er das nicht wollte.

Auch wenn die anderen drei es wollten. Selbst wenn

das für die nächsten Jahre Probleme mit sich bringen würde.

Für Jahrhunderte. Ich würde es trotzdem nicht tun.

Ich würde ihm nicht die Entscheidung abnehmen.

»Er ist ein verdammter Idiot ...«

»Kann er seinen Kopf nicht mal für zwei Sekunden aus seinem Arsch ziehen?«

»Er macht niemandem etwas vor ...«

Ich zog mich ruckartig zurück und löste mich aus Larans Griff, um den Kopf zu schütteln.

Was war hier los? Keiner bewegte seine Lippen. Keiner hatte gesprochen. War ich verrückt geworden?

Hörte ich etwa Stimmen?

»Ruby, Babe ...«, sagte Moira und rutschte von der Armlehne des Stuhls weg.

Panik überflutete mich, als ich den Körperkontakt verlor. Ich hatte gar nicht bemerkt, wie sehr sie mich zusammenhielt. Wie sehr ihr Zustand der Ruhe das Brennen in Schach hielt. Meine Hand schoss hervor, schneller als der Blitz. Ich schlang meine Finger um ihre und zog sie mit einer Handbewegung vor mir auf die Knie.

Sie landete so anmutig, wie man es erwarten konnte, und schubste Laran auf dem Weg nach unten.

»Was ist los? Rede mit mir, Rubes!«, murmelte Moira und hob eine kleine grüne Hand an meine Wange. So hatte sie mich schon seit Jahren nicht mehr genannt und jetzt schon dreimal an einem Tag?

In mir loderte die Glut. Sie strömte durch meine Adern und entzündete sich dort, wo sie hinkam, und ich war hilflos dagegen. Ich konnte mich nicht dagegen wehren, als die Macht in mir aufflammte.

Bis jetzt war jede Gabe, die ich entwickelt hatte, tödlich gewesen.

Die Flammen der Hölle.

Seelenzerfetzend.

Fressend.

Was würde als Nächstes kommen? Welche persönliche Hölle würde das Schicksal aushecken, um mich zu testen?

Wie viel konnte ich ertragen, bevor ich aus allen Nähten platzte?

Wie heiß konnte ich brennen, bevor die Welt mit mir Feuer fing?

Ich war mir nicht sicher, aber das brennende Fieber, das mich wieder überkam, machte mich nicht gerade zuversichtlich.

»So ... *heiß* ...«, hauchte ich und die Worte vibrierten, als ich sie aussprach.

Der Raum schien fast ... glasig zu sein? Wie, wenn man an einem verdammt heißen Tag draußen steht und in die Ferne starrt. Alles schien zu verschwimmen, als würde die Sonne die Erde kochen.

Aber wir waren drinnen. Im Dezember.

Das bedeutete ...

»Kannst du mich hören, Ruby?«, fragte Moira mit einem Hauch von Sorge in der Stimme.

Ich wusste nicht, wann oder wie es geschehen war, aber plötzlich waren alle da. Allistair stand zu meiner Linken. Rysten zu meiner Rechten. Laran kniete neben Moira und Julian stand direkt davor und beurteilte die Situation mit einem klinischen Blick, wie ich ihn noch nie gesehen hatte.

»Die Verwandlung verläuft immer schneller«, murmelte er.

»Sollen wir sie bewegen?«

Was war hier los?

»Sie heizt den Raum auf, Julian ...«

Woher kamen diese Stimmen?

»Etwas kommt ...«

Was denn? Warum antwortete mir niemand?

»Sie fängt an, durchzudrehen ...«

Ich hielt mir die Hände über die Ohren und stieß einen erstickten Schrei aus.

»Was macht sie da?«

Konnten sie mich nicht hören?

»Glaubst du, sie ist ...«

»Stopp!«, brüllte ich. Eine Energiewelle schoss durch den Raum und Glas zersprang. Feuer entzündete sich an meinen Fingerspitzen, wo ich Moiras Hand hielt, aber sie ließ nicht los, während es meine nackten Arme hinauf wanderte.

»Rubes, du musst mit mir sprechen ...« Moira verstummte, als ich meinen Kopf hob und sie zu mir zog. Ohne nachzudenken, tat ich das Einzige, was sich in diesem Moment richtig anfühlte.

Ich küsste sie.

Noch nie in meinem Leben hatte ich etwas Sexuelles für Moira empfunden und das war auch jetzt nicht anders. Aber ein plötzliches brennendes Verlangen, sie zu küssen, erfüllte mich mit einem Drang, den ich nicht kontrollieren konnte. Ich lockte ihre Lippen mit Leichtigkeit auseinander und atmete, wobei ich den Wirbelsturm aus meiner Brust in sie hinein atmete. Ich verstand nicht, was vor sich ging. Warum die Kraft in mir versuchte, sich den Weg aus mir heraus zu bahnen. In sie.

Ihre Lippen schlossen sich mit einer Endgültigkeit und ich zog mich zurück.

Was zum ...

Natürlich schrie sie in diesem Moment – und es war nicht der normale Schrei einer Todesfee. Es war der Klang von rohem, unverdünntem Schmerz.

Und das Fundament selbst erbebte.

»Moira«, rief ich und streckte meine Hand wieder nach ihr aus. Ich verstand nicht, was mich dazu getrieben hatte, aber in dem Moment, in dem sich unsere Haut berührte, erstarb der Schrei augenblicklich, als hätte jemand ihre Stimmbänder durchtrennt.

Sie sackte in sich zusammen und ihr dunkelgrünes Haar ergoss sich über meinen Schoß. Ich strich mit meiner Hand über sie und meine Finger blieben an etwas Warmem hängen.

»Was zum ...« Ich hielt inne, als ich ihren Kopf drehte.

Zwei winzige, flammende Hörner ragten aus ihrem Kopf, schwarze und blaue Strudel, die in Sekundenschnelle zusammenwuchsen und erstarrten, als wären die Flammen eingefroren und hätten eine Form bekommen. Sie konnten nicht größer als fünf Zentimeter sein, aber sie waren hart wie Stein und verdammt scharf.

»Hörner«, flüsterte Rysten.

»Und Flügel«, fügte Allistair trocken hinzu.

Ich richtete meinen Blick auf das riesige Paar flammenblauer Flügel, das genauso zusammengesunken war wie das Mädchen, an dessen Rücken sie hingen. Adern aus Kobalt und Indigo färbten die Feuerstränge. Teile der dunklen Flamme bewegten sich durch sie hindurch, schienen sich zu verschieben und zu drehen, ohne ihre Form zu verlieren.

Aber ihre Flügel ... sie erstarrten nicht.

Sie brannten.

Ich streckte meine Hände aus und berührte die heißen Stränge, aber ich spürte keine Hitze.

»Wie ist das möglich?«, flüsterte ich und kämpfte darum, die Kontrolle über die Situation wiederzuerlangen. Moira hatte Flügel – und Hörner, obwohl Letzteres nicht sonderlich überraschend war. Ich hatte schon immer gewusst, dass sie welche hatte, aber jetzt konnte es auch der Rest der Welt sehen.

»Das ist schwer zu sagen«, murmelte Allistair. »Aber wenn ich raten müsste, würde ich sagen, du hast vielleicht mehr Fähigkeiten von Lola geerbt, als wir anfangs dachten. Deine Mutter konnte Gegenstände mit Magie belegen.«

»Mit Magie belegen?«, fragte ich und kämpfte gegen die Gänsehaut, die mich überrollte, und gegen den kühlen Blick der Bestie an. Diese Schlampe hatte gewusst, was mit Moira passieren würde. Sie hatte es gewusst und es war ihr scheißegal.

Wenn überhaupt, wartete sie ab und schmollte in meinem Hinterkopf, bis der Druck zu groß wurde. Sie ließ zu, dass die Kraft, die in mir geschlummert hatte, sich plötzlich und gewaltsam entlud, weil sie wusste, wie ich reagieren würde, denn sie kannte mich besser als jeder andere. Sogar besser als ich selbst.

Ich wollte sie hassen, aber das Wesen, das in mir lebte, zu hassen, würde niemandem helfen. Wir waren ein Gesamtpaket. Auch wenn sie alle gebrandmarkt hatte, ohne zu fragen, nur um ihre eigenen egoistischen Wünsche zu befriedigen. Fotze.

»Es bedeutet, dass du deine eigene Kraft benutzt, um etwas oder in deinem Fall jemanden zu verändern. Lola hat Waffen geschaffen, die Dinge tun konnten, die ich noch nie gesehen habe. Du hast Moira in Sekundenschnelle durch die gesamte Verwandlung geschleust. Sie wird nicht mehr nur ein Halbdämon sein ...« Ich strich ihr mit der Hand über die Stirn und Allistairs Stimme verstummte angesichts dessen, was wir sahen.

»Ist es das, wofür ich es halte?« Ich wollte nicht fragen, aber ich musste es. Ich hatte Angst davor, was es bedeutete, denn ich hatte nur einmal von einem solchen Zeichen gehört.

»Der gehörnte Helm lügt nie«, antwortete Julian.

Ein gehörnter Helm mit zwei schwarzen Flügeln.

Ein Brandzeichen. Moira hatte ein Brandzeichen.

Aber nicht nur irgendein Brandzeichen.

»Sie ist eine Legion«, sagte Rysten ungläubig. »Das soll wohl ein Scherz sein.«

Plötzlich machte die Selbstgefälligkeit der Bestie viel mehr Sinn. Wir hatten ihr nicht nur Hörner und Flammen-flügel gegeben. Wir hatten sie fast unantastbar gemacht, denn eine Legion trug das Zeichen des Kain.

Noch eine Sache, die die Menschen im Laufe der Zeit manipuliert hatten. So war das wohl, wenn unsterbliche Wesen auf einem sterblichen Planeten landeten und ihn eroberten. Eva war als Strafmaßnahme von ihrer Schwester Lilith und Liliths Liebhaber, Big Daddy Luzifer, hierher geschickt worden. Sie hatte sich im Krieg zwischen den Unsterblichen am Anfang der Zeit gegen sie gewandt. Das Warum und Wie konnte nie geklärt werden, auch weil Eva auf der Erde den Verstand zu verlieren begann. Sie fickte alles und jeden, der laufen konnte, und tötete dabei manchmal die Männer. Trotz alledem gebar sie nur drei Söhne. Seth, der verschwand und von dem nie wieder etwas gehört wurde. Abel, der starb. Und Kain, der ihn tötete.

Die Bibel lässt aus, dass Eva es ihm befohlen hatte. Sie behauptete, eine Vision von einem gehörnten Helm mit schwarzen Flügeln gehabt zu haben. Sollte eines ihrer Kinder ein würdiges Opfer darbringen, würde es mit diesem Zeichen beschenkt werden.

Nur Kain war bereit, zuzuhören und es herauszufinden.

Seitdem war das Zeichen nur noch einige wenige Male in der Geschichte aufgetaucht. Es war legendär, weil es echt war. Kain hatte viele Dämonen getötet und so viele Frauen wie möglich geschwängert, bevor er sich in die Hölle begab. Er war der erste und einzige Seelie, der dies tat.

Er kam auch nie wieder heraus.

Das Kainsmal erschien nur in Ausnahmefällen bei denen, die wirklich bereit waren, alles für ein Ziel zu tun. Einem Zweck. Kain war der einzige Fae, von dem man wusste, dass er es trug, aber es gab Gerüchte über Kinder, die mit Blut oder Runenmagie markiert worden waren, um herauszufinden, ob es Bestand hatte. Ob es wiederhergestellt werden konnte. Es wurde gesagt, dass jeder, der dieses Zeichen trug, den Schmerz siebenfach zurückgab.

Ich wusste nicht, ob das stimmte.

Aber was ich wusste, war, dass meine beste Freundin und Vertraute jetzt viel schwerer zu töten war.

Leider war ich diejenige, die ihr das angetan hatte, denn meine Kräfte waren völlig außer Kontrolle geraten. Den gequälten Gesichtern der Reiter nach zu urteilen, waren sie bereits zu diesem Schluss gekommen.

»Es war ein Unfall.«

Das schien ich in letzter Zeit oft zu sagen. Obwohl ich die vier Reiter, Bandit und Moira an meiner Seite hatte, konnte ich mich nicht von Ärger fernhalten. Oder aufhören, Zeug in Brand zu stecken.

Und dem Scheiße fressenden Grinsen der Bestie nach zu urteilen, hatte sie nicht vor, in nächster Zeit damit aufzuhören.

Im Gegenteil, sie hatte gerade erst angefangen.

8

Ich bat zum hundertsten Mal darum, Moira zu sehen.

Zum hundertsten Mal sagten sie nein.

»Ihr geht es gut, Liebes. Lass sie schlafen!«, sagte Rysten.

Ich murrte, lehnte mich gegen das Bett und ignorierte die Wand aus Instrumenten, die mich in den letzten zwölf Stunden verhöhnt hatte. Kurz nach Moiras Zusammenbruch, war ich wieder in mein Zellenzimmer verlegt worden, auch wenn ich noch so oft protestiert hatte. Schließlich hatte Julian Krieg befohlen, mich hierherzutransportieren, ob ich es wollte oder nicht.

Laran hatte mich über seine Schulter geworfen und meinen Hintern auf das Bett fallenlassen. Seither wachten er und Rysten über mich.

Was sie nicht wussten, war, dass die Bestie deswegen stinksauer auf sie war.

Und so nah an der Oberfläche.

Julian hatte unseren Zorn geweckt und schon bald würde er die Konsequenzen dafür tragen müssen.

»*Vorsicht, Krankheit. Sie hätte dich dieses Mal fast überzeugt.*«

Hatte ich das? Ohne es zu bemerken?

Es hatte nicht lange gedauert, bis ich gemerkt hatte, dass die Stimmen, die ich hörte, gar keine Stimmen waren, sondern Gedanken. Ihre Gedanken.

»*Sie wird immer stärker. In diesem verdammten Raum ist es heißer als in der vierten Vorsehung.*«

Es ging also nicht nur mir so. Das war schön. Wenn sie Arschlöcher sein und mich hier einsperren wollten, schwitzten sie wenigstens mit mir.

»*Sie hat Feuer in ihren Adern. Ich habe nichts anderes erwartet.*«

Wie kam es, dass Kriegs innere Stimme mich zum Zittern bringen konnte? Meine Wangen erwärmten sich und ich wandte mich ab, aber nicht schnell genug.

»Stimmt etwas nicht, Liebes?«, fragte Rysten. Er stand an der Tür und gab sich Mühe, nicht wie ein Wächter zu wirken. Es gelang ihm nicht.

»Nichts, ich habe nur ...«

»Ruby, du bist eine furchtbare Lügnerin.«

Verdammt. Ich könnte ihnen sagen, dass ich ihre Gedanken belauscht hatte, und um ehrlich zu sein, würden sie es sicherlich ohnehin bald herausfinden. Aber es war schön, Einblick in die Dinge zu haben, die sie mir normalerweise nicht erzählten. Vielleicht konnten sie es abschalten oder so und ich hörte sie lieber, als so schweigend dazusitzen, wie sie es annahmen.

»Ähm ... Also ... Siehst du ...«

Rysten zog die Augenbrauen hoch und ein Grinsen bildete sich auf seinen Lippen. Keine Ahnung, was mich dazu veranlasste, das zu sagen, was ich als Nächstes vorbrachte.

»Ich muss mal scheißen.«

Ich konnte nicht glauben, dass ich das gerade gesagt hatte.

Gerade als ich meine Aussage zurückziehen wollte, gab mir meine Bestie einen mentalen Schubs, der nicht um die Kontrolle kämpfte, sondern mich so lange aus dem Konzept brachte, dass Rysten, als ich aufblickte, einen leichten Rosastich auf den Wangen hatte.

»Oh, ich verstehe ...« Er verstummte und schaute Hilfe suchend zu Laran.

Krieg saß in dem einsamen Sessel auf der anderen Seite des Raumes, weil er versuchte, seine Hände von mir zu lassen. Anscheinend roch ich gut.

»*Soll ich sie auf die Toilette gehen lassen?*«, fragte Rysten lautlos.

»Wenn sie scheißen muss, dann muss sie eben scheißen«, sagte Laran achselzuckend.

»*Vielleicht sollte ich Julian fragen ...*«

Wirklich? Dieser Gedanke irritierte mich zutiefst. Er wusste nicht, dass ich eigentlich nicht auf die Toilette musste, aber er wollte Julian fragen, ob ich gehen durfte?

Ich beugte mich vor und umklammerte meinen Bauch. Meine Bewegungen wurden mehr von der Bestie gesteuert, als ich es zugeben wollte. »Ich muss wirklich, Rysten«, stöhnte ich. Seine Entschlossenheit geriet ins Wanken. »Es sei denn, du willst, dass ich auf den Boden scheiße ...«

Rysten trat in einen Schatten und verschwand. Im nächsten Moment sprang die Tür auf und er winkte mich nach vorn.

»Damit das klar ist, Liebes, das ist ekelhaft. Sag das nächste Mal einfach, dass du auf die Toilette musst.«

Hatte ich nicht genau damit angefangen? Da konnte ich die Gelegenheit doch direkt ausnutzen ...

Schon als ich den Flur durchquerte, wusste ich, dass etwas nicht stimmte, aber erst als ich die Badezimmertür hinter mir schloss, wusste ich, was.

»Ich stehe vor der Tür, falls du mich brauchst«, rief Rysten. Ich antwortete mit einem lauten Grunzen und legte meine Hände auf das Waschbecken.

Ein Schauer durchfuhr mich.

Was war das?

Ich erstarrte und presste eine Hand auf meine Brust. Nichts.

Schwer atmend machte mich auf den Weg zur Toilette.

Sofort verdrehte sich mein Magen zu einem harten Knoten, als mich ein zweiter Schauer heimsuchte. Ich schrie einmal auf und lehnte mich gegen den Waschbeckenrand, um mich abzustützen.

Ich war noch nie jemand gewesen, der unter extremen Krämpfen litt. Sogar meine Monatsblutung war im Vergleich zu Moiras sehr mild. Aber das hier war etwas anderes. Ich hatte noch nie einen Schmerz gespürt, der sich um dein Inneres wickelte und daran zog, als würde er versuchen, jeden Muskel zu zerreißen.

Ich schnappte nach Luft, aber die Atempause war nicht von langer Dauer. Ein spaltendes Gefühl durchfuhr mich, das vom Scheitelpunkt meiner Oberschenkel bis zu dem Brandmal auf meiner Brust reichte. Es hinterließ einen stechenden Schmerz, der von Lust begleitet wurde, als er sich in mein Brustbein bohrte.

Das Pentagramm pulsierte. Einmal. Zweimal. Wie eine Flutwelle sammelte es seine Kraft, baute sich tief in mir auf und saugte an jeder Essenz meines Wesens.

Laran hatte gesagt, ich hätte Feuer in meinen Adern. Er hatte nicht Unrecht.

Genau diese Adern leuchteten unter meiner Haut auf

und tauchten mich im halbdunklen Badezimmer in ein unheimliches Hellblau. Mein Brandzeichen pulsierte immer schneller unter meinem Shirt und die Konturen zeichneten sich durch das dünne Baumwolltop ab. Ich strich mit den Fingern über den Stoff, wo er mit meiner Haut verbunden war, und das Brandzeichen blitzte heller auf. Es begann sich unter meinem Shirt zu drehen und ein schreckliches Gefühl durchfuhr mich.

Das ist es.

Mein Shirt fing Feuer und explodierte in einer hellen Flamme, die sich nicht einmal einen Moment später auflöste. Die Hitze verschlang mich, als ich vom Waschtisch zurückstolperte. Mein Kopf pochte. Mein Herz klopfte. Meine Knie schlugen mit einem Knall auf dem Boden auf, während blinkende Lichter vor meinen Augen tanzten.

Schwarz. Weiß. Blau.

Die Flammen der Hölle.

Klopfend.

In der Ferne hörte ich Knallgeräusche, als die Reiter nach mir riefen.

Dafür war es zu spät. Für mich war es zu spät.

Eingehüllt in einen Kokon aus Flammen, Feuer und Asche, schwankte mein Gewissen.

Ich spürte, wie sich meine Kraft dem Scheitelpunkt näherte, als die Flutwelle in meinem Inneren mich über- rollte. Sie baute sich so weit und so schnell auf, dass ich froh war, als die Bestie meine Hand nahm. Sie konnte es kontrol- lieren. Sie konnte uns da durchhelfen, während ich dazu nicht in der Lage war.

Denn es gab keine Möglichkeit, das zu steuern, was auf uns zukam.

Moira war nur der Anfang gewesen und in mir steckte noch viel mehr. Ich sah eine Vision: Ein flammendes

Mädchen mit einer Krone aus verkohlten Knochen, das über einer geschwärzten Stadt saß.

Die Reiter dachten, sie könnten mich kontrollieren. Sie dachten, sie wären bereit für mich.

Sie hatten sich geirrt.

Dies war ein entscheidender Moment, in dem ich bestimmen konnte, welcher Teil von mir in meiner Verwandlung die Kontrolle übernehmen würde.

Aber wir wussten beide, wen ich wählen würde, wenn es darauf ankam.

Wir wussten beide, was kommen würde.

Meine Bestie und ich traten gemeinsam in die Flammen meiner Seele. Wir spürten die unermessliche Macht, die dort lag.

Eine Macht, die über das hinausging, was diese Welt kannte.

Sie gehörte nicht hierher.

Wir gehörten nicht hierher.

Und in diesem Moment hing die Zukunft beider Welten an einem einzigen Faden.

Denn wenn er riss, würde ich nie wieder dieselbe sein.

»Ich werde tun, was getan werden muss«, flüsterte sie mir zu.

Ich glaubte ihr.

Vielleicht war das mein erster Fehler. Vielleicht hatten mir das Feuer und die Hitze wirklich zugesetzt.

Oder vielleicht war es das, was getan werden musste, damit ich überleben konnte.

Damit die Hölle überlebte.

Wie auch immer, ich würde es nie erfahren, denn ich schlang meine Arme um sie und der Funke sprang über.

Und dann fielen wir.

Wir fielen in die flammenden Tiefen meines eigenen Ichs, wo ich wieder auferstehen würde.

Nicht als das Halbblut, für das ich mich immer gehalten hatte.

Sondern als die Königin, die ich werden musste.

Als ich meine Augen öffnete, waren sie nicht blau, sondern schwarz.

Ich verwandelte mich.

Die Badezimmertür flog auf. Mit gesenktem Kopf konnte sie nicht sehen, wer im Türrahmen stand, aber sie wusste es. Sie wusste es immer. Die Bestie war so viel schlauer, als sie es ihr zugetraut hatten.

Sie hielten sie für wild und unzivilisiert, aber sie erkannten nicht, wie sehr sie ihre Spielchen liebte.

Sie hob ihren Kopf zu den vier Reitern. Ihren Gefährten.

Auch wenn einer von ihnen es noch nicht erkannt hatte.

Aber das machte nichts.

Sie starrten sie herausfordernd an und sie lächelte verrucht.

Es war Zeit, zu spielen.

9

* * RYSTEN * *

ENERGIE STRÖMTE WIE EINE SCHOCKWELLE DURCH DIE Wohnung. Der Schrecken hatte keine Zeit, mich zu erfüllen, denn ich wusste es. Ich wusste, was kommen würde.

Meine Fäuste schlugen gegen die Tür, als ich versuchte, sie aufzubrechen, sie aus den Angeln zu heben. Bald war nicht nur ich am Hämmern, sondern auch Laran. Eine zweite Welle schwappte heran, stärker als die erste, und dann hörten wir die Schreie.

Die Verwandlung war nicht angenehm. Sie war nicht erfreulich. Wenn etwas, das sterblich war, unsterblich wurde, wandte sich der eigene Körper gegen sich selbst. Der Verstand spielte verrückt.

Ruby hatte schon einmal über das Verbrennen gesprochen, aber für jemanden, der so stark war wie sie? Keine Ahnung, wie sie es schaffen würde. Macht hatte ihren Preis und die Stärksten von uns zahlten am meisten.

Meine Verwandlung war unerträglich gewesen. Ich war so lange von innen heraus verrottet, dass ich die Macht der Krankheit zu hassen begonnen hatte. Julians Verwandlung hatte ihn umgebracht. Aber der Tod konnte nicht sterben und so war er immer wieder gestorben und erwacht, bis es vollzogen war.

Aber Ruby? Sie war mehr als Tod oder Zerstörung und ihren Schreien nach zu urteilen, brannte sie gerade.

»Mach die Tür auf, Liebes!«, rief ich.

Es war hoffnungslos. Irgendwie hatte sie das Badezimmer versiegelt. Wo meine Kraft allein die Tür mit einem Schlag hätte entfernen müssen, blieb sie fest, ohne eine einzige Spur zu hinterlassen.

Sie musste das ganze verdammte Badezimmer versiegelt haben, damit niemand hineingehen konnte.

Ich bezweifelte, dass sie es überhaupt gemerkt hatte.

Eine dritte Schockwelle fegte durch das Gebäude.

»Die Schutzwälle werden sie nicht aufhalten.«

»Es gibt einen Plan B, wenn sie es nicht schaffen«, antwortete Allistair.

Er klang ebenso wenig begeistert von diesem Plan wie ich. Eine Hütte mitten in einem abgelegenen Wald in Tennessee. Wenn sie dort etwas niederbrannte, würde es hoffentlich keine Menschen treffen.

Eine einzelne Ranke der Angst umhüllte mich. Nicht um mich selbst, sondern um das, was mit ihr geschehen würde, wenn die Schutzmaßnahmen versagten. Wenn wir versagten. Der Irrsinn würde ausbrechen und unsere einzige Hoffnung wäre, dass es Ruby war, die wir zur Vernunft bringen mussten, und nicht die Bestie.

Ich erschauderte. Wenn diese Kreatur von der Macht in ihr geleitet würde, während die Verwandlung ihre Realität verzerrte …

Die Hölle mochte uns allen gnädig sein.

Ich versetzte der Tür einen letzten donnernden Schlag und das Holz gab endlich nach. Ein kurzer Tritt, und sie flog aus den Angeln und setzte eine Welle der Macht frei, die selbst ich nicht vorhergesehen hatte. Die Schutzwälle wackelten augenblicklich.

Das Feuer verdunkelte jede Sicht, dann erlosch es. Nichts hatte gebrannt. Nichts und niemand, außer dem stillen, schweigenden Mädchen, das auf den Knien hockte. Ihr langes blaues Haar bedeckte einen Großteil ihres nackten Körpers, aber nicht alles. Blaue, efeuähnliche Ranken krochen über ihre Haut und bewegten sich wie die Brandzeichen, mit denen sie andere gezeichnet hatte. Es schien, als hätte die Verwandlung ihr ein zweites Zeichen verliehen. Ungewöhnlich, aber nicht überraschend.

Wir warteten darauf, dass sie eine Bewegung machte.

Dass sie vor Schmerz schrie.

Dass sie um sich schlug.

In der Stille bildete sich Furcht. Furcht und Angst.

Sie hob ihr Gesicht und ich hatte recht gehabt, mich zu fürchten.

Die Schutzwälle hatten versagt und die Bestie starrte mich an.

10

RYSTEN WAR DER ERSTE, DER SICH BEWEGTE UND einen Schritt durch die Tür machte. Er beobachtete sie mit Vorsicht. Als wäre sie ein wildes Tier.

Und vielleicht war sie das auch, aber jetzt war es zu spät für seine Vorsicht.

Oder für seine schönen Worte.

»Warum gehen wir nicht zurück in dein Zimmer, Liebes ...« Seine Stimme versagte, als sie anfing zu lachen. Es war ein leiser, heiserer Ton, nicht mehr ganz so kalt wie in der Vergangenheit, aber die Gefühllosigkeit war immer noch da.

»Glaubst du wirklich, dass das jetzt bei mir funktioniert?«, fragte sie ihn und ein selbstbewusstes Grinsen umspielte ihre Lippen.

Für den Fall, dass sie es noch nicht wussten – sie steckten richtig tief in der Scheiße.

»Ich nahm an, dass du deinen nächsten Gefährten beanspruchen möchtest«, sagte Rysten vorsichtig. Er erwähnte sich nicht direkt, aber er deutete es an.

»Da liegt das Problem«, sagte die Bestie. Sie hob ihre

Arme über den Kopf und ließ mehrere Gelenke in ihrem Körper knacken. Sie wölbte sich in die Länge, völlig nackt, nur von einem dünnen schwarzen Film bedeckt. »Du stellst zu viele Vermutungen an. Nur weil sie jung ist, heißt das nicht, dass sie keine eigenen Entscheidungen treffen kann, aber du hörst nur zu, wenn ich hier bin.«

Oh, verdammt. Ich wusste, worauf das hinauslief, aber ausnahmsweise ... war ich nicht wirklich anderer Meinung.

»Wir haben nicht vor, für sie Entscheidungen zu treffen ...«

»Krieg«, unterbrach sie, als hätte Rysten nichts gesagt. Von der Tür aus richtete sich Laran ein wenig auf, kam aber nicht näher. »Willst du mit mir kommen oder dich deinen Brüdern anschließen?«

Ihre Frage klang fast schon gelangweilt, aber ich glaube nicht, dass ihr Tonfall jemanden täuschte. Sie ließ ihm die Wahl, während sie ihnen mitteilte, dass sie gehen würde.

»Mich meinen Brüdern anschließen?«, fragte er langsam. Er war viel besser darin, die Grenze des Respekts zu wahren.

»Bei der Jagd«, antwortete sie. Er blieb wie versteinert stehen und beobachtete sie mit einem besorgten Blick.

»*Zwing mich nicht dazu, Ruby!*«, flehten seine Gedanken. Er wusste immer noch nicht, dass wir ihn hören konnten.

»Und du, Hunger? Möchtest du dich mir anschließen?«, fuhr die Bestie fort, ohne etwas zu verraten.

»*Sie will fliehen*«, prophezeite unser anderer Gefährte.

Sie dachten, sie könnten sie aufhalten. Sie fand das amüsant.

Fast so sehr wie das Zucken in Julians Kiefer. Wenn er so weitermachte, würde er sich einen Zahn abbrechen.

»Nun gut«, sagte sie, nachdem einige Sekunden vergangen waren. »Dann mache ich mich auf den Weg.«

Ein verstecktes Lächeln umspielte ihre Lippen, als sie den ersten Schritt nach vorn machte und Rysten vor sie sprang.

Blitzschnell schlug sie ihm mit der Handfläche gegen das Brustbein und er flog geradewegs in den Spiegel.

Stille lag in der Luft, bis die anderen drei registrierten, was gerade passiert war.

Sie tauschten unsichere Blicke aus, als würden sie entscheiden, wer es als Nächstes versuchen würde.

Natürlich konnten sie bei ihrer Größe nicht alle drei das Bad betreten und erwarten zu kämpfen. Auch wenn sie geborene und gezüchtete Krieger waren, war die Bestie nicht abgeneigt, schmutzig zu spielen.

Allistair trat einen Schritt vor und lächelte, aber es hatte nichts Sanftes an sich.

»Kleiner Sukkubus«, murmelte er, »hast du Lust zu spielen?« Seine Stimme berührte ihre Haut, aber sie würde sich nicht so leicht verführen lassen. Ganz gleich, wie vielversprechend sie klang.

»Sehr gern, mein Goldstück«, säuselte sie zurück und lächelte mit mehr als weiblicher Sexualität. Allistair hob eine Hand, die Handfläche geöffnet, als böte er ihr einen Olivenzweig an. Sie legte den Kopf schief und lachte dunkel auf. »Aber ich glaube, wir haben diesbezüglich verschiedene Vorstellungen.«

Er stürzte sich im selben Moment auf sie, als sie sich duckte. Sie wirbelte herum, entzog sich seinem Griff und versetzte ihm einen Tritt in den Rücken. Auch Allistair flog. Er krachte in die Badewanne und schlug mit dem Kopf gegen das Porzellan. Ein Riss entstand und ein Stück davon fiel herunter, aber er schien unverletzt zu sein.

Die Bestie grinste zu ihm hinunter und spürte, wie die letzten beiden das Bad betraten. Sie konnte sie nicht sehen, aber sie spürte sie. Ihre Macht. Ihre Gefühle. Ihr ganzes Wesen rief nach uns. Nach ihr. Sie drehte sich mit einem gezielten Schlag gegen die Halsschlagader um, traf aber lediglich Larans Handfläche. Er schlang seine Finger um ihre Faust.

»Zwing mich nicht dazu, Ruby«, sagte er und versuchte, sie an sich zu ziehen. Gefährte oder nicht, er würde versuchen, sie aufzuhalten. Was sie alle nicht sahen, war, dass wir genau deshalb in dieser Lage waren. Ich hatte gegeben und gegeben und gegeben. Ich hatte getan, was von mir verlangt worden war und mein altes Leben hinter mir gelassen.

Aber ich wollte nicht als Gefangene in mein neues Leben gehen.

Rysten hatte den ersten Schritt gemacht, als er versucht hatte, sie körperlich zu überwältigen.

Lange bevor der erste Schlag gefallen war, hatte sie ihre Hände in Unschuld gewaschen.

Mit einer Kraft, von der ich nicht wusste, dass ich sie besaß, schaute die Bestie zu ihm auf und beugte sich vor. Sie atmete langsam ein, dann wieder aus und formte mit ihren Lippen ein kleines ›o‹.

Blauer Rauch erfüllte den Raum um ihn herum und er atmete reflexartig ein, ohne seinen Fehler zu bemerken, bevor es zu spät war.

»Knie nieder!«, befahl sie.

Und Laran, der Reiter des Krieges, eines der mächtigsten Wesen auf dieser und der nächsten Welt, fiel vor seiner Königin auf die Knie.

Er ließ ihre Hand los, als wäre er durch den Zauber, den sie ihm auferlegt hatte, dazu gezwungen worden, und senkte sein Haupt in Ehrfurcht. Sie warf ihm einen Blick zu, den niemand sehen konnte. Darin lag so viel Zuneigung, wie es dieser Kreatur möglich war.

»Du wolltest mir nicht wehtun, Krieg. Das werde ich nicht bestrafen«, murmelte sie, nur eine Haaresbreite über einem Flüstern. Laran stöhnte auf, rührte sich aber nicht. Sie hatte die volle Kontrolle über seine Handlungen. Wie lange, das wusste ich nicht, aber ich hatte das Gefühl, dass wir es herausfinden würden.

»*Bitte verletze keinen von ihnen! Sie sind ziemlich hübsch, so wie sie sind*«, sagte ich zu ihr. Die Bestie lachte kalt auf.

»*Ich beabsichtige nicht, zu verletzen, was mir gehört*«, antwortete sie.

»*Uns*«, korrigierte ich.

Sie zuckte mit den Schultern. Für sie spielte Semantik keine Rolle. Wir waren zwei Wesen in einem Körper, da waren manche Dinge zwangsläufig etwas schwierig.

Jetzt stand nur noch einer zwischen ihr und der Tür.

Er war der Einzige, der noch nicht gesprochen hatte.

Aber sein Schweigen sagte mehr, als Worte es könnten.

»Glaubst du, du kannst mich aufhalten, Tod, wo deine Brüder es nicht konnten?«, fragte sie ihn.

Er stand groß und undurchdringlich da. Seine klar definierten Muskeln spannten sich unter dem dünnen Baumwollhemd. Die gut sitzende schwarze Lounge-Hose brachte seine Vorzüge voll zur Geltung.

Während ich seine körperlichen Attribute bewunderte, schätzte ihn die Bestie mit kühlen, berechnenden Augen ein. Von allen Reitern würde er derjenige sein, der am schwersten zu überwinden war.

Er war nicht nur der Stärkste, Tod war auch der Widerstandsfähigste, der gegen seine eigene Verlockung und das unvermeidliche Verlangen ankämpfte.

Allein der Gedanke daran machte sie wütend, aber sie hielt das Feuer im Zaum. Unter Kontrolle.

»Warum?«, fragte er, ohne auf die Frage zu antworten. »Warum tust du das?«

Er hätte es besser wissen müssen. Seine nackten Füße tapsten über den Marmorboden und verharrten knapp außerhalb ihrer Reichweite. Er umkreiste sie, griff aber nicht an.

Die Bestie legte den Kopf schief und beobachtete ihn genau.

Ein fast unsichtbarer, silberner Nebel verfolgte ihn auf Schritt und Tritt. Er haftete an seinen Poren, strich über seine Haut und erfüllte die Luft mit etwas, das nicht süß war, sondern scharf. Schmerzhaft.

Kama.

Er strahlte Kama aus.

War ihm das überhaupt bewusst? Wusste er, dass er sie provozierte?

Sie redeten gern so, als wären wir das ultimative Raubtier. Und doch schienen sie diese Dinge so eklatant zu ignorieren. Ich war ein Sukkubus inmitten meiner Verwandlung. Ich wollte Sex und Blut und alles, was unheilig war.

Aber sie? Es gab nur eine Sache, die sie mehr wollte.

Sie hatte dreiundzwanzig Jahre darauf gewartet, aus ihrem Käfig befreit zu werden, und sie hatte deshalb jede Menge Geduld.

»Ich bin eine Königin«, antwortete die Bestie. »Aber das scheint ihr vier vergessen zu haben. Ich bin nicht dazu da, in einen Käfig gesperrt zu werden, weil ihr mich für zu mächtig haltet. Ihr wurdet geschaffen, um mich *auszuglei-chen*, nicht wahr?«

Er antwortete nicht, aber seine unleserlichen Gesichts-züge bekamen unter dem Druck langsam Risse. Er zog seine Gefühle gern nach innen und verbarg sie. Er trug eine Maske, die so kalt war wie der Marmor unter ihren Füßen.

Aber selbst Marmor kann zerbrechen.

»Wie würde es dir gefallen, in einen Käfig gesperrt zu werden? In einen Raum gesteckt zu werden, wo man dir sagt, was du tun sollst? Denn das ist genau das, was ihr mit uns gemacht habt.« Sie deutete auf ihren eigenen nackten Körper.

»Das war nicht meine Absicht«, sagte Julian langsam und mit zusammengebissenen Zähnen.

»Absicht spielt keine Rolle«, antwortete sie. Ein weiterer Riss erschien in seiner Rüstung, seine Gefühle strömten heraus. Er hatte keine Angst vor uns. Vor ihr. Aber er fühlte andere Dinge.

Wut. So viel Wut. Anders als wir, die wir Feuer im Bauch spürten. Sein Zorn war kalt. Trostlos. Alles verzehrend.

Und im Moment war sie die Ursache dafür. Er wollte nichts mehr, als sie zu fesseln und ihr zu zeigen, was für ein Monster er war. Sie von beiden Welten wegzusperren, verdammt seien die Prophezeiungen. Zum Teufel mit der Erde und der Hölle. Er wollte ihr zeigen, was ein wahrer Gefährte mit sich brachte, und sie all die Menschen vergessen lassen, die jemals gedacht hatten, sie halten zu können. Er wollte sie aus ihrem Gedächtnis streichen. Sie sollte den Biss seiner Zähne spüren und das Knacken eines

...

Eine Barriere stürzte auf mich ein und schirmte mich

von seinen Gefühlen ab. Julian neigte seinen Kopf zur Seite und betrachtete sie genau.

»Ruby bekämpft dich nicht«, murmelte er, mehr zu sich selbst als zu den anderen. »Warum bekämpft sie dich nicht?«

Konnte er mich in seinem Geist spüren? Konnte er spüren, dass die Bestie mich nicht in meinem eigenen Haus gefangen hielt?

Sie legte den Kopf schief und lächelte. »Es gibt noch viel zu tun, bevor wir nach Hause zurückkehren. Das weiß sie.«

Er verengte seine smaragdgrünen Augen und die Wut in ihm sickerte wieder hindurch.

Er verstand es nicht. Keiner von ihnen würde es verstehen. Es war unsere Entscheidung.

Ich würde mich verwandeln und meine Gefährten einfordern, aber die Bestie wusste Dinge, die ich nicht wusste. Sie konnte mir Dinge beibringen, die sie nicht konnten. Mich stärker machen. Wir teilten diesen Körper und ausnahmsweise überschnitten sich unsere Interessen, auch wenn die Gründe dafür nicht genau dieselben waren.

»Es ist ihre Verwandlung. Ruby würde nicht weglaufen«, antwortete Julian. »Sie weiß, dass sie sicherer ist ...«

»Hör auf, mir zu sagen, was sicher ist!« In Gedanken explodierte ich. Julian wurde bleich, als hätte ich ihn geschlagen, und die Bestie lächelte.

»Siehst du, Tod, ich bin nicht der Einzige, der es satthat. Du wehrst dich gegen das Unvermeidliche. Du drängst dich auf, wo es nicht deine Pflicht ist. Wir wollen einen Partner. Einen Gefährten. Keinen Leibwächter.«

Ohne Umschweife stürmte sie durch die Tür, schneller als der Tod sie aufhalten konnte, aber nicht so schnell, dass er nicht reagieren konnte. Sie schaffte es bis zum Wohnzimmer, bevor er aus dem Schatten trat und vor ihr stand.

»Du kannst nirgendwohin und du kannst nicht teleportieren«, sagte er. Als würde sie das aufhalten. Hatte er denn nichts gelernt? »Hör auf damit, Ruby ...«

»Warum?«, fragte die Bestie und ihre Stimme wurde kalt. »Damit du mich anketten kannst? Damit du mich einsperren kannst?«, fragte sie spöttisch und sein Gesicht verfinsterte sich. Er machte drei große Schritte auf uns zu, seine Präsenz füllte den Raum aus. In seiner Brust tobte ein Sturm von Gefühlen, so stark, so dicht, dass ich darin ertrinken könnte, wenn ich nicht aufpasste.

Trotzdem ließ sie ihn näherkommen. Nah genug, dass sein Hemd ihre nackten Brüste berührte. Sie kribbelten unter der Reibung und das immerwährende Feuer loderte weiter. Sie blickte herausfordernd zu ihm auf, denn wir waren nicht die Einzigen, die hier etwas zu verarbeiten hatten.

Julian starrte auf sie herab, Silberpartikel fielen von seiner Haut. Sie beugte sich vor und atmete tief ein. Ein Kribbeln breitete sich in ihrer Brust aus. Seine Pupillen weiteten sich. Ein weiterer Riss in seiner sorgfältig aufgebauten Maske kam zum Vorschein, als sich sein harter Schwanz in ihren Bauch presste. Ihre Lippen strichen über die harte Kontur seines Kiefers, dessen Stoppeln meine Fantasie auf köstlich verruchte Weise beflügelten.

Ein Knurren kam tief aus seiner Brust, als er ihre Hüften umfasste und sie näher zu sich zog. Seine Beherrschung war so kurz davor, zu brechen. Sie hatte die feste Absicht, ihn so aufzulösen, damit wir ihn wieder zusammensetzen mussten. »Du willst mich, Tod?«, flüsterte sie über seine Haut. Ein Versprechen auf das, was kommen würde. »Komm und hol mich!«

Die Worte hatten kaum ihre Lippen verlassen, als sich seine Hände verkrampften. Genau wie bei Laran verströmte sie einen schweren blauen Nebel, den er törichterweise einatmete.

Seine Hände wurden wie auf Kommando locker, und sie konnte sich leicht aus ihnen befreien.

»Das ist ein raffinierter Trick«, sagte ich.

»Ich bringe dir bei, wie man das macht. Ich bringe dir alles bei, sobald ich mich um sie gekümmert habe.«

Die anderen drei Reiter hatten sich erholt und verteilten sich im Wohnzimmer. Langsam schlossen sie sich um sie herum.

Sie murmelten Worte in einer Sprache, die keiner von uns verstand. Zuerst Laran. Dann Allistair. Gefolgt von Rysten. Und Julian hatte seine Fassung wiedergewonnen. Ein Faden spannte sich um sie, als die vier näherkamen.

Fesseln. Sie versuchten, sie zu *fesseln.*

Ich war mir nicht sicher, wie das möglich war, wenn man bedachte, was sie waren. Keiner von ihnen besaß die Macht, jemanden zu fesseln. Allistair könnte mich dazu bringen, ihn ficken zu wollen, bis ich starb. Laran könnte mich mit jedem Element töten, das die Menschheit kannte. Rysten könnte mir jede Krankheit einflößen. Julian könnte mich, meinen Geist, festhalten und mir niemals Frieden gewähren.

Aber keiner von ihnen konnte mich fesseln.

Das sollte nicht möglich sein und doch wollten sie genau das tun.

Laran zog eine Klinge heraus und schnitt sich in die Handfläche. Eine Kraft, die nicht meine eigene war, zischte durch die Luft. Er reichte die Klinge an Allistair weiter. Sie schaute ihn mit zerstörerischen Augen an. Allistair war ihr zweiter Gefährte, aber sie hatten wegen der Umstände, unter denen es dazu gekommen war, kaum darüber gesprochen. Ich konnte nicht an seinen Augen, aber an seinen Gefühlen erkennen, dass er das nicht tun wollte. Er wollte mir nicht irgendeine Art von Fessel aufzwingen.

Aber als die Bestie ihn ansah, war sie weder nachsichtig noch verständnisvoll.

Er seufzte frustriert vor sich hin, hatte aber wenigstens den Mut, sie anzusehen, als er das Messer ansetzte. Blaues Blut spritzte auf den Teppich und die Luft um sie herum wurde fast vakuumartig abgesaugt. Sie hörte nur sie und ihr Flüstern, das sich langsam zu einem Gesang steigerte.

Rysten nahm das Messer als Nächstes, seine Augen verkündeten eine Entschuldigung, die sein Mund nicht aussprechen wollte. Sie starrte ihn trotzig an und er zuckte zusammen, als er sich die Hand aufschnitt. Das Blut wirbelte herum und bildete einen Kreis um sie. Ein einziger weiterer Schnitt genügte, um die Fesseln zu komplettieren.

Sie machte eine Bewegung, um das Messer wegzuschlagen, und stieß auf eine unsichtbare Barriere.

Ich schnitt eine Grimasse, aber sie ließ sich nicht beirren. Die Bestie hatte ein Ass im Ärmel, das niemandem, nicht einmal mir, in den Sinn gekommen war.

Sie spürte seine Anwesenheit und rief nach ihm.

Sie konnten sie nicht aufhalten. Keiner konnte das.

Nicht, wenn sie ihre Vertrauten hatte.

Aus dem Flur ertönte ein wildes Kreischen, als sich zehn Kilo Fell und Wut auf uns stürzten. Bandit hatte auf den Ruf gewartet und geantwortet.

Er sprang durch die Barriere, die für sie bestimmt war, und sie beugte sich herunter, damit er an ihrem Arm hochklettern konnte.

Sie beschwor einen Flammenkreis um sie herum und drückte ihn nach außen. Die beiden Zauber prallten am

Rande des Kreises zusammen und das Feuer flackerte. Sie waren stark. So stark, dass sie es ohne Bandit vielleicht nicht geschafft hätte.

Seine Krallen bohrten sich in ihre Haut und der scharfe Schmerz erfüllte sie mit einer soziopathischen Ruhe.

Sie bohrte sich die Nägel in ihre Handflächen und die brütende Hitze in uns entflammte, schickte eine pulsierende Welle aus Feuer in den Kreis.

Das Blut verdampfte und die Fesseln zerbrachen, als die Flammen der Hölle alles verzehrten. Die Reiter wurden durch die gewaltige Kraft, die in ihr ausgebrochen war, von ihren Plätzen geschleudert.

Sie trat aus dem Blutkreis heraus und ich erkannte die Magie, die sie benutzt hatten.

Eine Magie, die ich bisher nur einmal gesehen hatte.

Magie, die Dämonen nicht benutzen konnten.

Meine Aufmerksamkeit konzentrierte sich auf die Szene vor mir, als sie über ihre Schulter blickte und ihnen eine Kusshand zuwarf. Blaue Flammen züngelten an ihren Kleidern, aber die Reiter waren unverletzt, wenn auch wütend, als sie sie beobachteten.

Keiner mehr als der Tod.

»Wenn ihr uns wollt, dann werdet ihr uns verdienen müssen.«

Sie wandte sich wieder der Glaswand zu und rannte los.

Das Glas explodierte beim Aufprall und schmolz, bevor es ihre Haut zerschneiden konnte. Die Wand, die uns eingeschlossen hatte, war letztlich der schwächste Punkt des Schutzwalls gewesen und ermöglichte uns unsere Freiheit.

Splitterfasernackt sprang sie aus dem dritten Stock des

Wohnhauses und landete mit einem Siegesschrei Bandits auf dem Boden.

Ohne einen Blick zurück auf das, was wir zurückgelassen hatten, liefen die Bestie und Bandit in die Schatten von New Orleans und sie flüsterte in die tote Nacht: »Lasst die Spiele beginnen!«

LARAN

ZERBROCHENES GLAS UND SCHWARZE ASCHE. DER flüchtige Duft von Amaryllis und alter Magie. Ruby hatte uns nicht nur verlassen. Sie hatte uns zerstört. Sie und die Bestie.

Sie hatte mich vor die Wahl gestellt, zu bleiben oder zu gehen. Ich hatte mich falsch entschieden.

Zu diesem Zeitpunkt hatte ich nicht geglaubt, dass sie weiter als drei Meter kommen würde, sondern, dass einer von uns sie fangen könnte.

Aber niemand hatte es geschafft und jetzt war sie nur noch Rauch im Wind.

Verbrannter Teppich und der Geruch von Blut erfüllten die Luft. Das war alles, was von unserem gescheiterten Versuch, Ruby nicht nur zu fangen, sondern auch in Schach zu halten, geblieben war.

»Wir müssen sie verfolgen«, knurrte Tod.

»Das ist nicht dein Ernst«, fauchte Allistair.

Sie waren wütend. Das sollten sie auch sein. Ich sollte es auch sein ... und doch war ich es nicht.

Als angeblicher Gefährte der Tochter des Teufels hatte

ich Einblick in einige Dinge. Kurzes Aufblitzen von Gefühlen. Ein Gefühl des Wissens. Unsere Verbindung war nur halb so stark wie der Bruchteil ihrer eigenen Magie unter meiner Haut. Ich spürte nicht annähernd so viel, wie Moira als ihre Vertraute spüren sollte, aber ein kleiner Teil dieser wilden Magie lag dort. Sie zog mich an. Sie stachelte mich an.

Selbst aus der Ferne konnte ich die Panik in ihr spüren. Die aufgewühlten Emotionen erinnerten eher an einen Feuersturm als an die reine Lust, die ein Sukkubus in der Verwandlungszeit empfinden sollte. Sie war aufgebracht und etwas sagte mir, dass wir das verursacht hatten.

Ich seufzte tief und ging dorthin, wo das Fenster gewesen war. Glas knirschte unter meinen nackten Füßen, als ich über New Orleans blickte, aber die dunkle Stadt behielt ihre Geheimnisse und verbarg meine sich verwandelnde Gefährtin.

Wir mussten sie finden. Sie waren nicht im Unrecht.

Aber wir mussten es richtig anstellen.

Ich wandte mich von der Glasscheibe ab und ging durch das Haus. Die anderen Reiter folgten mir nicht. Ich war nicht ihre Angelegenheit, nicht jetzt und auch sonst nicht.

Am Ende des Flurs befand sich eine einzelne, unmarkierte Tür.

Jetzt zögerte ich nicht.

Das Metall des Griffs war heiß, aber nicht so heiß wie der Raum darin. Nichts brannte, abgesehen von den Flügeln eines schlafenden Mädchens. Sie lag auf dem Rücken und hatte ihre brennenden Flügel schlaff auf dem Bett ausgebreitet. Die Arme auf der Brust verschränkt und den Kopf schief gelegt, ließ der verkniffene Gesichtsausdruck nicht auf glückliche Träume schließen.

Ich schaute zur Decke und wusste, wenn ich das getan hatte, war es vorbei. Es würde kein Zurück mehr geben. Im wahrsten Sinne des Wortes weckte ich ein schlafendes Monster, das vielleicht genauso mächtig war wie ich.

Aber sie war die Vertraute meiner Gefährtin und wenn jemand sie zu uns zurückbringen konnte, dann war es dieses Mädchen und nur sie.

»Moira«, sagte ich und das war alles, was nötig war. Die Augen der Todesfee flogen weit auf. Glasig und unkonzentriert starrte sie kurzzeitig an die Decke.

»Was hast du getan?«

12

Ich wusste nicht, was in Teufels Namen ich mir dabei gedacht hatte, ihr die Kontrolle zu überlassen, aber ich konnte jetzt nicht mehr viel dagegen tun. Mit meiner außer Kontrolle geratenen Magie und dem nicht enden wollenden Fieber waren wir sicherer, wenn sie die Führung übernahm. So seltsam das auch klingen mochte. Sie wusste zumindest, wie man die Flammen in Schach hielt. Das war mehr, als man von mir sagen konnte. Das letzte Mal, als ich es versucht hatte, war es mir höchstens gelungen, das Feuer *nicht* zu verbreiten. Und meine Erfolgsbilanz war nicht gerade glänzend.

Bandit gab ein schnatterndes Geräusch von sich, das meine Aufmerksamkeit auf sie lenkte, weil sie sich in einen zwielichtigen Teil der Stadt begab. Die Bestie, die nur von einem dünnen Film aus Obsidianasche bedeckt war, stolzierte selbstbewusst vorwärts und beachtete die Menschen auf der Straße nicht, die an ihr vorbeigingen.

»Wohin gehst du?« Das hätte ich wahrscheinlich schon früher fragen sollen, aber besser spät als nie.

»Ich bin hungrig.« Es gab zwei Möglichkeiten, das zu

interpretieren, und ich fühlte mich mit keiner von beiden sehr wohl. *»Ich habe viel Energie darauf verwendet, die Fesseln zu brechen.«*

Die Fesseln, die sie als Dämonen nicht hätten erschaffen können sollen. Das sollte man nicht vergessen. Nur die Unseelie besaßen Blutmagie und die Reiter waren zwar keine alten Dämonen, aber auch keine Fae. Etwas passte hier nicht zusammen.

»Wie konnten sie das überhaupt anstellen?«, fragte ich mich.

»Ich weiß es nicht.« Ihr Körper reagierte nicht, aber ich spürte, dass sie verärgert war. Nicht über mich, sondern über das Unbekannte. Über die Dinge, die keiner von uns wusste oder verstand, weil wir dreiundzwanzig Jahre lang unsere Rollen gespielt hatten. Sie, die Gefangene, die darauf gewartet hatte, freigelassen zu werden. Ich, der unwissende Halbdämon, der die Wahrheit nicht hatte glauben wollen, als sie mich aus dem Gefängnis geholt hatte.

Keine der beiden Rollen hatte uns für das, was aus uns werden sollte, gut gerüstet. Gut, dass ich schnell lernte und sie problemlos rohe Gewalt anwenden konnte.

Sie bog um eine Ecke und ignorierte die feuchte Luft, die sie wie ein Geliebter umarmte. Es war zwar schon Dezember, aber wir waren nicht mehr in Oregon. Hier trank man sein Wasser nicht nur. Man atmete es ein. Und den dicken Wolken am Nachthimmel nach zu urteilen, würde es heute Nacht in Strömen regnen. Die Wolkenbasis leuchtete durch die Lichtverschmutzung in Lila- und Rosatönen und tauchte die sichelförmige Stadt in ein stimmungsvolles Licht. Von irgendwo in der Ferne ertönte leise Musik. Sie rief nach uns.

Die Bestie hob den Kopf, spitzte die Lippen und atmete

den Windhauch ein, der die schwere Atmosphäre durchbrach. Der Geruch von Schweiß und Blut erfüllte ihre Nasenlöcher, zusammen mit etwas anderem ... dem leisesten Hauch von Kama.

»*Abendessen*«, mutmaßte sie und folgte dem Wind. Er führte in dieselbe Richtung wie die Musik.

»*Ich ficke niemanden außer den vier Männern, die wir zurückgelassen haben, also wenn das dein toller Plan ist ...*«, begann ich zu protestieren.

»*Wir ficken niemanden*«, antwortete die Bestie. Sie erklärte mir nicht weiter, was wir vorhatten, aber solange ich auf dem Rücksitz saß, konnte ich wohl nur zusehen.

Sie schlenderte zielstrebig durch die hell erleuchteten Straßen und verfolgte den winzigen Hauch von Kama. Einige Männer riefen und schrien, auch Frauen, aber sie beachtete sie nicht. Wie Allistair sagen würde, waren sie für sie nicht von Interesse.

Die Bestie schnurrte bei dem Gedanken an ihn. Nicht, weil sie ihn vermisste. O nein. Sie war viel abgefuckter als das. Sie schnurrte angesichts der Tatsache, dass sie sich wahrscheinlich den Kopf zerbrachen, um uns zu finden, denn sie wollte, dass sie sich ihren Platz verdienten. Es würde ein lustiges Katz-und-Maus-Spiel werden, wenn sie versuchten, uns zu fangen, und sie ihnen immer wieder durch die Finger schlüpfen würde.

Sie würden sie nicht fangen und festhalten, bis sie schlauer geworden waren und gelernt hatten, dass wir gehen würden, wohin wir wollten. Dass wir uns nicht wegsperren ließen.

Wir konnten uns in jeder Hinsicht behaupten und das mussten sie verdammt noch mal begreifen.

Sie lachte, als sie vor einer Tür zum Stehen kam. Draußen standen zwei Männer – nein, zwei Dämonen –, die Armen vor der Brust verschränkt. Eine Schlange aus Menschen und Dämonen zog sich um den Block. Innerlich runzelte ich die Stirn, bis mir klar wurde, dass die einzigen Leute, die an der Tür abgewiesen wurden, Menschen waren.

Sie blickte auf und der Name des Clubs zauberte ihr ein Lächeln auf die Lippen.

›Lotus‹.

Das klang nach einer denkbar schlechten Idee.

»Bist du sicher, dass du weißt, was du hier tust?«

Anstatt zu antworten, stellte sie sich an den Anfang der Schlange und atmete langsam ein. Es war tatsächlich der richtige Ort. Kama floss in unsere Lungen, sättigte die Sukkubus-Seite und lockte sie weiter. Meine Gedanken zerstreuten sich und entglitten meinem Zugriff, während ich versuchte, einen Grund zu finden, warum wir nicht eintreten sollten.

Nicht, dass es die Bestie interessierte, ob ich einen Grund hatte oder nicht. Sie ging nach vorn, um sich an das Seil zu stellen, und sowohl die Türsteher als auch der Großteil der Schlange nahmen Notiz davon. Es war schwer, nicht aufmerksam zu werden, wenn ein nacktes Mädchen mit einer glitzernden schwarzen Substanz bedeckt war.

Ich hoffte wirklich, dass sie uns bald ein paar Klamotten besorgen würde, denn die beiden großen Kerle sahen aus, als wollten sie mich verschlingen.

»Was haben wir denn hier ...«

»Aus dem Weg«, unterbrach ihn die Bestie. In ihrem Tonfall lag so viel Dunkelheit. Eine Vorahnung dessen, was sie erwarten würden, wenn sie nicht gehorchten.

Der größere der beiden Dämonen blickte auf sie herab, sein Schleier existierte in ihren Augen nicht. Leuchtend rote Haut und ein Schwanz. Er war eine seltene Form eines

Monsters, besonders nützlich zum Bewachen von Dingen, aber nicht der klügste Dämon. Die Rubrum wurden mit knochenfarbener Haut geboren, aber wenn sie ihre Kampfkraft unter Beweis stellten und im Blut ihrer Feinde badeten, wurde diese allmählich rot oder blau und nahm das Pigment auf. Nach seiner Haut zu dieser unbekannten Stunde zu urteilen, würde ich sagen, dass er sich in der Mitte des Pfades befand.

Die Tatsache, dass seine Haut rot war und nicht blau wie das Blut der Dämonen, sprach Bände darüber, wer die meisten seiner Opfer gewesen waren. Die Bestie schreckte nicht zurück.

Doch nicht der Rubrum antwortete, sondern ein Kobold mit harten Gesichtszügen und einem bösartigen Lächeln. Er wusste nicht, dass wir eine Vergangenheit mit seiner Art hatten und dass er, wenn er nicht aufpasste, als Grillfleisch enden würde. Oder als Waschbärfutter. Zu diesem Zeitpunkt würde vermutlich eine Münze darüber entscheiden.

»So funktioniert das nicht, kleine Lady.«

Warum benutzten Männer nur so gern Kosenamen? Ich seufzte innerlich und die Bestie legte ihren Kopf schief.

»Du wirst dich bewegen, auf die eine oder andere Weise.«

Mit diesen Worten hob sie ihre Hand so, dass sowohl Menschen als auch Dämonen sie sehen konnten, und schnippte mit den Fingern. Eine kleine blaue Flamme erschien und breitete sich bis zu ihren Fingerspitzen aus. Sie machte einen Schritt nach vorn und der Kobold wich einen Schritt zurück. Das brachte sie zum Lächeln.

Die Menschen begannen zu rennen.

Die Dämonen in der Schlange wichen entweder

langsam zurück oder hielten still und senkten ihre Blicke zum Zeichen der Unterwerfung.

»Hey, ganz ruhig ... wir wollten nicht ...«

»Ich weiß, was ihr wolltet.«

Bandits Krallen bohrten sich in ihre Arme, als er sich nach vorn beugte und ein Knurren ausstieß. Offensichtlich war er auch kein Fan des Dämons.

Zu ihrem Glück war das der Moment, in dem der Kobold beschloss, es ihnen leicht zu machen. Er löste das Seil und trat zur Seite, wobei er seinen Kopf leicht senkte. Die Bestie trat vor und blickte unbeirrt zu dem Rubrum hinauf, der immer noch überlegte, ob er es mit uns aufnehmen sollte. Der Kobold stieß ihn mit dem Ellbogen in die Seite und ließ seinen Blick nach unten schweifen, um dem anderen Türsteher zu signalisieren, es ihm gleichzutun.

Sie wartete, ihre Augen starrten an der schwarzen Iris des kleinen Dämons vorbei, direkt in die feurigen Abgründe seiner Seele.

Zerbrochene Liebschaften und brennende Verluste füllten die Leere vor uns, wo der Rubrum gestanden hatte. Seine Seele war von Schmerzen gezeichnet, mit denen man versucht hatte, ihn gefügig zu machen.

Misshandlung. Er war von anderen Dämonen extrem misshandelt worden. Die Bestie registrierte das und starrte auf das wütende rote Licht in seiner Brust. Während mein eigenes inneres Licht ein helles Blau war, das wie eine Flamme züngelte, war seines dunkel. Gefährlich. Die Rubrum waren ein treuer Haufen, aber jemand hatte diesen auf unerklärliche Weise verletzt.

Keine Ahnung, was sie dazu trieb, das zu tun, was sie als Nächstes tat. Das stimmte nicht. Ich wusste, dass ich dahintersteckte. Was ich nicht wusste, war, dass ich irgendeine

Macht über sie besaß. Aber es schien, als würde unser Körper ständig versuchen, die andere auszubalancieren, und keine von uns hatte die vollständige Kontrolle.

Wie auch immer, ich handelte aus Instinkt, genau wie bei Moira. Ich beugte mich vor und bewegte die Bestie dazu, ihre Hand auf seine Brust zu legen, angetrieben von einem Drang, den ich nicht verstand und den ich nicht kontrollieren konnte.

Ihre feurigen Finger glitten über den billigen Stoff und brannten sich direkt durch sein enges T-Shirt. Der Rubrum schrie nicht und wehrte sich nicht. Er war besser trainiert als das. Seine Muskeln spannten sich fest an, als das Feuer an seiner Brust leckte. Sie drückte die Hitze nach innen, um die eiternden Wunden um seine Seele herum zu verbrennen. Es schmerzte in dem Moment mehr, als das Feuer die toten und sterbenden Teile wegbrannte. Ich konnte seinen Schmerz spüren, ihn fühlen, wie er durch seine Brust schoss. Er glaubte, vor der Welt entblößt zu werden, aber in Wirklichkeit hatten die Dämonen um uns herum keine Ahnung.

Das Feuer war zerstörerisch. Tödlich. Aber richtig eingesetzt, konnte Feuer auch heilen. Als die brutalste Form der Reinigung hatte es die Macht, Flecken zu beseitigen. Unser Feuer fraß sich durch die kranken Teile seiner Seele, die ihn niederdrückten, und versengte Wunden, die ihn langsam töteten.

Er brannte in einem Inferno, das andere nicht sehen konnten.

Und dann war es vollbracht.

Die Bestie zog sich zurück und machte sich nicht die Mühe, ihren Blick von dem verkohlten Handabdruck abzuwenden, den sie auf seiner Brust hinterlassen hatte. Aber es war kein Pentagramm zu sehen, wie bei den anderen, die sie beansprucht hatte. Die Bestie hatte darauf geachtet, zu heilen, aber keine Bindung herzustellen.

Das war gut. Die Reiter hätten ihn vielleicht getötet, wenn sie etwas anderes vermutet hätten.

Die Bestie wandte sich ab und ging zur Tür, noch erschöpfter als zuvor. Innerlich murrte sie etwas darüber, dass ich Wünsche äußern durfte. Auf sie hörte ich aber nicht wirklich.

»Hey ... hey ...« Eine warme Hand legte sich um ihren Arm. Sie drehte sich langsam um und ihr dunkler Blick fiel auf ihn wie die Kälte des Todes. Der Rubrum war so klug, seine Hand fallen zu lassen. Ein fast schon verlegener Blick huschte über sein Gesicht, als er vor ihr auf beide Knie sank. »Du ... Du hast mich geheilt. Wie kann ich mich revanchieren?«

Die Bestie starrte ihn teilnahmslos an. »Du hast nichts, was ich begehre.«

Der Rubrum runzelte die Stirn und fuhr sich mit der Hand über seinen Bartschatten. »Nichts?«

Seine Augenbrauen wanderten nach oben, als sie wiederholte: »Nichts.«

Ich hatte nicht den Eindruck, dass er es gewohnt war, dass andere Dämonen nichts von ihm wollten. So war es bei den meisten von uns.

»Das reicht nicht«, murmelte er und sein Schwanz bewegte sich hin und her, während er die Stirn runzelte und im Stillen nachdachte. »Es gibt doch sicher etwas, das ich dir geben kann ...« Er verstummte, fast als wäre er verzweifelt. Ich hatte noch nie einen Rubrum getroffen, aber er entsprach definitiv nicht den Klischees.

Die Bestie legte den Kopf schief und schürzte die Lippen. »Wie wirst du genannt?«, fragte sie.

»Wie wirst du genannt? Wirklich? Wir sind im einund-

zwanzigsten Jahrhundert. Niemand redet so«, schnauzte ich sie an. Sie antwortete nicht.

»Mein Name ist Eugene McGee. Meine Freunde nennen mich Gene«, antwortete der Rubrum fast fröhlich. Das war ... unerwartet.

»Ich muss meine Vorräte auffüllen und dann brauche ich einen Guide. Meinst du, du schaffst das, Eugene McGee?«, fragte sie ihn mit ihrer herzlosen Stimme. Ich wollte meinen Kopf gegen die Wand schlagen, aber das würde nichts nützen. Die Kraft, die ich ihr kurzzeitig entzogen hatte, um ihn zu heilen, war bereits verschwunden und sie hatte die Kontrolle über einen Plan, der an einem guten Tag völlig verrückt war.

»*Sie werden auf der Suche nach uns wahnsinnig werden. Das weißt du doch, oder?*«, fragte ich sie. Die Bestie lächelte, als Eugene McGee aufstand, um sie hineinzubegleiten, ungeachtet des nervigen Kobolds, der nicht aufhören konnte zu glotzen.

»Ich rechne damit«, antwortete sie, als sie den Stripclub betrat.

Wenn sie uns endlich einholen sollten, hatte sie die Absicht, mit ihnen zu gehen, aber das hieß nicht, dass sie es ihnen leicht machen würde. Sie hatte lange darauf gewartet und sie wollte das Beste daraus machen.

13

MOIRA

»Ihr habt was getan?«, schnauzte ich sie an und war wie erstarrt, als die Worte meinen Mund verließen ... Wie ein Plätschern auf einem See drückte der Tenor nach außen und gegen die Wände.

Der Raum war wie gelähmt. Ich blinzelte.

»Moira, wir brauchen jetzt deine Hilfe ...«

Ich legte meinen Kopf schief. Seine Stimme gab auch Wellen ab, aber diese waren flexibel, nicht hart und unnachgiebig wie meine. Ich streckte die Hand aus, um die fast unsichtbare Biegung von Licht und Ton zu berühren.

Die Welle teilte sich und ein doppeltes Echo erfüllte meine Ohren.

Seltsam ...

»Was hast du gesagt?«, murmelte ich. Wieder erfüllte ein Wellenschlag die Luft. Wie die Sonne in der Wüste starrte ich auf die ferne Wand vor mir und je länger ich sie anstarrte, desto mehr Wellen entstanden. Sie trafen auf die Wand vor mir und prallten mit einem Klirren gegen die harte Oberfläche.

»Die Bestie ist auf freiem Fuß. In New Orleans ...«

Die fast unsichtbaren Krümmungen folgten der Richtung seiner Stimme. Ich schob sie nach hinten und wollte sie ihm wegen der Obszönität dieser Aussage in den Rachen schieben.

Und was passierte?

Sie taten genau das.

Die gespannten Ranken schnappten zu und schnellten in sein Inneres. Laran – groß, breit und stark, wie er war – hob sich vor Schmerz den Hals.

Ich lächelte grausam.

»Ihr habt sie verloren?«, fragte ich und konzentrierte mich diesmal auf Krieg und nicht auf die Kraft, die durch meine Adern floss, oder darauf, wie die Luft sang.

In *allem* war Klang.

Und ich hatte Macht über den Klang.

»Wir haben sie nicht verloren«, knurrte er grob. Ich warf ihm einen unamüsierten Blick zu und schob die Wellen wieder in ihn hinein. Dieses Mal fester.

Das Arschloch würgte und ich fühlte mich nicht im Geringsten schlecht.

Ich konnte mich nicht an viel erinnern, was vor dem Schlafengehen geschehen war. Ruby hatte einen ihrer Trübsal-Momente gehabt und ich hatte sie aufgefordert, sich zusammenzureißen. *Scheiß auf sie, brandmarke sie und bring es hinter dich!*

Wir hatten keine Zeit für etwas anderes.

Offensichtlich war sie irgendwann ein bisschen davon abgewichen.

»Du bist wach?«

Das Geräusch kam von einem der anderen Idioten. Ich drehte meinen Kopf herum und gab die Kontrolle über die Wellen auf, die Laran Schmerzen bereiteten.

»Offensichtlich.« Meine Stimme schnitt durch die Luft

wie eine Sense. Sie war schärfer als jede Klinge und lag weit unter einem Schrei oder einem Rufen.

Ich war überrascht, als ein Knall die Luft spaltete und sich durch die Wand neben ihm zog. Ich zog eine Augenbraue hoch, denn das war einfach zu praktisch, um nicht von mir zu stammen. Aber ich war nur eine Todesfee und ein Halbblut noch dazu ...

Aber die Wand hatte einen Riss.

Und Laran war fast erstickt und Rysten kreidebleich.

»Ich nehme an, er hat es dir erzählt?« Er warf Laran einen kurzen Blick zu. Nicht ganz wütend, aber auch nicht freundlich. Er hatte nicht gewollt, dass ich geweckt werde.

Geweckt ...

Warum hörte sich das so ... seltsam an? Ich griff nach meiner Brust und holte tief Luft, weil ich mich erinnerte. Ich erinnerte mich an *alles*. An das Brennen. An das Reißen. Das Platzen in meinem Rücken, als meine Muskeln zerrissen wurden. Das Brennen, als die Flammen durch mein Blut züngelten und jeden Winkel mit einer flüchtigen Magie erfüllten. Sie hatten mein ganzes Wesen durchdrungen und sich mit allem vermischt, was ich war.

Sie hatten sich mit mir verbunden. Mich geformt. Mich verändert.

Das Gefühl eines Messers, das mir in die Stirn schnitt, löste eine neue Welle der Angst aus, als ich mich in die Erinnerung zurückzog.

Mein Rücken schmerzte, wo ein Gewicht, das dort nicht sein sollte, wie ein Baumstamm war. Ich streckte die Hand aus, um mir den Schweiß von der Stirn und das verfilzte Haar aus dem Gesicht zu streichen. Meine Hand blieb an etwas Scharfem hängen.

Ich zog meine Hand zurück. Blut. Eine dünne Linie blauen Blutes rann über einen Schnitt in meiner Handfläche. Ich runzelte die Stirn angesichts des saphirfarbenen Rinnsals, dann griff ich wieder zu.

Hörner.

Ich hatte verdammte *Hörner*.

Hätte ich mich aufregen sollen? Denn ein freudiges Gefühl überkam mich.

Ich drehte mich um und erhaschte einen Blick auf etwas Großes, Blaues, *Brennendes* –

Flügel.

Das waren Flügel. Und sie waren an meinem Rücken befestigt.

Ich hatte Flügel. Ich hatte Hörner. Ich sah Wellen in der Luft – und kontrollierte sie auch noch.

Aber vor allem spürte ich ein unaufhörliches Ziehen in meiner Brust. Eine unsichtbare Linie, die von mir direkt zu meiner blauhaarigen besten Freundin führte. Ich hatte mich schon früher mit ihr verbunden gefühlt. Schließlich gehörte sie zu meiner Familie und ich war offenbar ihre Vertraute. Aber das hier war etwas anderes und ein heimlicher Verdacht beschlich mich. Ich griff danach und versuchte, jedes Stückchen Information, das ich besaß, zu erfassen. Wie Rauch glitt es durch meinen Griff, aber ich würde nicht so schnell aufgeben.

Etwas stimmte hier nicht.

»Was bin ich?«

Rysten errötete. Laran seufzte.

Waren sie jetzt nervös? Waren sie plötzlich schüchtern geworden, *nachdem* sie mich geweckt hatten? Ich wartete nicht, bis sie anfingen, zu schwafeln. Ich drängte mich aus der Tür und ging den Flur entlang, vorbei an Julian und Allistair ins Bad – und blieb auf der Stelle stehen.

Schwarze Asche. Zerbrochenes Glas. Ein in Millionen Stücke zersplitterter Spiegel.

In all den Scherben spiegelte sich mein Gegenstück in tausendfacher Weise wider. Ich beugte mich vor und war mir der Stille bewusst, als ich ein einzelnes Stück des Spiegels aufhob und mich betrachtete.

Ein gehörnter Helm auf zwei schwarzen Flügeln.

Das Zeichen des Kains.

Und es war auf meiner Stirn eingebrannt.

Na, na, na. Es schien, als hätte ich mich auf irgendeine Art und Weise verwandelt.

»Okay, Jungs, es wird Zeit, dass ihr redet und mir erzählt, wie zum Teufel ich eine Legion wurde.« Hunger verschluckte sich an einem Hustenanfall.

»Und dann werden wir überlegen, wie wir Ruby zurückbekommen.«

14

DIE TAGE VERGINGEN WIE IM FLUG, ALS WIR VON einem Club zum nächsten zogen und uns vom Kama in der Luft ernährten. Sie hielt sich an ihr Wort, niemanden zu vögeln – aber je mehr Tage vergingen, desto mehr Lust hatte ich darauf. Wir befanden uns immer noch in der Verwandlungsphase und obwohl sie sie zu kontrollieren schien, führten die kurzen Momente, in denen ich zum Vorschein kam, nur zu … kleinen Katastrophen … oder Wundern. Es kam wirklich darauf an, wie man es betrachtete.

Eugene McGee war der einzige Dämon, dessen Seele ich geheilt hatte, aber er war bei Weitem nicht der einzige merkwürdige Fall von magischem Output. In der ersten Nacht im ›Lotus‹ wurde sie so high, dass ich kurz hineinschlüpfte und Bandits Haare blau färbte. Nicht, dass es ihm etwas ausgemacht hätte, schwarze und blaue Ringe zu tragen. Wenn ich es nicht besser wüsste, würde ich sagen, dass er sich sogar stylish fand. Er schien sich auf jeden Fall mehr zur Schau zu stellen, aber das lag vielleicht nur an der ständigen Zufuhr von frischem Fisch, den Eugene ihm bescherte. Der Rubrum schien zu glauben, dass er mir sein Leben schuldete, und keine noch so ausgefallene Bitte der Bestie brachte ihn davon ab, anders zu denken. Er hatte beschlossen, dass unser Wohlergehen von größter Bedeutung war, und obwohl ich das manchmal fast süß fand, gefiel mir die Heldenverehrung nicht. Ganz zu schweigen davon, wie die Reiter reagieren würden, wenn sie uns einholten.

Rote Lichter pulsierten durch den Club, beleuchteten die Bühne und tauchten die Stripperinnen in ein düsteres Licht. Das ›Devil's Dancers‹ war heute Abend rappelvoll, gefüllt mit nackten Dämonen beiderlei Geschlechts, die für jeden Geschmack etwas zu bieten hatten. Das Kama, das das Publikum abgab, hielt uns satt und wachsam. Ihr Körper kribbelte unter den farbigen Partikeln, die sich gegen ihre Haut drückten und langsam darunter schlüpften. Dadurch blieben wir ruhig, aber das Bedürfnis nach Sex wurde immer stärker und die Bestie war nicht glücklich darüber, dass die Reiter noch nicht in die Gänge gekommen waren. Wie schwer konnte es für sie sein, eine blauhaarige Dämonin in einem Stripperinnen-Kostüm zu finden? In New Orleans? Die Antwort war, dass es wie die Suche nach einer Nadel im Heuhaufen war.

Sie lehnte sich zurück und schlug ihre Beine dort übereinander, wo die Strümpfe aufhörten. Sie hatte Eugene gebeten, ihr etwas zum Anziehen zu bringen, und er war mit einem winzigen Kleid zurückgekommen, komplett mit schenkelhohen Schaftstiefeln und Nuttenabsätzen. Es erregte zwar mehr Aufmerksamkeit als nötig, aber es machte es auch einfacher, in die Dämonenclubs zu kommen, in die er uns brachte. Alle waren mehr oder weniger schäbig gekleidet und es war oft schwer, die Stripperinnen von den Gästen zu unterscheiden.

Die Bestie schaute zu und ignorierte das brütende Fieber, das ihren Körper schweißnass machte. Ihre Haut klebte unangenehm an dem Vinylstuhl. Nicht, dass es jemand merken würde, wenn er sie sah. Während mich die Hitze in den Wahnsinn getrieben hatte, konnte sie alles mit Fassung tragen.

Ihr Blick war unerschrocken, als sie die Menge vor sich musterte. Dämonen waren wankelmütige Geschöpfe. In einem Moment konnten sie eine Orgie feiern, ohne sich darum zu kümmern, wer sie beobachtete. Im nächsten Moment konnten sie einander die Kehle herausreißen, während sie noch bis zum Anschlag ineinandersteckten. Es war ein herzzerreißender Anblick, voller Wildheit und Urinstinkte. Die Menschen nannten uns böse. Ich konnte verstehen, woher dieser Gedanke kam. Wir waren nicht von dieser Welt. Ich. Die Bestie. Jeder Dämon, jeder Fae. Wir stammten nicht von hier.

Wir gehörten nicht hierher.

Das war ein Gedanke, der mir in letzter Zeit immer öfter durch den Kopf gegangen war. Vielleicht lag es an dem Feuer in meinen Adern oder an dem buchstäblichen Verlangen, etwas zu verbrennen. Vielleicht lag es daran, dass ich mich immer mehr von der Welt abkapselte und tiefer in das Monster sank, zu dem ich wurde. Oder vielleicht reizte mich die Wildheit, je mehr ich hinsah, auf eine Weise, wie es die menschlichen Konventionen nie getan hatten.

Obwohl ich schon früher vor den Dämonen auf der Erde geflohen war, war ich nie wirklich normal gewesen. Ich hatte mich nie perfekt unter die Menschen gemischt. Die vielen Ex-Stalker und mein kilometerlanges Vorstrafenregister waren der Beweis dafür. Ich hatte immer nur auf Zeit gespielt.

Ähnlich wie die Bestie jetzt.

»Ich spiele nicht auf Zeit«, brummte sie. Ihre Laune war schon mies genug. Dieses Spiel machte sie nicht besser.

»Du wartest darauf, dass die Reiter uns finden«, schnaubte ich.

Sie zog eine Grimasse, während Bandit sich auf ihrem Schoß ausstreckte. Er trug einen winzigen kegelförmigen Partyhut, der mit einer dehnbaren Schnur befestigt war. Woher er ihn hatte, wusste keiner von uns, nur dass er darauf bestand, ihn zu tragen.

»Ich lasse sie eine wichtige Lektion lernen«, antwortete sie. So konnte man es wohl auch betrachten. *»Einer, der du zugestimmt hast«*, fuhr sie fort.

Jetzt war es an mir, innerlich zu murren. Das zauberte ein Grinsen auf ihre Lippen.

»Ja ... Nein ... Ich weiß nicht. Du hast uns nicht gerade in eine einfache Situation gebracht und es ist ja nicht so, als ob wir viel tun würden.« Den letzten Satz murmelte ich. Nicht, dass das etwas vor ihr geheim gehalten hätte. Sie kannte jeden Gedanken und jedes Gefühl von mir, genauso wie ich die ihren kannte. Als die seltsame Mischung aus Humor und Verärgerung in ihrer Brust auftauchte, fürchtete ich mich vor dem, was jetzt kommen würde.

»Du langweilst dich«, sagte sie demonstrativ.

Nein. Vielleicht ... Ich versuchte, jede Reaktion zu unterdrücken, aber das verstärkte ihre Gefühle nur noch mehr.

»Am Anfang war ich sauer auf sie, aber ich bin darüber hinweggekommen«, begann ich und wurde innerlich nervös, als ich ihre wachsende Aufregung spürte. Die Wahrheit war, dass ich wütend gewesen war. Jetzt war ich es nicht mehr und wir befanden uns in einer Stadt voller Dämonen, ohne Rückendeckung, falls die Situation aus dem Ruder

laufen sollte – abgesehen von Bandit. Mein Waschbär war zwar fantastisch, aber er kam nicht aus der Hölle. Er hatte keine Kräfte. Er wusste nur, wie man jemanden in den Hintern biss, während ich alles in Brand steckte.

»Du bist zu emotional«, antwortete sie kalt.

Emotional? Die Bestie wollte mit mir über Gefühle reden?

»Sagt die Person, die durch die ganze Stadt rennt und ein beschissenes Versteckspiel spielt, weil sie ein bisschen zu kontrollierend geworden ist, nachdem wir Laran durch eine Wand geschleudert haben«, erwiderte ich. Sie schien einen Moment lang darüber nachzudenken und strich langsam mit ihren Fingern durch Bandits dickes Fell, während sie eine Orgie beobachtete, die vor unseren Augen stattfand.

»Du hast zugestimmt«, entschied sie schließlich. Ich seufzte und wollte schon den Kopf schütteln, aber ich hatte keine Kontrolle darüber.

»Ja und das bereue ich auch nicht. Ich sage nur, dass wir mehr tun könnten, als nur herumzusitzen und darauf zu warten, wieder entführt zu werden ...«

Die Bestie schnaubte. Ja. Sie schnaubte tatsächlich. Ich hätte es nicht geglaubt, wenn ich es nicht mit absoluter Gewissheit gehört hätte. Und schon war ihre Wut verflogen und wurde durch leichte Belustigung und müde Zustimmung ersetzt.

Sie beugte sich nach vorn und ein schmatzendes Geräusch erfüllte die Luft, als sich das Vinyl, das an ihrem Rücken geklebt hatte, löste. Der Schweiß hing an ihrer Haut wie eine Kleidungsschicht und isolierte die Hitze in ihrem Inneren. Das Brennen geriet allmählich außer Kontrolle, aber die Bestie war noch nicht zusammengebrochen. Das würde sie auch nicht tun. Der Schweiß mochte zwar lästig sein, aber sie war eine Kreatur der Flammen, die in einem sterblichen Körper gefangen war. Bald würden es noch mehr Flammen sein. Sie sonderte nicht einfach nur Hitze ab, sie *war* die Hitze.

Also würde ich leiden und ich konnte von Glück sagen, dass sie die Hauptlast trug und nicht ich.

Sie hievte sich aus dem Sessel und winkte Eugene mit einem einzigen Blick zu sich. Er bemerkte ihre wachsamen Augen, nickte und drängte sich durch die Orgie, um zu ihr zu kommen.

»Ruby, was ist los?«, fragte er und runzelte leicht die Stirn.

Seit wir seine Seele geheilt hatten, war er auf jede ihrer Forderungen eingegangen. Ich fragte mich, ob er genau wusste, mit wem er es zu tun hatte, oder ob es ihm einfach egal war. Da er keine Angst hatte, tippte ich eher auf Unwissenheit, aber das könnte auch daran liegen, dass sie ihn gerettet hatte und er sich in Sicherheit wähnte.

Niemand war sicher – bis auf die, die ihr Brandzeichen trugen.

»Mir ist langweilig. Such mir einen interessanteren Ort.«

Zu Eugenes Ehrenrettung sollte erwähnt werden, dass er sein Gesicht neutral hielt und sich nicht über die Unvernunft ihrer Bitte aufregte. Wir wussten beide, warum sie sich langweilte.

Sie wollte nicht in einer schäbigen Bar sitzen und anderen Dämonen beim Ficken zusehen.

Sie wollte mit unseren Gefährten ficken. Sie dazu zu bringen, das zuzugeben, war natürlich so, als würde man Bandit dazu bringen, Rosenkohl zu essen. Daraus wurde nichts.

»Da ist ein ...«

Ein Schrei schallte durch die Luft und unterbrach ihn.

Ihre Muskeln verkrampften sich. Das war nicht nur irgendein Schrei. Es war der Schrei einer Todesfee.

Adrenalin durchströmte sie, als sie nach der Quelle suchte. Körper drängten sich um sie herum. Ihre glatte Haut streifte die ihre, als sie sich durch die Menge drängte und schnell ungeduldig wurde. Während die meisten Leute einen Sinn für Kampf oder Flucht besaßen, hatte die Bestie nur einen Modus und begrenzte Emotionen, so extrem sie auch sein mochten.

Sie stieß einen männlichen Dämon, der ihr zu nahe kam, mit dem Ellenbogen in den Bauch und stieß ein bedrohliches Knurren aus. Ein weiterer Schrei ertönte zu ihrer Rechten. Ihr Kopf wirbelte herum und ihre Muskeln zitterten, als sie die Szene vor sich aufnahm.

Die Todesfee war nicht Moira. Zum Glück.

Sie hätten alle sterben können, wenn es so gewesen wäre.

Obwohl sie den Schrei und die dunkelgrünen Locken teilten, sahen sie sich nicht ähnlich. Moira brannte wie das Feuer in mir. Diese Dämonin hatte große Angst vor den beiden Männern, die sie festhielten. Aus ihren beiden Ohren sickerte Blut und tropfte an ihren Schultern herunter. Trotz des Schadens, den sie ihnen zugefügt hatte, stand einer in ihrem Rücken und hielt sie mit seinen Armen fest, während er ihre nackten Brüste schmerzhaft zusammenquetschte. Der andere stand vor ihr, dicht an ihrem Körper, und spielte mit etwas zwischen ihnen ...

Als wir den zerrissenen Slip in seiner Hand sahen, kochte die Wut in unserer Brust hoch.

Die Todesfee stieß einen markerschütternden Schrei aus. Ihre Stimme versagte, als die Dämonen um uns herum mit Lust in den Augen zusahen. Sie krümmte sich in ihren Armen und warf ihren Kopf zurück, um ihrem Angreifer die Nase zu brechen. Er wich in letzter Sekunde aus und beugte sich vor, um ihr warnend in den Hals zu beißen.

Die Bestie zögerte nicht, wie es alle anderen Dämonen taten. Sie stürmte auf sie zu, mit Rache in den Augen und Feuer im Blick.

»Hilfe«, schrie das Mädchen und sah uns über seine Schulter hinweg in die Augen. Aus der Nähe betrachtet hatten die Tränen, die ihr über das Gesicht liefen, ihr Make-up fürchterlich verschmiert, aber ohne die ganze Pampe in ihrem Gesicht sah sie jung aus.

Das Gesicht der Bestie blieb teilnahmslos, als sie die Hand ausstreckte und ihre brennenden Finger um die Schulter des Mannes schlang. Er brüllte auf und warf sein Gewicht zurück, um ihrem Griff zu entkommen. Aber das ließ sie nicht zu.

Die Bestie drehte ihre Finger wie Krallen und grub sich in seine Lederhaut. Er stöhnte vor Schmerz auf, als sie sich durch die Muskeln und Sehnen fraß und ihn bis auf die Knochen zermalmte.

»Stehst du auf Gruppenvergewaltigungen ungeschützter Dämoninnen?«, fragte sie ihn. Irgendwann war es im Club so still geworden, dass nur noch schweres Atmen und ›Sweet Dreams‹ zu hören waren. »Ich tue unheimlich gern denen weh, die es verdient haben.« Sie riss ihn mit der unnatürlichen Kraft, die ich nie unter Kontrolle hatte, auf Augenhöhe herunter. »Hast du es verdient?«

Er stöhnte vor Schmerz auf und schwarze Stacheln ragten aus seiner Haut. Ein Chupacabra.

»Hör zu, Schlampe, ich weiß nicht, was ...«

Sie schlug ihn so fest, dass sein Nacken knackte.

»Falsche Antwort.«

Dieser Schlag hätte einen Menschen getötet, aber stattdessen ließ er seinen Kopf in einem seltsamen Winkel hängen, während sein Körper versuchte, sich schnell selbst zu heilen. Sie warf ihn drei Meter weit und sein Rücken knackste, als er in einem ungünstigen Winkel auf der Bühne aufschlug. Einer seiner Stacheln schoss aus seiner Haut und zielte auf ihre Brust. Sie fing ihn mit einer Hand auf, drehte sich um und rammte ihn dem anderen Vergewaltiger in die Schulter. Seine Arme krampften sich um die kleine Todesfee, während sich das Gift sofort ausbreitete.

»Du ... du ...« Seine Worte verklangen, als seine Adern unter seiner papierweißen Haut schwarz wurden. Seine Augen rollten in seinen Hinterkopf, als er stolperte und seine Beine ihn nicht mehr halten konnten. Die junge Todesfee sah zwischen uns hin und her, unsicher, ob sie eine Gefahr gegen eine andere eingetauscht hatte.

Die Bestie richtete ihren Blick wieder auf den Chupacabra. Sein Schmerz verwandelte sich in Wut, als er den Blick von der immer schwächer werdenden Gestalt seines Freundes abwandte und zurück zur Bestie blickte.

Ohne Worte stürzte er sich auf sie und bewegte sich schneller, als sie es erwartet hatte, jetzt, wo sein Körper zerstört war. Doch das hielt sie nicht auf. Er schlug mit einem Arm in ihre Richtung und entfesselte drei Stacheln. Sie handelte, ohne zu zögern und beschwor eine Wand aus Höllenfeuer, um die giftigen Stacheln zu vernichten, bevor sie sie berühren konnten.

In diesem Moment begann das Geschrei. Nicht von der Todesfee neben ihr, sondern von den Monstern, die am Rande standen. Es gab nicht viele Dinge, die einen Dämon auf der Stelle töten konnten, aber die Flammen der Hölle gehörten dazu.

Schnell der Spielchen überdrüssig, schritt sie vorwärts durch das Feuer und genoss es, wie es an ihrer Haut leckte. Der Chupacabra rannte nicht weg. Er kämpfte nicht. Er beobachtete einfach nur das Feuer hinter ihr und wusste, dass er nichts tun konnte, um sie aufzuhalten, wenn sie ihm den Tod wünschte.

»Wer bist du?«, flüsterte er und schluckte schwer, als sie sich ihm näherte. Sie griff nach seinem nackten Schwanz, der wie ein kaputtes Spielzeug schlaff zwischen seinen Schenkeln hing.

»Die Henkerin des Bösen.«

Ein verruchtes Funkeln lag in ihren Augen, als sie ihn mit Feuer kastrierte. Er krümmte sich zu einem Ball des Verfalls zusammen, als sie zu dem Dämon ging, der durch den giftigen Pfahl, mit dem sie ihn aufgespießt hatte, ohnmächtig geworden war. Er hatte nicht einmal Zeit zu betteln, bevor sein Anhängsel ebenfalls von den Flammen entfernt wurde.

Und dann war es vorbei. Nun ja, Bandit rannte zu ihm und pisste ihn zur Sicherheit noch an, aber der Schaden war angerichtet.

Alles, was ihr blieb, war die Dämonin mit den großen Augen, die sie gerettet hatte, Eugene McGees besorgter Blick und ein Raum voller Dämonen, die auf die Knie fielen. Sie verneigten sich ... vor ihrer Königin.

Die Todesfee blinzelte zweimal, bevor sie sich auf die Knie fallen ließ. Das passte mir gar nicht, aber das schien die Bestie nicht zu stören. Zumindest zollten sie ihr den Respekt, den sie ihrer Meinung nach verdiente.

Selbstsüchtige Fotze.

Bevor sie allerdings etwas sagen konnte, traten zwei sehr bekannte Gesichter aus dem Schatten.

Rysten ... und Julian.

Sie waren ihretwegen gekommen. Unseretwegen.

Endlich.

Leider hatte diese kleine Wendung der Ereignisse ihr

Blut in Wallung gebracht. Der Bestie gefiel es, eine aktivere Rolle dabei zu spielen, Drecksäcke von der Straße zu holen. Sie verteilte die Strafen, wie sie es für richtig hielt. Wären sie keine zehn Minuten früher gekommen, wäre sie vielleicht mitgegangen.

Aber jetzt ... jetzt hatte sie Pläne. Ideen.

Wenn die Reiter sie nicht erwischen konnten, hatte sie die feste Absicht, diesen Plänen zu folgen. Sie ließ einen Pfiff ertönen und Bandit huschte über den Steinboden, sprang auf halber Höhe an ihrem Körper hoch und kletterte den Rest des Weges. Er hockte sich auf ihre Schulter und knurrte die Reiter aus Prinzip an. Sie waren nicht Laran. Das überraschte mich nicht.

»Ruby«, knurrte Julian leise. Der Blick, den er ihr zuwarf, ließ mich erschaudern. Wenn er sie erwischte, würde er sie auf keinen Fall gehen lassen. Nur über seine Leiche und da ich mir ziemlich sicher war, dass er nicht sterben konnte ...

»Tod«, säuselte die Bestie mit der Stimme einer Sirene. Die Ader in seiner Schläfe pochte, als er sie mitsamt ihrem knappen Kleid in Augenschein nahm.

»Komm jetzt, Liebes. Wir haben das Spiel gewonnen. Zeit zu gehen.« Rysten schlich durch die Schatten des Raumes, sprang von einer Stelle zur anderen und kam ihr langsam näher. Sie warf ihren Kopf zurück und stieß ein böses Lachen aus.

»Du hast mich gefunden, Krankheit. Aber gewonnen hast du noch lange nicht.«

Sie drehte sich zu Eugene McGee um und nickte ihm einmal zu. Er machte zwei Schritte.

Rysten brauchte drei.

Aber sie waren bereits weg und fielen durch den Boden unter ihnen.

15

RYSTEN

MEINE ARME SCHLOSSEN SICH UM LUFT. HEISS. Schwitzig. Aber letztlich leere Luft.

Ich blieb stehen und schaute auf die Stelle hinunter, an der die Bestie und irgendein Rubrum gestanden hatten. Ein flaues Gefühl in meinem Magen sagte mir, dass ich es versaut hatte. Nicht nur, dass ich derjenige gewesen war, der sie von den Schutzmaßnahmen befreit und sie überhaupt erst verloren hatte, ich war auch derjenige, der von dem Plan abgewichen war und ein zweites Mal versagt hatte.

»Wo ist sie?«, brüllte Julian.

Ich wehrte mich nicht gegen den brutalen Energiestoß, der durch den Raum fegte und nach der vermissten Dämonin suchte. Wenn sie unsichtbar gewesen wären, hätte er sie gefunden, aber die Bestie und der Rubrum waren nicht hier. Die allmächtige Kraft, die Julian freisetzte, wurde unruhig und chaotisch – und außerdem schmerzhaft kalt.

Dämonen hassten die Kälte, aber Julian begrüßte sie.

Ich biss die Zähne zusammen und zügelte meine eigene

Kraft. Wenn ich die Krankheit, die in mir fraß, losließ, würde der Raum der Dämonen einen sehr schmerzhaften Tod sterben und Julian würde es in seinem Zustand als Herausforderung ansehen. In unserem ganzen Dasein war er nicht nur der Stärkste, sondern auch der Vernünftigste gewesen. Seit wir Ruby gefunden hatten, begannen sein kontrollierendes Wesen und sein gequälter Verstand sich zu entwirren. Dass die Bestie uns verlassen hatte, schien das Schlimmste aus ihnen beiden herauszuholen, und obwohl ich die Absicht hatte, den Rubrum zu töten, wenn ich ihn fand, wäre es keine gute Idee gewesen, meine Beherrschung zu verlieren.

Also tat ich das, was ich am besten konnte.

Ich ließ meine Arme sinken und schob die ganze Dunkelheit tief in mich hinein, wo mein Bruder sie nicht sehen konnte. Ich würde auf die Jagd gehen, wenn er schlief, um sie aus meinem Körper zu vertreiben. Ich drehte mein Gesicht, um die Gefühle zu verbergen, die ich nur schwer vor ihm verheimlichen konnte. In seinem Urzustand würde er nicht einmal merken, dass ich es tat. Ruby war die Erste, die es je getan hatte.

»Sie ist weg, Julian. Ich habe zu früh gehandelt und sie ist weggelaufen, bevor Moira überhaupt versuchen konnte, sie zu beruhigen.« Ehrlichkeit. Das war für ihn in solchen Situationen das Beste.

»Sie kann doch nicht einfach weg sein«, zischte er.

Die dunkle Seite seiner Magie wurde mit den Jahren immer stärker und machte ihn der Bestie ähnlicher, als er es jemals zugeben würde.

»Wir müssen die Todesfee holen und Ruby aufspüren, bevor sie zu weit kommt.« Das war meine einzige Antwort, bevor ich meine Gedanken an Allistair richtete. Bevor ich ihn erreichen konnte, schlug etwas gegen mein Gesicht. Ich drehte mich um und spuckte Blut auf den Boden des Clubs. Es vermischte sich mit dem Blut, mit dem die Bestie diesen Ort gezeichnet hatte, und der Drang, jemanden zu töten, erfüllte mich erneut. Als ich meinen Angreifer erkannte, fiel es mir schwerer, ihn zu kontrollieren.

»Was zum Teufel war das?«, brüllte Laran.

Ich brachte meinen aus den Angeln gehobenen Kiefer wieder in die richtige Position und starrte ihn unverwandt an.

»Ich sah eine Gelegenheit und habe sie ergriffen ...« Er schlug mich erneut.

Heiser hustete ich und spuckte weitere Blutstropfen über den verdammten Boden. Auf der anderen Seite von mir sagte Julian kein einziges Wort und ließ mich mit der Wut des Krieges allein. Vielleicht wollte er mich auch schlagen und gab mir so die Chance, mich wenigstens zu wehren. Das würde ich nicht tun.

»Hör zu, Kumpel!«, sagte ich und riss mir einen Zahn aus, an dem noch ein Stück Zahnfleisch hing. Der neue Zahn war schon durchgebrochen. »Ich habe Mist gebaut, aber ...«

Seine Faust schlug mir ein drittes Mal ins Gesicht und ich brüllte zurück. Der feste Griff, mit dem ich mich zurückhielt, löste sich für einen Moment, als meine Kraft darauf brannte, dem hitzköpfigen Arschloch ein noch schlimmeres Schicksal zu bereiten. Schmerzen wie abgebrochene Zähne und fehlende Gliedmaßen waren oft leichter zu ertragen als eine tödliche Krankheit, die sie von innen auffraß. Ich sah das jeden Tag bei den Menschen und wir Dämonen waren da nicht anders.

Ich brauchte einen Moment, um mich davon zu erholen. Verbissen starrte ich auf den glänzenden Betonboden, mein Gesicht war eine Masse aus gebrochenen Knochen und Fleisch, die schnell heilte. Als ich meine Lippen bewegen konnte, sagte ich: »Schlag mich nicht noch einmal!«

Das sollte die einzige Warnung sein. Er hatte das Recht, sauer zu sein, und ich gönnte ihm sogar den ersten Schlag, weil ich den Plan über den Haufen geworfen und selbst versucht hatte, mit ihr zu reden. Ich hatte gedacht, ich könnte das, was ich getan hatte, wiedergutmachen. Leider hatte ich mich geirrt, aber ich würde ihm nur so viel zugestehen, bis er einen Vorgeschmack auf die Fäulnis bekam, die in ihm lauerte.

»Du hast die Formation gesprengt. Moira war auf dem Weg und du hast sie aufgescheucht.«

Seine Fäuste waren ein Schmerz, den ich ertragen konnte. Es waren seine Worte, die mich trafen, denn ich wusste bereits, dass es meine Schuld war. Dass ich die Chance, die wir gehabt hatten, durch mein Handeln verspielt hatte.

»Moira kann sie immer noch aufspüren«, sagte ich. So wie sie es schon ein Dutzend Mal getan hatte, bevor die Bestie irgendeinen Schaden angerichtet hatte und verschwunden war, bevor wir sie überhaupt zu Gesicht bekommen hatten.

»Um ehrlich zu sein ...«, mischte sich eine vierte Stimme ein. Allistair trat hinter der Bühne hervor. Moira war nicht bei ihm. »Das kann sie nicht. Nachdem du den Plan vermasselt hast, hat die Todesfee beschlossen, dass es besser ist, wenn sie den Job allein macht.«

Feuer und Eis prallten aufeinander, als sowohl Julian als auch Laran aggressiv wurden.

»Hat sie das gesagt?«, fragte Laran.

»Ich glaube, sie sagte: *Wenn ich will, dass es richtig gemacht wird, sollte ich es selbst tun.*«

»Du hast sie gehen lassen.« Julians Worte waren kaum mehr als ein Knurren. Sein eigener Verstand begann, auszufransen.

»Ich habe versucht, sie zum Bleiben zu bringen, aber sie hat meine Versuche abgeschmettert. Als ich sie nicht mehr überreden konnte, beschloss sie, dass Fliegen der beste Weg sei, zu verschwinden, ohne dass ich ihr folgen konnte.«

Fuck!

Die Sache wurde mit jeder Minute schlimmer. Ich wusste, dass die Todesfee nicht begeistert von uns war, aber ich hatte nicht erwartet, dass sie ihre Drohungen wahr machen würde. Verdammt. Wenn die Bestie ihre beiden Vertrauten hatte und wir ihr keinen Einhalt gebieten konnten, würde New Orleans brennen.

»Es muss einen anderen Weg geben, sie zu finden«, sagte ich. »Irgendetwas ... Jemand, der sie aufspüren kann ...«

»Wir brauchen mehr, als nur die Möglichkeit, sie aufzuspüren.« In Julians Tonfall lag eine dunkle Note.

»Wir können sie nicht fesseln, wenn sie ihre beiden Vertrauten bei sich hat«, sagte Allistair.

»Wir brauchen mehr als das«, antwortete Julian.

»Willst du damit sagen ...«, begann Allistair und in seiner Stimme lag eine deutliche Warnung. Ein Aufflackern von Unbehagen, denn was Julian ihr antun wollte ... Nicht einmal ich wäre bereit, ihren Zorn zu ertragen, wenn sie es herausfand. Ruby würde vieles verzeihen, aber das? Julian war schon zu weit fortgeschritten.

»Das tue ich.«

Er wollte unser Mädchen zurückholen, koste es, was es wolle.

Ihr Hintern knallte auf den kalten, harten Boden und Bandit stieß ein Wimmern aus. Im Hintergrund dröhnte Technomusik, die die irritierenden Sterne, die vor ihr explodierten, noch verstärkte. Sie knurrte und wartete, bis die Welt aufhörte, sich zu drehen, bevor sie versuchte, sich aufzusetzen. Sie zog sich in eine aufrechte Position und ignorierte ihre protestierenden Muskeln. Wir waren schließlich immer noch sterblich und das war kein kleiner Sturz gewesen. Bandit klammerte sich an ihre Brust und schlang seine Arme fest um ihren Hals, als würde er um sein Leben kämpfen. Das tat er wahrscheinlich auch.

Die Decke musste gut drei Meter oder mehr über uns sein. Sie schaute sich im Raum um und bemerkte den Billardtisch neben uns und die vielen ... Männer. Die menschlichen Männer. Viele von ihnen schienen bessere Tanzschritte zu beherrschen als ich.

Nachdem sie die dunklen Winkel in Augenschein genommen hatte, stand sie schnell auf und sah sich nach Eugene um. Er stand hinter ihr und sah dank seines Schleiers aus wie ein wunderschöner dunkelhäutiger Mann mit langem, üppigen Haar. Ich wollte ihn fragen, warum er dieses Aussehen gewählt hatte, aber das war der Bestie völlig egal. Sie wollte nur einen Weg hier raus.

»Komm schon. Ich kenne eine Hintertür.« Er wies mit dem Kopf auf den in Schatten gehüllten Gang. Das war zwar der ideale Ort für Rysten oder Julian, um sie zu packen, aber er war weniger auffällig als die Vordertür. Sie drehten sich um und gingen auf den dunklen Flur zu, ohne auf die Rufe einiger Männer zu achten.

»Hey, Schätzchen«, grummelte jemand hinter ihr. Sie drehte den Kopf, die Hand nach innen gekrümmt, in Erwartung einer weiteren Kastrationssitzung – etwas, das ich hier unten nicht gutheißen konnte, es sei denn, jemand machte den ersten Schritt. Aber der Mann mit den Grübchen sah nicht zu ihr ...

Eugene errötete unter seinem Schleier violett und ging erhobenen Hauptes weiter.

Am Ende des Ganges öffnete sich kreischend eine Metalltür zu einer Gasse und schlug mit einem hörbaren Knall hinter ihr zu.

Draußen war die Nacht kühl, aber angenehm. Sie folgte Eugene und ignorierte sein merkwürdiges Verhalten, während sie durch die dunkleren Teile von New Orleans liefen, die Gegenden, die Touristen nicht besuchten. Hier lief man nur draußen herum, wenn man mutig, dumm oder ein Dämon war. Diese Bezeichnungen schlossen sich nicht gegenseitig aus.

Nachdem wir zum x-ten Mal in dieser Nacht über das unebene Pflaster gestolpert waren, hielt die Bestie inne und riss sich die siebzehn Zentimeter hohen Absätze ab, die wir seit Tagen trugen. Ich war bereits groß und obwohl ich mich nicht als unkoordiniert bezeichnen würde, trug ich keine Absätze, wenn ich eine andere Wahl *hatte*, und das unter den bestmöglichen Bedingungen. Ganz sicher nicht auf diesen schrecklich unebenen Straßen. Die Bestie schien diese Meinung zu teilen, denn die Schuhe flogen in hohem Bogen in eine dunkle Gasse. Eugene blieb am Ende der Straße stehen und gab keinen Kommentar ab, als sie ihn einholte. Das war klug von ihm. Ein guter Überlebensinstinkt.

Wir liefen noch fünf Minuten in der erdrückenden Stille weiter, bevor ein beklemmendes Gefühl unsere Nackenhaare zum Kribbeln brachte. Sie blieb stehen.

»Ist alles in Ordnung?«, fragte Eugene mit besorgtem Ton in der Stimme.

Die Bestie sah ihn zeitweilig angestrengt an, bevor sie ihren Blick auf die verfallenen Gebäude richtete. Nichts *schien* ungewöhnlich zu sein, aber sie starrte noch ein paar Sekunden länger auf den dunkelsten der Schatten.

Ein deutliches Gefühl des Unbehagens erfüllte uns – und der Drang zu rennen.

Aber es war nichts zu sehen.

Sie drehte sich um, um weiterzugehen, als sie es entdeckte.

Das Ding bewegte sich wie die Dunkelheit und saugte alles Licht auf, das es berührte. Seine Augen hatten die Farbe von Lava, rot und wütend. Sie glühten vor Wut. Animalischer Wut.

Mein Verstand formte, was ihr Mund nicht vermochte.

Höllenhund.

Das Ding hob seinen Kopf und blies knurrend einen Luftstrom über die zwanzig Meter, die uns trennten. Er roch nach Feuer und Asche. Tod und Verwesung.

Aber lief die Bestie weg?

Nein, verdammt, das tat sie nicht.

Sie starrte das Ding an wie einen Ebenbürtigen und

war nicht einmal bereit, ihren Blick zu senken. Bandit wölbte seinen Rücken und stieß ein Zischen aus, als ob das das verdammte Ding abschrecken würde. Ich könnte schwören, dass der Höllenhund seinen Kopf neigte und ein leises Knurren ausstieß. Ein scharfer Pfiff schnitt durch die Luft und der Hund setzte sich wieder auf seine Hinterläufe. Jedes seiner vier Beine war bestimmt drei Meter lang. Der Kopf war so groß wie mein alter VW-Käfer, mit einer spitzen Schnauze und Ohren, die wie bei einem Dobermann aufrecht standen.

»Eugene«, rief ein Mann aus dem Schatten. »Na, wenn das nicht Eugene McGee ist.«

Nein, kein Mann: ein Dämon. Zum zweiten Mal in meinem Leben sah ich einen Rubrum. Groß und imposant. Er war gut zwei Meter vierzig groß und seine Haut war so dunkel, dass sie lila erschien. Er hatte nicht nur Menschen getötet und seine Seele stank nicht nach Schmerz.

»Creag Le Dan Bia«, antwortete Eugene im Gegenzug.

Die Bestie drehte sich um und bemerkte, wie sich sein Mund beim Anblick des anderen Rubrums verzog. Das Licht in seiner Brust wechselte von einem sanften Rosa zu einem dunklen Rot. Sein Atem ging stoßweise und seine Muskeln spannten sich an.

»Was habe ich dir gesagt, was passiert, wenn ich deine wertlose Haut noch einmal in meinem Revier sehe, *Junge*?« Eugene errötete und die Brauen des Tieres zogen sich zusammen.

»Dass ich Hundefutter werde«, antwortete Eugene. Der andere Rubrum warf seinen Kopf zurück und stieß ein schallendes Lachen aus. Hinter ihm traten zwei weitere Dämonen aus den Schatten.

»Und du bist so dumm, dich hier noch einmal blicken zu lassen, nach dem, was du getan hast?«, stachelte ihn der größere an und überquerte lässig die Distanz zwischen uns und ihnen.

»Wir sind nur auf der Durchreise«, sagte Eugene, aber seiner Stimme fehlte die Überzeugung. Er wusste, dass diese Arschlöcher nicht gehen würden, egal, was er sagte. Nicht mit ihm in einem Stück. Ich war neugierig darauf zu erfahren, was hier passiert war, aber es gab dringendere Dinge zu tun. Zum Beispiel, nicht zu sterben.

»Wir?«, fragte Creag. »Du willst behaupten, dass dieses hübsche Exemplar zu dir gehört?« Seine Augen richteten sich auf uns und in ihnen lag ein dunkles Glitzern, das von Lust und Gewalt erfüllt war. Seine nackte Brust blähte sich ein wenig auf, als er einen Schritt auf uns zuging und die Beule in seiner Jeans wuchs.

Oh, verdammt noch mal, nein.

»Du weißt hoffentlich, wie du uns hier rausholst«, sagte ich zu der Bestie.

»Er wird uns nicht anfassen.«

Dessen war sie sich absolut sicher. Es trug wenig zu meinem Vertrauen in sie bei, als der große Höllenhund seine Augen wieder auf uns richtete. Er schnupperte und ich hatte das Gefühl, dass Eugene zum Hundefutter werden würde, wenn wir nicht schnell einen Weg hier herausfänden.

»Lass sie aus dem Spiel«, spuckte Eugene. Als er mich erwähnte, trat er vor und versuchte, sich zwischen Creag und die Bestie zu stellen. Sie verdrehte die Augen, weil sie das alles zu dramatisch fand.

»Ich glaube nicht, dass das Mädel sonderlich beeindruckt von dir ist«, sinnierte der Purpur-Rubrum. »Vielleicht braucht sie einen echten Dämon, um sich zu amüsieren.«

»Warum«, begann die Bestie, »denken Typen immer

mit dem Kopf zwischen ihren Beinen und nicht mit dem auf ihren Schultern?«

Eugene reagierte nicht, aber der andere Mann versteifte sich. Erst als sie lediglich einen Meter voneinander entfernt waren, konnte ich feststellen, dass der Purpur-Rubrum gut fünfzehn Zentimeter größer war. Na toll.

»Ziemlich angriffslustig«, sagte Creag. »Ich mag es, wenn sie sich wehren. Dann schmeckt ihr Fleisch umso süßer, wenn sie an mein Bett gekettet sind.«

Heilige Scheiße. Der Kerl war verrückt. Völlig durchgeknallt.

Ich meine, versteht mich nicht falsch. An ein Bett gekettet zu sein, hatte meine Fantasie an alle möglichen Orte geführt ... In jedem Szenario allerdings war einer meiner Gefährten an meiner Seite.

Aber dieser Typ stand auf Gewalt und Folter.

Er wusste nicht, dass die Bestie diese Dinge auch mochte.

Nur wahrscheinlich nicht in den Varianten, die er sich vorstellte.

»Verschwinde von hier, Ruby«, sagte Eugene. Sein Tonfall war flehend, aber er hätte inzwischen wissen müssen, dass die Bestie von niemandem Befehle duldete. »Creag, dein Kampf gilt mir, nicht ...«

»Ihr redet beide zu viel.«

Die Bestie warf ihren Kopf in die Richtung, aus der die Stimme gekommen war.

Moira trat aus dem Schatten, ihre wunderschönen blauen Flügel fest um sich gewickelt. Sie trug dunkle Leggings und ein zerrissenes Tanktop, das ihrer neuen Gestalt entsprach. Ihre Stiefel waren nicht gerade die praktischste Wahl. Sie hatten einen acht Zentimeter hohen Absatz, wenn auch einen klobigen. Die Selbstsicherheit meiner besten Freundin war unbestreitbar, aber selbst die Bestie konnte ihre versteckte Angst spüren.

»Lässt du jetzt schon Dämoninnen deine Kämpfe für dich austragen, Eugene?«, fragte der große Hässliche. Die Bestie ärgerte sich über seine Arroganz. Sie wollte ihn ein oder zwei Zentimeter tiefer legen.

»Hey, Arschloch!«, rief Moira, als sie nach vorn schritt. Sie fuhr sich mit der Hand durchs Haar und strich es straff zurück, sodass man selbst im schwachen Lampenlicht ihr Mal sehen konnte. Das Zeichen Kains. »Ich bin nicht irgendeine Dämonin, Arschgesicht. Ich bin die verdammte Legion des Teufels und du wirst es noch bereuen, dich mit dem Laufburschen der Königin der Hölle angelegt zu haben.«

O nein. Sie hatte sich nicht gerade so vorgestellt ... Fuck, verdammt!

Nur Moira würde ihren neuen Titel und meinen anpreisen. Oh, wir würden uns noch unterhalten, wenn ich meinen Körper wieder hatte. Ich und sie, die Bestie, die Reiter und sogar Bandit, denn das kleine Arschloch knurrte das Höllenmonster an, als hätte es eine Chance.

Creag Le Dan Bia wandte seinen Blick zu ihr und was ich dort sah, reichte aus, um die Bestie in Rage zu versetzen. Neid. Lust. Gier. Und Gewalt. Er nahm jeden Zentimeter meiner besten Freundin in sich auf, als wäre sie ein Festmahl, das es zu genießen galt.

»Dreh dich um und verschwinde oder du hast dein Leben verwirkt«, knurrte die Bestie und das war ihre einzige Warnung.

Der große Kerl schaute zwischen Moira, der Bestie und Eugene hin und her und überlegte sich seinen nächsten Zug. Er hob seine Hände zur Kapitulation und wich langsam zurück, einen Schritt nach dem anderen.

»Mir war nicht klar, mit wem ich es zu tun habe«, sagte Creag.

Dieser Rubrum war schlauer als Eugene. Vielleicht hatte er deshalb die Bestie in Aufregung versetzt. Vielleicht lag es aber auch daran, dass sie ein Aufblitzen von Metall sah, als Creag sich zum Gehen wandte. Sein großer Arm wanderte über seinen Rücken und griff nach dem Griff von etwas, von dem ich nur vermuten konnte, dass es eine Art Messer war. Er drehte sich, als er die Klinge aus der Scheide auf seinem Rücken zog, und wollte sie direkt auf Eugene werfen, aber Eugene kam ihm zuvor.

Ein Dolch ragte aus Creags Brust, als seine Haut aufplatzte, ganz ähnlich, wie wenn ich jemanden von innen heraus mit den Flammen tötete. Nur dass das Licht in den Rissen nicht blau, sondern rot war. Er schrie vor Schmerz auf, fiel auf die Knie und der Dolch in seiner Brust begann zu glühen.

Die Bestie sah zu und hatte keine Lust, einzugreifen, als sein Körper explodierte und Asche auf sie herabregnete. Im selben Moment erschien ein roter Blitz dort, wo Eugene gestanden hatte, und dann war er weg.

»Wie zum Teufel …«

»Die Le Dan Bia werden davon erfahren«, sagte einer der beiden verbliebenen Dämonen. Er schnippte mit den Fingern und der Höllenhund stieß einen Schmerzensschrei aus, als sein Halsband plötzlich Stacheln in seinen Hals bohrte. Die beiden Gefolgsleute wichen in den Schatten zurück, während der Höllenhund widerwillig mit der Nacht verschmolz. Seine glühenden Augen schienen Schmerz und Trauer auszustrahlen und waren Eugene nicht unähnlich, als wir ihn das erste Mal getroffen hatten.

»Kannst du mir erklären, was zum Teufel gerade passiert ist?«, verlangte Moira zu wissen und verschränkte ihre Arme vor der Brust. Die Bestie ignorierte ihre Frage und antwortete stattdessen mit einer eigenen Frage.

»Wie hast du mich gefunden?«

»Ich bin erfinderisch«, antwortete Moira. Die Bestie war nicht amüsiert.

»Wie hast du mich gefunden?«, wiederholte sie.

Moira rollte mit den Augen. »Ich bin deine Vertraute und nun eine ausgewachsene Dämonin. Anscheinend gehört es zu meinen unglaublichen Fähigkeiten, dass ich immer weiß, wo dein Arsch sich befindet.«

Sie konnte mich also aufspüren. Das war gut zu wissen.

»Warum bist du hier?«

»Um mich dir anzuschließen, natürlich«, antwortete sie mit dem gleichen gelangweilten Gesichtsausdruck und der gleichen unbekümmerten Haltung, trotz der Szene vor uns. Die Bestie musterte sie.

»Verfolgen dich die Reiter?«

Moira grinste bösartig. »Warum? Willst du, dass sie es tun?«

Ihre Provokation verbesserte ihre Chancen hier nicht gerade. Vor allem, als sich Bandit auf der Schulter der Bestie krümmte und einen tiefen, erstickten Laut von sich gab. Ernsthaft ..., lachte er etwa? Ich fragte mich, ob er herunterfallen würde, aber er schlang seinen Körper um ihren Nacken und seufzte genervt auf.

Nachdem sie Bandits kleines Schauspiel beobachtet hatte, rollte Moira wieder mit den Augen und sagte: »Unwahrscheinlich, aber möglich. Die vier denken nur an das eine und sind viel mehr daran interessiert, dich zurück-zubekommen.« Das gefiel der Bestie. »Auch wenn man es ihnen nicht ansieht, wie schlecht sie darin sind«, murmelte Moira abschließend.

»Ich nehme an, du hast ihnen geholfen, mich im

›Devil's Dancers‹ zu finden«, fuhr die Bestie fort, obwohl sich ihre Aufmerksamkeit primär auf die Szene vor ihr richtete. Ein glühender Dolch, den Eugene geworfen hatte. Ein Dämon, der auf der Stelle getötet worden war. Eine Leiche und eine vermisste Person. Aber was sollte sie damit anfangen?

»Ja, aber wie gesagt, die vier sind einfach zu blöd für ihren Job. Ich habe sie abgehängt, um dich zu finden.«

Die Bestie nickte. »Wissen sie, dass du bei mir bist?«, fragte sie und ging nach vorn, wo das Messer lag. Die Klinge konnte nicht länger als dreißig Zentimeter sein und der Griff bestand aus einem dunklen Material, das mit leuchtend roten Flecken übersät und fest umwickelt war.

»Mittlerweile? Wahrscheinlich schon. Aber ohne mich als Guide werden sie uns wohl nicht so schnell finden.« Das war es, was sie hatte wissen wollen.

»Also, wer war der rote Kerl und warum wollten sie ihn töten?«, fragte Moira und stellte sich neben sie, während die Bestie in die Hocke ging, um das Messer besser untersuchen zu können.

»Sein Name war Eugene McGee. Ich weiß nicht, warum sie ihn töten wollten.«

Wir wussten es nicht, aber wenn die Le Dan Bia hinter ihm her waren …

Die Le Dan Bia waren der größte Clan auf dem nordamerikanischen Kontinent. Sie waren für die Instandhaltung und Bewachung des Portals zuständig und kontrollierten die Stadt und alle Bewohner. Eugene musste sie verärgert haben, aber jetzt war einer von ihnen tot und Moira und ich steckten mittendrin.

Fuck …

»Weißt du, wo er hingegangen ist?«, fragte sie.

Die Bestie wollte nicht antworten. »Nein. Nicht die

geringste Ahnung.« Wir wussten nicht viel darüber, was heute Nacht hier passiert war, und was wir sahen, ergab keinen Sinn.

»Wir sollten die Reiter hinzuziehen«, sagte Moira.

Die Bestie gab ein Knurren von sich. Das Letzte, was wir brauchten, war, dass sie dachten, wir könnten unsere Probleme nicht selbst lösen. Sie würden uns nur wieder einsperren.

»Ruby ...«

»Ich bin nicht Ruby«, knurrte die Bestie. Sie korrigierte Eugene nicht, weil er einen Namen für sie brauchte. Moira wusste es besser. Sie war zwar unser Anker, aber das schützte sie nicht vor der Wut der Bestie.

»Schön. Bestie, Schlampe, Fotzenmorphon oder wie auch immer du genannt werden willst. Ich sage, wir schnappen uns den Dolch und ...«

Moira griff nach unten und packte den Griff.

Bandit stieß einen Schrei aus.

Dann explodierte die Welt in allen Farben.

17

ALLISTAIR

WIR BEWEGTEN UNS AUF DÜNNEM EIS. IN UNSERER
Eile, sie zurückzuholen, hatten wir sie wieder verloren –
und dieses Mal hatten wir keinen ihrer Vertrauten, um sie
aufzuspüren.

Das machte nichts. Wir hatten jemand Besseres.

Sin war zwar nicht in der Lage, unser Mädchen sofort
zu finden, wie es ein Vertrauter könnte, aber sie würde uns
auch nicht beim ersten Fehlschlag im Stich lassen und so
sehr ich Rysten auch dafür verprügeln wollte, dass er gegen
den Plan verstoßen hatte – irgendjemand musste uns
zusammenhalten. Seit über viertausend Jahren hatten wir
uns noch nie wirklich getrennt. Sosehr ich mir meine
Gefährtin zurückwünschte, vielleicht brauchten wir das.

Ich schaute zu Julian hinüber. Der Nekromant sprach
mit leiser Stimme und drehte mir den Rücken zu, während
die unberechenbare Kälte in ihm bis nach New Orleans
vordrang. Wir mussten Ruby finden, aber ich musste mich
fragen, ob meine kleine Dämonin nicht vielleicht schon zu
weit gegangen war. Ich überlegte, ob die Bestie wusste, dass

ihr Weggang Julian dazu bringen würde, eine Entscheidung zu treffen.

Er wollte sie genauso sehr zurückhaben wie wir alle, wenn nicht sogar noch mehr.

Und am Ende würde es den Unterschied ausmachen. Wir waren uns jetzt einig, in unserer Suche, unserem Anliegen und unseren Überlegungen.

Julian beendete sein Telefonat und lehnte sich gegen die Granitarbeitsplatte in der Wohnung. Die Bestie hatte bei ihrer Flucht einen großen Teil des Wohnraums zerstört. Zum Glück hatten wir das ganze Gebäude gekauft. Der Umzug in die untere Etage hatte nur ein paar Minuten gedauert.

»Was hatte sie zu sagen?«, fragte ich ihn und schwenkte das Glas Scotch in meiner Hand. Es spiegelte ein Gesicht hinter mir, als eine Frau aus dem Nichts auftauchte.

Sie lächelte mich in der Reflexion an.

»Hallo, Sinumpa«, sagte ich herzlich.

Wir hatten eine komplizierte Vorgeschichte. Durch ihre Mutter wurde sie noch komplizierter. Da wir zu den am längsten lebenden Unsterblichen beider Welten gehörten, begegneten wir uns ungefähr alle hundert Jahre.

»Lange nicht mehr gesehen, Allistair«, antwortete sie mit einem Grinsen. Ihr weißes Haar flatterte sanft im Wind der Klimaanlage. Die Spitzen waren immer noch lila, so wie beim letzten Mal, als ich sie gesehen hatte.

»Dieser Look gefällt mir viel besser an dir«, sagte ich. Unsere Scherze fielen uns immer leicht, auch wenn es alles andere als einfach war, sie zu sehen.

»Das letzte Mal, als ich dich gesehen habe, galt dein Blick dem Kind, das du beschützen sollst.« Ihre Stimme traf mich wie eine Peitsche, aber sie verfehlte ihr Ziel.

»Ruby ist kein Kind. Sie ist deine Königin.« Sie grinste

auch nach dieser Antwort weiter und wackelte mit einer Augenbraue.

»Wenn man so lange gelebt hat wie wir, sind die meisten Wesen auf der Welt Kinder. *Deine Gefährtin* wird nur dann die wahre Königin, wenn sie die Sechs Sünden überlebt. Das solltest du wissen.«

Sie wusste also, dass Ruby und ich zumindest teilweise eine Verbindung eingegangen waren. Das war gut. Das vereinfachte die Sache, obwohl ich es nicht schätzte, dass sie mich an die Sünden erinnerte, denn das war mir bereits schmerzlich bewusst. Das war ein weiterer Grund, dafür zu sorgen, dass ihre Bindung zu jedem von uns gefestigt war, bevor wir in der Hölle ankamen. Ohne könnten die Sünden sie tatsächlich brechen.

»Deshalb benötigen wir deine Hilfe«, unterbrach mich Julian. Ungeduldig. Er schritt hin und her, seine Hände ballten sich zu Fäusten und lösten sich wieder. Ich wusste, dass Sin das sofort erkannte, denn ihr Grinsen wurde bösartig.

Er war durcheinander und das bot ihr eine Chance.

Sie war schon immer die Tochter ihrer Mutter gewesen.

»Du brauchst ausreichend Magie, um die mächtigste Dämonin aller Zeiten zu fesseln und in Schach zu halten. Versuche nicht, mich zu beleidigen oder zu erniedrigen, Tod. Der Preis dafür wird hoch sein.«

Ich wusste, was er sagen wollte, bevor die Worte seinen Mund verließen. Das war der einzige Grund, warum ich mich zurückgehalten hatte, den anderen und vor allem ihm zu sagen, dass ich bereits wusste, dass sie in der Stadt war. Eine Auseinandersetzung mit Sin war nie billig und man kam nie ungeschoren davon.

»Für sie tue ich alles. Ich zahle es.«

Ich wandte den Blick ab. Es war nie gut, wenn man

einem anderen Unsterblichen das einzige Detail verriet, das er gegen einen verwenden konnte, und Julian machte keine Anstalten, seine Verzweiflung zu verbergen. Er wollte unser Mädchen zurück.

Das wollten wir alle.

Und deshalb hielt ihn auch keiner von uns auf.

»Ausgezeichnet. Dann lasst uns anfangen.«

18

Die Luft um uns herum wurde eingesogen und zerplatzte dann wie eine Blase.

Wo vorher Dunkelheit, Nacht und das rote Glühen gewesen waren, gab es jetzt nur noch Licht. Strahlend. Blendend. Es füllte ihre Sicht so vollständig aus, dass es keine Dunkelheit mehr gab. Kein Schatten. Keine Moira. Nur sie und die alles verzehrende Macht, die man nicht einfach als Licht bezeichnen konnte. Es schmeckte nach wilder Magie. Es roch nach schwerem Parfüm und Regen. Sie strich über ihre Haut, auf der Suche nach etwas.

Und dann verflüchtigte es sich. In einem Funkenregen zerbrach das Bild und zeigte ihr, wo sie sich befand.

Es war eine Art Raum, aber ihre Sicht war verschwommen. Verzerrt. Nachdem ich nur etwas gesehen hatte, das ich als echtes Weiß bezeichnen konnte, war es schwer, dieses Laken der Dunkelheit zu verstehen. Der Raum war mit Kerzen bestückt. Vom Kronleuchter, über die Beistelltische auf der anderen Seite des Raumes, über die, die auf einem Bücherstapel standen, bis hin zu den Kerzen, die den

Kreis auf dem Boden unter ihr zierten. Neben ihr lag Moira ausgestreckt und stöhnte. Ihre Augen waren zusammengekniffen und ihre Augenbrauen gerunzelt. Schmerzen. Sie hatte starke Schmerzen.

Bandit rappelte sich auf und war sehr wachsam, als die Bestie sich zu den beiden Gestalten umdrehte.

»Was soll das?«, knurrte sie und richtete ihren Blick auf Eugene McGee, der neben einem hochgewachsenen, grauhäutigen Mann mit obsidianfarbenem Haar stand, das sich im Licht wie Öl verfärbte. Er trug dunkles Kriegsleder, das das Silber seiner Augen und sein rotglühendes Brandzeichen hervorhob.

Moment mal – *verdammt*.

Die feuerroten Zeichen auf seiner Stirn waren keine Brandzeichen. Es waren Runen.

Die Einkerbungen auf dem Messer waren Runen.

Verdammte Scheiße.

Die Bestie knurrte leise.

Dieser Kerl war kein Dämon und dieser verdammte Eugene McGee – was war da gerade passiert? Rot löschte jede Vernunft in ihr aus, als sie brüllte und versuchte, den Fae auf der anderen Seite des Raumes in Brand zu setzen. Blaue Flammen strömten aus ihrem Mund und trafen auf eine unsichtbare Barriere, an der sie in einer Wand aus Schwarz und Blau zerschellten.

Ihr Mund schloss sich abrupt. Das war schlecht. Sehr schlecht.

Vielleicht hatte Moira doch recht damit gehabt, dass wir zu den Reitern hätten gehen sollen.

»Nein«, knurrte die Bestie mich an.

»Bist du jetzt fertig?«, fragte der Seelie verärgert. Sein Akzent war fremd, aber ich konnte ihn nicht zuordnen.

»Warum hast du mich hierher gebracht?«, verlangte die Bestie, zu wissen und behielt den Fae im Auge.

»Ich habe dich nirgendwohin gebracht, *Kind*«, sagte der Seelie geschmacklos. »*Deine* Vertraute hat sich eine Waffe geschnappt, die ihr nicht gehört. Sie hat Glück, dass Gene mir gesagt hat, dass ihr ihn nicht angegriffen habt, sonst hätte *sie* ihr Leben verwirkt.«

»Du arbeitest mit Dämonenjägern zusammen«, sagte die Bestie zu Eugene. Zum zweiten Mal in dieser Nacht kroch eine fast verlegene Röte über seine Wangen.

»Es tut mir leid, Ruby. Ich hätte dich warnen sollen ...«

»Das Wesen in diesem Mädchen will keine Erklärungen, mein Lieber.« Er streckte die Hand aus und legte sie fast zärtlich auf die Schulter des Rubrums. »Und du«, wandte er sich wieder an die Bestie. »Es ist unklug, Vermutungen über Dinge anzustellen, von denen du so wenig weißt, Tochter der Hölle.«

Sie kniff die Augen zusammen, weil ihr sein Tonfall nicht gefiel und auch nicht die Tatsache, dass er wusste, wer wir waren.

»O ja, ich weiß, wer du bist, Mädchen. Die meisten in New Orleans wissen es, nachdem du mitten in der Verwandlungszeit durch die Gegend gelaufen bist und alte Magie in die Welt gelassen hast.« Ich wollte der Bestie eine abfällige Bemerkung an den Kopf werfen, aber dafür war jetzt wirklich nicht der richtige Zeitpunkt. Sie war bereits in Rage. »*Aber* so sehr es mich schmerzt, ich will dir nichts Böses. Du hast meinen Geliebten von seinen Wunden geheilt und dich gegenüber Le Dan Bia behauptet.«

»Und die Fesseln?«, fragte die Bestie spitz und deutete auf die rote Linie, die sie und Moira umgab.

»Eine notwendige Vorsichtsmaßnahme für jeden, der versucht, eine Fae-Klinge zu stehlen. Sie ist eine der wenigen Waffen auf dieser Welt, die einen Dämon auf der Stelle töten kann. Sie darf doch nicht verloren gehen, oder?«, sagte er rhetorisch. Trotzdem ließ er die Barriere nicht verschwinden.

»Ich wollte sie nicht stehlen«, röchelte Moira auf dem schmutzigen Betonboden. Sie holte geräuschvoll Luft und setzte sich auf, um heiser zu husten.

Die Klinge, die uns hierher gebracht hatte, war verschwunden, nachdem Moira sie sich geschnappt hatte und ohne eine Erklärung ausgeknockt worden war. Ich traute dem Seelie nicht, ob Eugene es nun tat oder nicht. Aber ich respektierte seine Macht.

»Ja, nun, das wusste ich nicht, bis Eugene sich die Zeit nahm, es zu erklären, kurz, bevor ich dich erdrosselt hätte.« Er sagte es ohne Gewissensbisse, so wie es die Bestie getan hätte. Es war eine bestimmte Art von Abgestumpftheit und ich fragte mich, wie jemand wie er mit jemandem zusammen sein konnte, der so naiv war wie Eugene.

»Genug«, befahl die Bestie. »Du weißt, wer wir sind. Jetzt lass uns frei.«

»Nun, siehst du, das kann ich jetzt noch nicht tun ...«, sagte der Seelie und verstummte, als er den tödlichen Blick der Bestie sah.

»Donnach«, stöhnte Eugene. »Bitte tu das nicht! Das ist nicht ihr Kampf.«

»Jemand muss sich um sie kümmern, Gene. Wenn nicht sie, wer dann? Wer sonst hat die Macht, das zu tun, außer meinen eigenen Leuten?«, erwiderte Donnach mit einem Unterton von Wut. Eugene erschlaffte und fuhr sich mit der Hand über seinen glatten, kahlen Kopf.

»Das gefällt mir nicht«, sagte der Rubrum.

Donnachs Gesichtszüge wurden für den Bruchteil eines Augenblicks weicher.

»Ich weiß, aber du weißt besser als jeder andere, was sie mit Morvaen machen werden, wenn sie bleibt. Das kann ich nicht zulassen und sie ist die einzige Möglichkeit, einen Krieg zu verhindern.«

Sowohl Donnach, der Seelie, als auch Eugene, der Rubrum, drehten sich um und beobachteten die Bestie. Sie hatte einen Arm unter die Brust geklemmt und den anderen am Ellbogen angewinkelt, sodass sie mit dem Daumen über ihre Unterlippe streichen konnte. Bandit war während dieses Wortwechsels verstummt, als könnte er die Bedeutung dessen, was geschah, spüren. Moira hatte aufgehört, zu husten, und stand auf wackeligen Knien auf, hielt aber stolz den Kopf hoch und die Flügel halb gespreizt.

Der Fae seufzte, dann fuhr er fort.

»Du sollst wissen, dass ich, wenn ich eine andere Möglichkeit hätte, diese wählen würde, bevor ich deinesgleichen um etwas bitten würde.«

Wenn er damit die Situation verbessern wollte, hatte er es nicht geschafft.

Moira verdrehte die Augen. »Jetzt mach schon.«

Er lächelte dünn, messerscharf bis an den Rand der Grausamkeit ... Aber da war noch etwas anderes. Etwas Altes ... Dieser Seelie sah ziemlich jung aus. Sicherlich nicht älter als Mitte dreißig und doch ... Etwas stimmte nicht. Seine Augen erinnerten an vergangene Schlachten. An Blutvergießen und Brutalität.

In ihm steckte mehr, als ihre Augen wahrnahmen.

»Nun gut«, er machte eine Pause, um Luft zu holen. »Einige meiner Artgenossen sind in einem unterirdischen Kampfring gefangen, der von den Le Dan Bia betrieben wird. Ich nehme an, ihr wisst, wer sie sind?«

»Das ist uns egal«, antwortete die Bestie.

Der Fae warf ihr einen vernichtenden Blick zu.

»Du sollst die nächste Königin sein und es ist dir egal, dass dein Volk seine Grenzen auf dem Planeten überschritten hat, auf den *meine Art* verbannt wurde?«, fragte er leise, doch seine Frage war kühn.

»Das war vor meiner Zeit«, antwortete die Bestie. Sie zuckte mit den Schultern und griff nach Bandit, um ihn zu streicheln.

»Aber du bist jetzt die Erbin.«

Sie starrten sich eine ganze Minute lang an, keiner von ihnen wollte einknicken oder nachgeben.

»Wir haben dem hier nicht zugestimmt. Du hast uns gegen unseren Willen hierher gebracht und jetzt versuchst du, mich zu manipulieren, damit ich deine Probleme für dich löse. Sucht euch jemand anderen«, erklärte die Bestie.

Innerlich errötete ich, aber die Bestie sah ihm zu, ohne sich auch nur im Geringsten darum zu scheren. Sie gehörten nicht zu ihr. Warum sollte es sie interessieren?

Ich seufzte. Es sollte mich nicht interessieren. Das sollte es wirklich nicht ... Aber mir schauderte es, wenn ich an die Kampfringe dachte, von denen ich als Kind gehört hatte. An den Kampfring, dem Moira als Kind ausgesetzt gewesen war, bevor man sie nach Portland gebracht hatte.

Bei ihrer Ankunft war ihr Körper zerschrammt und gebrochen gewesen. Sie hatte eine böse Wunde am Kopf gehabt, die notdürftig zusammengenäht werden musste. Sie hatte sechs Monate lang nur humpeln können, nachdem sie überhaupt wieder in der Verfassung gewesen war, zu laufen.

Sie war ein Kind gewesen, kaum in der Lage, sich selbst zu schützen, und unsere eigenen Leute hatten entschieden, sie zur Unterhaltung zu missbrauchen. Sie zu schlagen und zu brechen. Sie war ein Dämon und sie hatten ihr das angetan. Was würden sie mit Nicht-Dämonen machen? Mit den Fae? Mit den Seelie?

»Das spielt keine Rolle«, sagte die Bestie.

»Doch, tut es. Wenn wir nur herumstehen und nichts tun, sind wir nicht besser als sie.«

»Spar dir deine Gefühle für unsere Gefährten auf. Wir machen das nicht.«

Sie versuchte, mich zum Schweigen zu bringen. Äußerlich drehte sich die Bestie um ein paar Zentimeter und sah Moira aus dem Augenwinkel an. Meine beste Freundin war still und furchtbar blass geworden. Sie erinnerte sich immer noch an diese dunklen Zeiten.

Die Bestie bestand aus Feuer und Flammen, aber der Zorn, der mich erfüllte, war schneidend. Knisternd.

Ich hätte die Bestie weiterkämpfen lassen und versuchen sollen, sie in Stücke zu reißen, aber ich konnte das nicht zulassen. Nicht jetzt. Nicht, als die Wut, die ich auf sie verspürte, begann, die sorgfältig aufgebaute Mauer zu durchbrechen, die mich in Schach und sie in Kontrolle hielt.

»Das ist nicht unser Problem«, knurrte die Bestie. *»Wir verhandeln nicht mit Terroristen.«*

Hatte sie das gerade wirklich gesagt?

»Du weißt doch gar nicht, was das bedeutet. Wir sollen über diese Leute herrschen. Das ist eindeutig unser Problem«, schnauzte ich zurück.

»Warum wir? Warum nicht er?«, fragte die Bestie schließlich mit zusammengebissenen Zähnen. Sie hatte Mühe, mich im Zaum zu halten, wenn ich nicht bereit war, ihre Pläne so einfach mitzumachen.

»Eugene gehörte früher zu den Le Dan Bia und wird – wie du gesehen hast – sofort getötet, bevor sie ihm erlauben, ihr Gebiet zu betreten.« Er wies auf die Bestie und Moira.

»In euch aber würden sie die Gefahr erst erkennen, wenn es zu spät ist. Ihr seid zwar jung und untrainiert, aber ihr habt eine reine Seele und fast grenzenloses Potenzial.« Er trat vor und neigte den Kopf zur Seite, während er sie beide beobachtete. Moira, die sichtlich erschüttert war, starrte ihn mit einer inneren Stärke an, die Bände über ihre Person sprach.

»Du willst, dass wir in das Gebiet der Le Dan Bia eindringen, ihren Kampfring infiltrieren und Mitglieder *deines* Volkes freilassen – und uns dabei selbst in Gefahr bringen. Wofür? Damit ihr die Drecksarbeit nicht machen müsst?« Moira spuckte die Worte wie Gift, ihr Zorn war hart und kalt.

»Das habe ich nicht gesagt«, antwortete der Seelie, der immer ungeduldiger wurde. »Jeder Dämon kann ihr Gebiet ohne Verdacht betreten, denn sie sind die Hüter des Portals. In den Kampfring zu gelangen, wäre nur ein kleiner Aufwand. Ich würde euch von hier aus direkt vor ihre Schwelle portieren. Der Grund, warum ich zu dir komme«, er wies auf die Bestie, »ist, dass es, wenn ich meine Leute dorthin schicke, zu einem totalen Krieg kommen wird, der sich vielleicht über New Orleans hinaus ausbreitet. Ich kann mir vorstellen, dass du als neue Herrscherin das nicht willst.«

Dieser Bastard.

Er wusste, welche Knöpfe er drücken musste und wo. Die Bestie scherte sich einen Dreck um alles. Unsere Vertrauten? Ja. Unsere Gefährten? Auch, ja. Darüber hinaus gab es nur zwei Dinge, die ihr wichtig waren. Erstens: meine Sicherheit. Wir teilten einen Körper, das war klar. Das zweite war unsere Krone.

Und ein Krieg, der über New Orleans hinausging? Das war ganz sicher ein Problem für Letzteres.

»Wir haben keinen Grund, dir zu vertrauen«, konterte Moira. Sie hatte nicht unrecht und die Bestie stimmte ihr zu. Ich übrigens auch, aber anscheinend war ich die Einzige, die hier vernünftig war oder es zumindest versuchte.

Donnach schnalzte verärgert mit der Zunge. »Sie ist eine junge Königin, die sich gegenüber ihrem Volk behauptet und mir einen Gefallen tut«, sagte er scharf. »*Dieses Mal* verhindert sie damit einen Krieg und ich glaube nicht, dass sie ihre Herrschaft mit einem Kampf beginnen möchte. Nicht, solange sie viele Feinde in den eigenen Reihen hat. Du hast vielleicht keinen Grund, mir zu vertrauen, aber sie hat auch keinen Grund, mir zu misstrauen. Habe ich auch nur einmal versucht, einem von euch oder der Kreatur etwas anzutun?«

Die Bestie warf einen Blick auf Bandit, der auf ihrer Schulter stand und die Zähne in Richtung des Seelie fletschte. Seine Augen, früher schwarz, waren jetzt blau wie meine und die wogenden Pentagramme darin wirbelten wie Rauch – genau wie bei Moira. Es war ein Versehen gewesen, aber wie Moira war auch er auf eine Art und Weise verändert, die ich immer noch nicht begriffen hatte.

»Ist es eine Option, dein Angebot abzulehnen?«, fragte die Bestie unverblümt.

»Ich werde dir nicht die Möglichkeit nehmen, zu wählen.« Er kniff die Augen zusammen. »Wenn du nichts tun willst, lasse ich dich gehen und das war's. Aber wir werden sie nicht zurücklassen, um von den Ungeheuern der Hölle zerfleischt zu werden.« Seine Stimme klang aufrichtig, aber kalt. Ich wünschte mir, dass ich ihn für einen Lügner halten könnte. Das hätte die Situation erleichtert. Ich hätte nicht das Gefühl gehabt, für sie verantwortlich zu sein. Als wäre ich diejenige, die das in Ordnung bringen sollte. Schließlich war ich gerade erst in diese Rolle geschlüpft. Ich war nicht dazu ausgebildet, das zu tun.

Aber ich war dazu geboren. Und mit Luzifers Tod hatte sich alles verändert.

Mein Leben. Meine Identität. Meine Kräfte. Die Zukunft – nicht nur der Erde, sondern der Hölle selbst.

Und all das würde sich weiter verändern, bis ich mich zusammenriss und aufhörte, ein Weichei zu sein.

Ich war kein wehrloses Halbblut. Ich konnte es mit Dämonen aufnehmen, die dreimal so groß waren wie ich. Ich konnte allen vier Reitern entkommen und sie bei Bedarf überlisten. Ich hatte Bandit und Moira an meiner Seite und die Bestie mit der tödlichen Macht in mir. Sie hatte gesagt, sie sei die Henkerin des Bösen. Vielleicht sollte sie dem gerecht werden.

»*Ich traue dem nicht*«, sagte die Bestie zu mir.

»*Das musst du auch nicht. Aber wenn er uns fesseln kann, dann könnte er wahrscheinlich noch viel mehr tun. Mit den Le Dan Bia hat er nicht unrecht. Sie sind ein Problem und unsere Namen stehen dank Moira bereits auf deren Liste.*«

Die Bestie stand eine gefühlte Ewigkeit lang unbeweglich da und überlegte, was sie tun sollte, aber in Wirklichkeit waren es nur Minuten. Genau wie ich kam sie zu dem Schluss, dass wir es tun oder zumindest in Erwägung ziehen sollten, es zu tun. Der Seelie hatte nicht unrecht damit, dass wir einen Krieg riskierten, wenn wir sie wissentlich auf den Clan losließen, um ihre eigenen Leute zu befreien. Als neu ernannte Herrscherin mit mächtigen Feinden und einer breiten Opposition konnten wir uns das nicht leisten. Die Bestie interessierte sich nicht für Politik, aber in dieser Sache konnte sie zumindest einen Schimmer von Vernunft erkennen.

Wir waren zwar in der Hoffnung auf Spaß aufgebrochen, aber es schien, als würde der Ärger uns immer schnell finden. Einen Krieg mit den Seelie konnten wir uns nicht leisten, also war es an der Zeit, etwas zu unternehmen.

Sie traute der Sache nicht. Kein bisschen. Aber ich würde nicht nachgeben, es sei denn, sie lieferte mir einen verdammt guten Grund.

»Sag mir nicht, dass du das ernsthaft in Betracht ziehst«, sagte Moira. »Wir können einen anderen Weg finden, damit zu verfahren. Wir können die Reiter schicken. Wir können ...«

»Wir laufen nicht vor Bedrohungen davon, Moira.«

Meine beste Freundin hielt inne und schluckte schwer. Sie starrte eine Minute lang auf die Wand auf der anderen Seite des Raumes, ihre Augen wurden glasig, als sie über ihre eigenen Gründe nachdachte. Schließlich sagte sie: »Du bist mächtig und es ist richtig, dass du nicht wegläufst. Aber du kennst das Böse nicht, das an solchen Orten lebt. Ich mache mir Sorgen um dich – um Ruby –, wenn du dich entscheidest, dort hinzugehen.«

Die Bestie dachte darüber nach und mit einem schweren Seufzer und tiefem Widerwillen senkte sie die Barriere, die mich vor meiner eigenen Magie schützte. Sie drängte mich plötzlich und heftig nach vorn, aber sie saß dicht an der Oberfläche und war bereit, mich zurückzunehmen, nachdem ich meinen Teil gesagt hatte.

Im Stillen bedankte ich mich bei ihr.

»Ich mache mir auch Sorgen«, sagte ich. Moiras Kopf schoss hoch und ihre Augen blinzelten schnell.

»Du bist es«, hauchte sie und warf ihre Arme um mich.

»Ich bin es immer«, schmunzelte ich und umarmte sie zurück. »Aber ich kann nicht bleiben. Die Bestie hat die Kontrolle, weil ich sie brauche. Zumindest, bis meine Kräfte keine Gefahr mehr darstellen. Sie tut das, weil ich es will, nein, weil ich es brauche. Wir können nicht zulassen, dass Dämonen wie die, die Eugene angegriffen haben, weiterleben. Das ist nicht die Art von Königin, die ich sein will, weder jetzt noch jemals.«

Moira trat einen Schritt zurück und nahm meine beiden Hände in ihre. Sie hielt sie fest und atmete gleichmäßig durch.

»Ich habe die Reiter verlassen und bin zu dir gekommen, weil ich Angst hatte, dass sie dich töten lässt. Jetzt weiß ich, dass ihr *beide* die Gedankengänge des anderen manipuliert, was euch zu solch schrecklichen Entscheidungen verleitet. Ich weiß wirklich nicht, was ihr ohne mich machen würdet«, sagte sie und drückte meine Hände so fest, dass die Haut um ihre Finger herum rosa wurde.

»Du musst nicht mitkommen, weißt du.«

»Du bist noch verrückter, wenn du glaubst, dass ich dich damit allein lasse.«

Ich lächelte sie traurig an, während die Bestie ungeduldig darauf wartete, dass ich zum Ende kam. »Ich werde bald wieder ich sein«, flüsterte ich und damit zog ich mich in den Hintergrund zurück. Die Bestie ließ Moiras Hände fallen und stemmte ihre Hände in die Hüften, während sie ihren Blick auf den Fae richtete.

»Wenn du uns hintergehst, werde ich ihn selbst töten.« Sie reckte Eugene ihr Kinn entgegen, der heftig schluckte.

»Meine Liebe, du würdest es nicht merken, wenn ich lügen würde, bis du auf der anderen Seite des Nebels stehst.« Seine Worte waren schlüpfrig-süß, aber ehrlich. Der Seelie hob seine Hand und die Barriere zwischen uns senkte sich, bis das Licht, das von der Fessel herrührte, erlosch.

Er hob seine schieferfarbene Hand über den Raum. In

seinen Augen lag eine Entschlossenheit. Sein Gesicht war angespannt, seine Haut war blass. Der Fae namens Donnach war bereit und würde alles tun, um sein Volk nach Hause zu bringen.

Sogar einen Pakt mit dem Teufel schließen.

19

JULIAN

WIR WAREN MIT BLUTMAGIE GEBOREN WORDEN. Erschaffen mit der Fähigkeit, sie sparsam einzusetzen, damit wir unsere Stärken kombinieren konnten. Damit wir den Job erledigen konnten.

Aber das Schicksal hatte sich anders entwickelt. Anstatt dass Ruby sich mit uns als Vertraute verband, um sich zu schützen, hatten sie und die Bestie uns als Gefährten ausgewählt. An unserer Stelle hatte sie zwei der schwächsten Kreaturen, die jemals die Hölle betreten würden, als Vertraute auserkoren. Das Schicksal hatte uns einen weiteren Strich durch die Rechnung gemacht, denn wo ihr Körper nicht stark warn, war es ihr Wille. Die Todesfee und der Waschbär hatten eine Wildheit an sich, die sie genauso geeignet für diese Aufgabe machte wie mich. Sie beschützten sie und Ruby nährte sich von dieser inneren Stärke in ihnen. Sie stärkte sie dort, wo wir es nicht konnten, und machte sie stärker.

Wenn mein Blut nicht so stark vor Zorn und Wut gepocht hätte, wäre ich vielleicht beeindruckt gewesen. Stattdessen machte es mich verzweifelt.

Ich konnte es zugeben: Ich war so verzweifelt, dass ich mit Sin eine Abmachung treffen konnte.

Dass ich ihr einen Gefallen schulden und einen Blutschwur ablegen konnte, nur um Ruby zurückzubekommen.

Sie wollte einen Gefährten, der sie an erste Stelle setzte. Jemanden, der sie nicht nur beschützen, sondern ihr Herz und ihre Seele besitzen würde. Ich würde ihr zeigen, was für ein Gefährte ich sein konnte.

Was für ein Gefährte ich sein *würde*.

Sie hatte mich wieder und wieder provoziert.

Jetzt würde ich dafür sorgen, dass sie nicht mehr weglaufen konnte. Sicherstellen, dass sie mir gehörte.

Selbst wenn ich dafür unsere Seelen aneinanderketten musste.

Sin schnitt mir erneut in die Haut und benutzte das Blut, um ihre Zeichen nachzuziehen. Selbst nach so vielen Jahren verstand ich die Magie, die sie benutzte, nicht. Wie es ihr gelang, zwei unmögliche Dinge zu vereinen. Ich hatte einen Verdacht, so wie die anderen Reiter auch. Aber wir waren klug genug, den Mund zu halten, wenn wir mit ihr zu tun hatten.

»Denk an sie! Konzentriere dich auf ihr Brandzeichen!«

Sie schnitt mir in die Brust und spaltete den Knochen in zwei Teile. Die meisten könnten diese Art von Opfer nicht überleben. Aber Blutmagie besaß ein Gleichgewicht. Um zu empfangen, musste man ein würdiges Opfer bringen.

Ich wollte meinen kleinen Morgenstern besitzen. Ihren Willen nehmen. Ihren Körper versklaven.

Dafür musste ich das und noch mehr geben.

Sin tauchte ihre Hand in meine Brusthöhle und griff nach meinem immer noch schlagenden Herzen. Ich ließ nicht zu, dass mein geistiges Bild auch nur eine Sekunde lang vom Weg abkam, als sie es aus meiner Brust herauszog.

Eine dunkle Masse bildete sich um das Organ in ihrer Hand, als die Magie ihr Opfer annahm. Sie verschlang mein Herz und griff Fleisch und Blut mit tiefschwarzen Ranken an. Die Magie verschlang es ganz und schoss dann nach unten, brachte mein Herz zurück und füllte die Leere in meiner Brusthöhle, während sich meine Haut wieder zusammenzog. Sins Magie war brutal und turbulent, als sie durch mich hindurchfuhr und nach dem Dämon suchte, mit dem ich mich verbinden wollte. Sie suchte nach dem Brandzeichen.

Ich wusste es in dem Moment, als sie es fand.

Es war der Moment, als das Blut ihr Brandzeichen auf meiner Brust bildete.

Denn in diesem Augenblick spürte ich den Schlag ihres Herzens, der mich zu ihr zog. Die Magie flehte mich an, ihren Zweck zu erfüllen, und zwar so sehr, dass es wehtat. Ich atmete zischend ein, aber ich akzeptierte ihn. Ich akzeptierte diesen Schmerz, denn in dem Moment, in dem ich ihre Haut berührte, würde sie nicht mehr frei von mir sein – und die Bestie würde nicht mehr das Sagen haben.

Ich würde sie durch ihre Verwandlung führen, ob sie es wollte oder nicht, und es gab nichts, was sie dagegen tun konnte.

Er schnippte mit den Fingern und Funken schossen aus seinen Fingerspitzen. Die Bestie beäugte den Seelie misstrauisch, aber er hatte die Barriere aufgehoben. Er hatte ihr erklärt, was auf sie zukommen würde. Er hatte auf Runenmagie geschworen, uns keinen Schaden zuzufügen, es sei denn zur Verteidigung, und er hatte die Bestie nicht dazu gebracht, das Gleiche zu schwören.

Ich war mir nicht sicher, ob es Dummheit, Arroganz oder etwas ganz anderes war.

Ich hatte noch nie jemanden so schnell arbeiten sehen. Seine Finger vollführten die Bewegungen, als würden sie in der Luft Klavier spielen. Überall erschienen rote Wirbel. Die leuchtenden Zeichen ergaben für mich keinen Sinn, aber nach ein paar Sekunden, in denen nichts passierte, spürte ich es.

Er hielt inne und ließ seine Hände sinken. Es folgte ein gewaltiges Zischen, als wären wir in ein Vakuum getreten, und die Zeichen leuchteten heller und wurden immer intensiver, je mehr sie sich aufeinander zu bewegten. Die Luft knisterte vor Energie, als die Magie eine glühende

Kugel bildete. Die schiere Kraft, die von ihr ausging, beunruhigte die Bestie. Das Ding saugte die gesamte Magie aus der Luft auf und zog physische Gegenstände zu sich heran. Ein paar Bücher flogen vom Stapel und wurden von dem verdammten Ding absorbiert, das sich fast verdreifachte, bevor es nach außen explodierte. Ein Portal mit einem Durchmesser von zwei Metern wurde aufgerissen.

Auf der einen Seite standen die Bestie, Moira, Bandit, Eugene und der Seelie. Auf der anderen Seite, nur durch einen dünnen Film aus roter Magie getrennt, befand sich eine dunkle Straße, die zu einer schattigen Gasse führte.

Ehrlich gesagt, verstand ich nicht viel davon, wie ihre Magie funktionierte. Ich hatte nur hier und da etwas davon gehört, aber so, wie ich es verstand, besaßen Runen – oder Zeichen, wie ich sie kannte – Macht. Macht, die sich die Seelie zunutze machen konnten, so wie die Unseelie Blut verwendeten. Es war alte Magie. Älter als alle Dämonen, die ich kannte, einschließlich der Reiter. Ich behielt diese Gedanken für mich, als die Bestie vorwärtsging und auf den Rand des Portals zusteuerte.

Der Eingang zum unterirdischen Kampfring.

»Wenn das eine Falle ist, wirst du es bereuen«, warnte die Bestie. Obwohl er geschworen hatte, dass nicht alle Seelie darauf aus waren, uns zu töten, war die Bestie weniger nachsichtig und ärgerte sich mehr über ihn als ich.

»Zur Kenntnis genommen, *Kind*«, antwortete er und versetzte seine Stimme mit gerade so viel Hohn, dass die Finger der Bestie mit dem Wunsch zuckten, ihn zurechtzuweisen.

Ohne sich zu verabschieden oder Eugene auch nur anzusehen, trat die Bestie durch das Portal. Einen Moment lang waren ihre Bewegungen träge, da die Magie an ihrer Haut zerrte und das Gefühl simulierte, sich durch Wasser zu bewegen. Mit einem Knall zerbrach das Portal und sie trat auf den trockenen Bürgersteig. Bandit schüttelte sich wie ein nasser Hund und begann, seine Pfoten zu putzen, während die Bestie auf Moira wartete.

Sie brauchte nicht lange. Hustend und stotternd stolperte sie durch das Portal und stieß mit ihrem rechten Flügel gegen Bandit. Er stieß einen Schrei des Entsetzens aus und sprang auf den Boden. Er rannte auf sie zu und biss ihr in den kleinen Finger, bevor sie ihm eine Ohrfeige verpassen konnte.

»Au! Kleines Arschloch, was zum Teufel ist los mit dir ...«

»Komm!« Die Bestie beugte sich vor und hievte ihn wieder auf ihre Schulter, während sie in die Nacht schritt. Moira stieß eine Reihe von Flüchen aus, folgte ihnen aber dennoch.

Über ihnen sah der Himmel stürmisch aus. Dicke Wolken verdeckten jeden Stern und reflektierten die Lichter der Stadt in einem roten Dunst, der die mitternächtlichen Straßen von New Orleans beleuchtete.

Sie ging den kaputten Bürgersteig entlang und wich den Betonbrocken und zerbrochenen Bierflaschen aus. Sie zuckte nicht einmal zusammen, als die winzigen Glasscherben ihre Füße streiften. Vor ihr tauchte die Gasse auf. Groß. Imposant. Durch den roten Dunst am Himmel hätte sie in die Gasse sehen können sollen. Doch ein Schirm aus dunkler Magie und Mitternacht bedeckte sie vollständig und verbarg, was darunter lag – es sei denn, man wusste, dass es da war.

Gemeinsam bahnten sie sich ihren Weg nach vorn und schritten durch die verschleierte Finsternis. Ihr Fuß spürte etwas Glattes. Noch etwas, aber dieses Mal tiefer. Eine Treppe. Sie gingen eine Treppe hinunter. Sie lief weiter und übernahm die Führung, als sie weiter hinabstiegen und der Weg immer schmaler wurde. Sie konnte immer noch nichts sehen, außer dem Leuchten von Moiras Flügeln, aber sie konnte es spüren. Sie spürte die dunkle Magie um sie herum. Sie spürte Bandit, wie er sich an sie klammerte und leise vor Unmut wimmerte. Die Bestie strich ihm beruhigend mit der Hand durch das Fell und mein Waschbär schnurrte.

Ganz unten blieben sie stehen und Moira hob eine zitternde Hand, um zweimal zu klopfen. Das Geräusch hallte in ihren Knochen wider und die Treppe hinauf.

»Bist du sicher, dass du das schaffst?«, fragte die Bestie leise in die dunkle Nacht.

»Jetzt ist es zu spät, umzukehren«, stöhnte Moira. Ihr Herz hämmerte so laut, dass sogar wir es hörten.

Die Tür schwang auf und ein hochgewachsener Mann schaute Moira interessiert an, bevor er seine räuberischen Augen auf uns richtete. Die Bestie starrte emotionslos zurück, war teilnahmslos wie immer. Zeit für den Moment der Wahrheit. Hatten uns der Seelie getäuscht? Oder sollte es wirklich so einfach sein?

Der gelbäugige Chupacabra trat zurück, hielt die Tür auf und ließ uns schweigend passieren. Hinter ihm dröhnte Musik mit einem gleichmäßigen Beat und eine Mischung aus Alkohol, Schweiß und Blut lag in der Luft, die die Bestie mit dem Versprechen von Gewalt und Schnaps in das unterirdische Drecksloch lockte. Ich konnte nicht behaupten, dass ich ihre Überlegungen kritisierte, als sie sich grob an ihm vorbeidrückte und ihn mit einer leichten Handbewegung beiseiteschob, als er versuchte, sich ihr aufzudrängen. Ich bezweifelte, dass er die exotische Anziehungskraft, die mein Körper auf ihn ausübte, überhaupt bemerkte. Umso besser, dass sie seinen Arsch herumwirbelte, um ihn aus dem Konzept zu bringen. Wir waren nicht wegen Sex hier. Wenn es das war, was sie wollte, hatten wir vier Gefährten, die nur darauf brannten, uns zu finden.

Die Bestie betrat die Bar wie ein Typ mit einem großen Schwanz eine Umkleidekabine. Diesen Typ kennt jeder. Sie stolzierte hinein, als gehörte ihr der Laden, und zog damit alle Blicke auf sich.

Hinter ihr schlug Moiras Herz auf Hochtouren. Furcht. Wut. Schmerz. *Leid*. Sie kam nicht damit klar. Sie war überfordert. Ihre Verzweiflung ließ die Bestie zögern und Bandit grub seine Krallen in sie. Blaues Blut tropfte an ihrer Schulter herab, als eine schmerzhafte Klarheit ihren Geist durchdrang, die es ihr ermöglichte, unsere Gefühle von denen Moiras zu trennen. Mehrere männliche Dämonen, die wie Kobolde aussahen, versuchten, auf uns zuzugehen. Bandit fletschte die Zähne und zischte, auch als sie sich Moira näherten, die gerade erst begann, ihre lähmende Angst zu überwinden.

Die Bestie packte sie am Handgelenk und zog sie nach vorn, ohne auf die Schaulustigen zu achten. Das Ganze war eine schlechte Idee. Wirklich, ganz furchtbar sogar. Wie hatte ich nur gedacht, dass es eine gute Idee sei, Moira hierherzubringen?

Hatte ich nicht. Ich hatte auf das Wort eines Jägers gehört und mein eigenes Urteil durch eine rührselige Geschichte beeinflussen lassen. Ich wollte meine Krone schützen und für das Richtige eintreten. Aber wohin hatte uns das geführt?

Die Bestie schüttelte den Kopf über meine Zweifel und Vorbehalte. Wir waren so weit gekommen und sie würde tun, was *wir* uns vorgenommen hatten.

Der Betonboden war verfärbt. Flecken in Braun- und Blautönen.

Blut. Er war mit Blut getränkt.

Zu ihrer Linken fiel der Boden ab und es gab nur ein jämmerlich schwaches Geländer, das die Leute daran hinderte, über die Klippe und in die Hölle darunter zu stürzen. Blut und Dreck verschmierten die Wände dort unten und etwas stieß einen schrecklichen Schmerzensschrei aus. Bandit begann sofort zu knurren. Dieser Ort machte sogar ihn nervös. Er mochte es nicht, hier zu sein, so mitten im Geschehen. Es machte ihn ... unruhig.

Und ich konnte nur daran denken, dass Moira es uns gesagt hatte. Sie hatte uns vor dem Bösen gewarnt, das an Orten wie diesem lauerte. In Clans wie den Le Dan Bia.

Wir hatten nicht zuhören wollen.

Aber jetzt waren wir hier und trotz der lähmenden Angst in ihr und der Unruhe, die Bandit jetzt ausstrahlte, hatten sie und die Bestie die feste Absicht, ihnen zu zeigen, dass wir das nicht dulden würden.

Der Ort selbst stank nach Pisse und Tod. Wie konnte man hier ein Kind festhalten? Ja, die Bestie würde ein paar Köpfe einschlagen, bevor wir gingen. Sie würde sich mit so einem Verhalten nicht zufriedengeben. Keiner von uns würde das tun.

Sie ging weiter in Richtung der Bar im hinteren Bereich, weit weg von der Arena und den Kämpfen, die unten stattfanden. Sie ging direkt darauf zu, als würde sie Moira nicht hinter sich herziehen, und klatschte mit ihrer Hand auf die klebrige Oberfläche, ohne den stechenden Geruch um uns herum zu beachten. Der Mann hinter der Bar drehte sich um, als er sich einen Joint anzündete. Sofort schlug uns der Geruch von weißem Lotus entgegen und steigerte das Verlangen in unserem Inneren. Die Bestie zog eine Grimasse und blickte auf das brennende Ende, als es in seinem Gesicht explodierte. Er sprang zurück und wollte es fallen lassen, aber es hatte sich bereits in schwarzen Staub aufgelöst.

Seine dunklen Augen wanderten von dem verbrannten Ascheklumpen in seiner Hand zu unserem Gesicht und wurden von Sekunde zu Sekunde wütender. Die Reißzähne schoben sich in Position und er stürzte sich darauf, unsere Hand zu packen. Die Bestie bewegte sich schneller. Sie ließ Moira los und schnappte sich eine halb leere Bierflasche von dem Dämon, der einen Meter entfernt stand, und schlug sie ihm auf den Schädel. Das abgestandene Bier ergoss sich über den Schatten, der sie hatte angreifen wollen, und bespritzte ihre eigene Gestalt. Bandit sprang auf ihn zu und stürzte sich mit großer Wucht auf das Gesicht des Dämons. Er stolperte zurück und schlug gegen die Wand, bevor er wieder zu sich kam.

Als er Bandit packen wollte, stieß sie einen schrillen Pfiff aus. Mein Waschbär löste sich und riss dem Barmann ein Auge heraus, während er wegsprang. Der Schmerzensschrei glich dem der Kreatur in der Arena unter ihm und Bandit entging nur knapp dem Hieb einer Klauenhand, als er in einem zischenden Fellhaufen auf der Theke landete. Die Bestie streckte ihren Arm aus und er kletterte hinauf, um seinen Platz zu behaupten, während er den nun einäugigen Dämon anfunkelte.

Ich hoffte, dass sie wusste, was sie tat, denn als wir das letzte Mal einen einäugigen Dämon zurückgelassen hatten, war unserem Feind bei dem Versuch, mich zu töten, fast Moira zum Opfer gefallen. Die Bestie lachte kalt und gefühllos, als sie seinen Körper in Flammen aufgehen ließ.

Die Dämonen um uns herum sprangen zurück und erkannten erst jetzt das Raubtier, das in ihrer Mitte wandelte. Sie hielt den abgebrochenen Hals der Bierflasche in einer Hand und eine Feuerkugel in der anderen.

»Wir wollten doch unbemerkt eindringen«, fauchte ich sie an.

»Dieser Ort stinkt nach Perversion. Man muss ihnen eine Lektion erteilen.«

Verdammt noch mal! Jedes Mal, wenn ich dachte, sie hätte die richtige Idee, drehte sie sich um und machte so etwas. Jedes verdammte Mal.

»Du passt besser auf Moira und Bandit auf«, schnauzte ich sie an, ohne sie zu sehr ablenken zu wollen.

»Das tue ich immer«, antwortete sie, scheinbar unbeeindruckt von meiner Frustration.

Verrückte Psychoschlampe.

Bei dieser Bemerkung hätte sie fast gegrinst. Natürlich. Nur verrückte Typen empfanden es als amüsant, so genannt zu werden.

»Wer bist du und was machst du hier?«, fragte der Dämon an der Tür, als er sich an die Front der Menge begab, nicht mehr so abschätzend wie zuvor.

Gut. Das vereinfachte die Sache. Moment Mal, hatte sie das gedacht? Oder war ich das gewesen?

Oh, verdammt noch mal! Diese ganze Sache mit dem gemeinsamen Körper machte mir echt zu schaffen.

»Wer ich bin, spielt keine Rolle. Ich bin wegen der Seelie gekommen, die du gestohlen hast.«

»Das ist sie.«

Verdammt noch mal! Ging das schon wieder los?

»Das ist Luzifers Spross und die Legion.«

Moira erstarrte und blinzelte. Sie hob den Kopf und als sie sie ansah, erkannte sie Schatten. Ich brauchte nicht zu fragen, um zu wissen, was sie für sie bedeuteten. Was dieser Ort für sie bedeutete. Ich hatte mit meiner Vergangenheit Frieden geschlossen, aber Moira hatte das nie getan.

Das hatte sie auch nie nötig gehabt, bis jetzt.

»Interessant«, sagte der Chupacabra an der Tür. »Du tötest Creag Le Dan Bia und kehrst dann zu den Jägern zurück. Ich kann mir nicht vorstellen, dass eine Tochter Luzifers eine Sympathisantin der Seelies ist.« Der Dämon sah sie einen langen Moment lang an, dann blickte er zu den anderen im Raum. »Was habt ihr dazu zu sagen, Jungs?« Erst jetzt bemerkte sie das bösartige Grinsen auf seinen Lippen. »Haben wir es mit einer Betrügerin zu tun?«

Einige von ihnen beäugten das Feuer, das sie in einer Hand hielt, aber das machte ihnen offensichtlich nicht genug Angst. In der letzten Woche hatte sie es mit Dämonen aufgenommen, die doppelt so groß waren wie sie, als sie sich für die Schwachen und Misshandelten einsetzte, aber hundert Exemplare? Vielleicht mehr? Selbst ich war mir nicht sicher, ob sie mit so vielen fertig werden würde. Hatten wir uns zu viel zugetraut und realisierten erst jetzt, dass wir uns ein Loch gegraben hatten? Während einige die Macht fürchteten, die sie besaß, schienen andere völlig unbeeindruckt von der Tatsache, dass sie einen der ihren ohne nachzudenken getötet hatte.

Wilde.

Ich hatte es gedacht, aber Moira hat es ausgesprochen. Sie schleuderte das Wort wie Gift aus ihrem Mund und entfaltete ihre Flügel in ihrer ganzen Pracht.

»Wilde, sagst du«, sinnierte er und lächelte mit sehr spitzen Zähnen. »Schätzchen, du hast noch keine Wilden gesehen, wenn dir das Angst macht.« Er hob eine Hand und schnippte mit den Fingern.

Drei Dämonen stürmten vor, um uns zu packen, und die Bestie ließ ein Knurren ertönen.

»Wenn du sie anrührst, bist du verdammt noch mal tot.«

Sie wurde still.

Wir kannten diese Stimme.

Das kalte Flüstern des *Todes*.

»Oh, verdammt, danke«, hauchte Moira.

Die Bestie drehte ihren Kopf herum und suchte nach der Quelle, aber sie sah nichts außer unbekannten Gesichtern. Dann begann das Brandzeichen auf unserer Brust zu brennen. Es brannte mit einem scharfen, alles verzehrenden Schmerz, der sich fast wie Vergnügen anfühlte, als er sich in ihrem Körper ausbreitete. Die drei Dämonen hielten inne und suchten ebenfalls nach der Quelle der bedrohlichen Stimme, doch sie fanden nichts.

Sie machten drei weitere Schritte auf mich zu, bevor sie gewaltsam zum Stehen kamen. Bei einem nach dem anderen färbte sich die Haut von innen heraus schwarz. Das Weiße ihrer Augen wurde blau, bevor sie explodierten.

So etwas hatte ich bisher nur einmal gesehen. Die meisten Schatten waren nicht geschickt genug, um dem Körper eines Menschen so viel Schaden zuzufügen. Aber Krankheit war nicht wie die meisten Schatten.

Er hatte Josh mit so wenig Aufwand getötet. Diese drei Arschlöcher waren nichts – und obwohl es sie wahrscheinlich nicht umbringen würde, dürften sie sich stundenlang nicht von dieser Art Schaden erholen können.

Das bedeutete, dass sie sich stundenlang im Todeskampf winden würden.

Dieser Gedanke gefiel mir sehr, auch wenn ein weiterer glühender Schmerz durch unseren Körper schoss. Die Bestie blinzelte, genauso verwirrt wie ich, und das nächste, was ich wusste, war, dass nicht sie aus meinen Augen starrte, sondern ich.

Was in Satans Namen ...

Ich hatte nicht einmal die Zeit, meine Gedanken zu Ende zu denken, bevor mich jemand von hinten packte. Zu meiner Ehrenrettung sei gesagt, dass die Bestie nicht die

Einzige war, die ein paar coole Moves drauf hatte. Mit einem gebrochenen Bierhals bewaffnet ließ ich mein Adrenalin die Oberhand gewinnen, drehte mich zur Seite und holte zum Schlag aus.

Kalter, blauer Speichel traf mein Gesicht, als ich die Halsschlagader des Dämons durchtrennte.

Das Problem war nur, dass es sich nicht um irgendeinen Dämon handelte.

Es war Tod. Er hatte mich gefunden.

Und in diesem Moment sah er stinksauer aus, weil ich versucht hatte, ihn zu töten. Schon wieder.

Mein ganzer Mut verließ mich, als ich mich umdrehte, um wegzulaufen – aber Julian war schlauer als das. Diesmal würde er nicht zulassen, dass mich jemand hier rausholte.

Julian packte mich grob an den Hüften und schleuderte mich über seine Schulter. Ich merkte nicht einmal, wie er sich bewegte, bevor wir in den Schatten traten und alle Geräusche des Kampfes hinter mir verstummten.

Die Bestie hatte dem Tod den Hof machen wollen. Sie spielte gern Spielchen.

Und wieder einmal musste ich den Preis dafür zahlen, weil die Schlampe ihren Wunsch bekam.

Mich.

Ihn.

Und wenn der plötzliche Temperaturwechsel ein Hinweis darauf war, gab es in nächster Umgebung kein Entkommen.

LARAN

WO WAREN SIE?

Rysten und Allistair durchsuchten die Stadt, während ich mir einen Weg durch den Untergrund bahnte, aber von Moira und Bandit schien keine Spur zu existieren. Ich streckte die Tüte mit Keksen vor mir aus, die ich speziell für die pelzige Kreatur mitgebracht hatte.

»Bandit! Bandit!« Ich rief seinen Namen und schüttelte die Tüte. Normalerweise kam er zu mir und nicht zu den anderen Reitern, aber dieses Mal war er nirgends zu sehen. Der unterirdische Komplex der Le Dan Bia war abgesehen von mir fast leer. Ich atmete frustriert aus und verschwendete meine Zeit nicht damit, nach der Todesfee zu rufen. Irgendwann würde sie anfangen, zu schreien, und ganz New Orleans würde wissen, wo sie zu finden war, aber der Waschbär war nicht so einfach zu entdecken.

»Hast du etwas gefunden?« Allistairs Anwesenheit drängte sich für einen Moment in mein Bewusstsein. Auch bei ihm machte sich Sorge breit.

»Nichts«, antwortete ich und lehnte mich gegen den Tresen. Die meisten der Dämonen, die hier gewesen waren,

waren entweder bewusstlos oder tot. Ihre Leichen lagen auf dem Boden verstreut. Die Scheißer hatten es verdient, nachdem sie versucht hatten, Ruby und Moira etwas anzutun. Ich hatte die Le Dan Bia schon immer gehasst. Sie zerrten immer an der Leine Satans und von den sieben Portalwächtern hatte ihr Clan immer die meisten Beschwerden erhalten. Wir würden der Welt einen Gefallen tun, wenn wir sie auslöschten, aber ich wusste, dass das bei Weitem nicht der ganze Clan gewesen war. Sobald einige derjenigen, die noch nicht tot waren, geheilt waren, würden sie aufwachen und versuchen, uns zu holen. Das war der einzige Grund, warum wir drei unsere Zeit damit verschwendeten, die Stadt nach Moira und Bandit zu durchkämmen. Wir mussten sie aus dem Weg räumen, während Ruby sich verwandelte. An einen anderen Ort bringen, wo sie nicht in Gefahr waren. Das war schwierig, wenn wir sie nicht finden konnten.

Trotzdem suchte ich weiter und würde weitermachen, bis ich sie gefunden hatte.

Wir konnten nur für uns – und für Ruby – hoffen, dass es nicht zu spät war, wenn ich sie fand.

22

BÄUME, ERDE UND DER HEULENDE WIND verrieten mir, dass wir uns nicht mehr in New Orleans befanden. Der Boden unter uns war dunkel, zu dunkel, um mich viel mehr, als den Waldboden erkennen zu lassen. Das Laub raschelte unter uns, als er anfing zu laufen, ohne anzuhalten, um mich abzusetzen. Sein Atem ging schnell und rau.

»Hey, was machst du da?«, blaffte ich und trat nach ihm. Er griff nach oben und schlug mir auf den Hintern. Ein weiterer Schmerz entbrannte in meiner Brust, wo mein Brandzeichen pulsierte. Meine Hüften stemmten sich gegen seine Hand, die er nicht weggenommen hatte. Er drückte mich fest durch das kleine Schwarze, das ich trug, und ein Knurren ertönte tief in seiner Brust. Ich klatschte mit meinen Händen gegen seinen Hintern, wobei mein Interesse von den harten Muskeln, die ich dort fand, geweckt wurde. Die Stärke, die ich manchmal an den Tag legen konnte, war wieder einmal verschwunden – und ich war schwach gegenüber Julians Kraft.

»An deiner Stelle würde ich nicht weiter gegen mich kämpfen, Ruby«, sagte er leise.

Erst jetzt bemerkte ich die gefährlichen Gefühle, die in seiner Brust brodelten. Sie waren nicht mehr so abgeschottet wie beim letzten Mal, als ich ihn gesehen hatte, als die Bestie die vier mit Leichtigkeit hatte erledigen können. Jetzt war er ganz offen, eine Mischung aus Wut und Angst und einem so starken Bedürfnis, dass es wehtat.

Ich wusste, dass er eifersüchtig gewesen war, weil er mich genauso wollte wie die anderen, aber mir war nie klar gewesen, wie sehr, wie tief diese Emotion reichte.

Ich hatte einmal gesagt, wenn er eine Frau wollte, könnten nicht einmal Himmel und Hölle sie trennen. Damals hatte ich noch keine Vorstellung davon, wie unwiderlegbar das war.

»Was hast du mit mir vor, Julian?«, fragte ich, wobei meine Stimme mehr als nur ein wenig unsicher war. Ich schob es auf das Blut, das mir in den Kopf schoss, weil ich so lange kopfüber gehalten worden war.

»Was denkst du, was ich mit dir machen soll, Ruby?«, fragte er zurück.

Zum Teufel. Was seine Stimme mit mir anstellte. Ein weiterer Schmerzstoß durchfuhr mich, direkt bis zum Scheitelpunkt meiner Oberschenkel. Ich stieß ein verzweifeltes Wimmern aus und Julian versteifte sich. Seine Hand wanderte über die Rückseite meiner Schenkel und versengte meine empfindliche Haut wie Feuer. Ich zappelte und versuchte, mich aus seinem Griff zu befreien, aber er hielt mich fest und ließ keinen Zentimeter von mir ab.

»Hör auf, mich zu quälen, Julian. Du bist ein Arsch«, schnauzte ich ihn frustriert an. Ein scharfer Stich durchzuckte mich, als seine Hand hart auf meinem Hintern landete.

Hatte er mir gerade den Hintern versohlt ...?

»Ja, das habe ich. Und ich werde noch viel mehr tun, wenn du mich weiter auf die Probe stellst.«

Schon wieder diese raffinierte Gedankensprache, nur dass er meine nun offenbar auch hören konnte. Ich grummelte leise vor mich hin und wurde etwas lockerer. Seine Hand presste sich an mich und rieb sanft über meinen nun glühenden Hintern.

Ich wollte ihm eine weitere Reihe von Flüchen an den Kopf werfen, aber das fühlte sich gut an. Auf eine seltsame, beschissene Art und Weise. Schmerz konnte schließlich auch Vergnügen sein, wenn man ihn richtig einsetzte. Er schob seine Finger direkt unter mein Kleid und in den dünnen Slip. Ich zuckte wieder zusammen, weil ich mich nicht ganz wohl dabei fühlte, wie intim er mich berührte, während ich ihn weder sehen noch mich bewegen konnte. Seine Finger glitten gekonnt über eine der Pobacken und in der Mitte hinunter, wo sie in meine erhitzte Haut eindrangen.

»Weißt du, wie du für mich riechst?«, fragte Julian leise.

Er schob zwei Finger in meine nassen Falten und drückte sie nach unten, um meinen G-Punkt zu erreichen, während er sich rein- und rausbewegte. Ich stieß ein leises Stöhnen aus, so sehr erregte mich seine aggressive Art. Er konnte so kalt sein, wie er wollte, solange seine Finger weiterhin das taten, was sie gerade taten.

»Wusstest du, dass sich dein Geruch in der Nacht, als die Bestie auftauchte, verändert hat, weil du mich unbewusst als potenziellen Gefährten ausgewählt hast?«

Nein. Das wusste ich nicht, aber es war mir auch egal. Er rieb nun Kreise. Langsam. Er war unerträglich langsam.

Was zum Teufel war los mit ihm?

Ein Feuer durchdrang mich, dieses Mal sehr real, als

meine Frustration wuchs. Der Geruch von brennendem Stoff entlockte mir ein verruchtes Lächeln.

Julian nahm seine Finger weg und gab mir einen Klaps auf den Hintern.

»Versuch das bloß nicht!«

Ich knurrte ihn an und gab ihm ebenfalls einen Klaps auf den Hintern. Es war ja nicht so, als könnte ich es kontrollieren. Ich befand mich mitten in meiner Verwandlung und er spielte mit mir, während ich nur wollte, dass er mich fickte.

»Du wirst gefickt, wenn ich beschließe, dich zu ficken«, knurrte Julian.

Was zum …

Hatte ich das eben laut gesagt?

»Nein, aber dein Geist ist weit offen – und bevor du es denkst, nein, es ist mir scheißegal, dass du ihn auch nicht kontrollieren kannst.«

Arsch.

Das brachte mir einen weiteren Klaps auf meinen Hintern ein.

Mistkerl. Ich wölbte meinen Rücken und holte mit dem Ellbogen aus, um seinen Hinterkopf zu treffen. Julian stöhnte auf, sein Griff lockerte sich, und ich trat ihm schnell in die Eier.

Hatten diese Wichser denn nichts gelernt? Die Bestie und ich schüttelten verärgert den Kopf, als der Atem aus seinem Mund strömte. Ich taumelte zur Seite und schlug mit dem Rücken auf den harten Boden unter mir auf. Ich stöhnte, als die Äste meine Haut unangenehm durchbohrten, und sprang dann auf die Füße.

Ich flüchtete in die Bäume, ohne darauf zu warten, dass er mir folgte. Ein Teil von mir wusste, dass ich nicht sehr weit kommen würde. Draußen war es stockdunkel. Der ganze Wald bestand nur aus Schatten, was bedeutete, dass dies sein Element war. Doch der Rest von mir ärgerte sich über seine Manipulationen. Er hätte mich einfach nehmen können, aber stattdessen hatte er mich über seine Schulter geworfen und sich wie ein Arschloch verhalten. Nach der letzten Woche war ich nicht geneigt, es ihm leicht zu machen.

Ich rannte blindlings in den Wald und wagte es nicht, mich umzusehen, auch nicht als er mir hinterherschrie.

»Du willst dieses Spiel nicht mit mir spielen, Ruby. Das macht es nur noch schlimmer, wenn ich dich erwische. Du hast mit dem Tod gespielt und es ist Zeit, zu bezahlen.«

Zu spät, Arschloch. Daran hättest du vorher denken sollen.

Autsch.

Meine Füße blieben an einer Wurzel hängen und ich stürzte mit dem Gesicht voran auf den Waldboden.

»Verdammtes, verteufeltes, fotzenleckendes Arschloch ...« Meine Flüche wurden jäh unterbrochen, als mein Körper gegen meinen Willen umgedreht wurde.

Ich starrte auf Julians blasse Gestalt, die über mir stand. Selbst in der Dunkelheit konnte ich seine Augen vor Wut glühen sehen.

»Ich habe dir gesagt, dass du nicht weglaufen sollst«, fauchte er mich an.

Ich starrte zurück, während mir alle klugen Sprüche auf der Zunge zerliefen. Er trug kein Hemd – warum trug er kein Hemd? Wusste er nicht, dass ein Mädchen mit diesen perfekt definierten Bauchmuskeln, die nur darauf warteten, geleckt zu werden, nicht klar denken konnte?

Ein Grinsen zupfte an seinen Lippen.

Shit. Schon wieder dieser Gedanken-Scheiß. Ich wusste es einfach. Julian hielt mir seine Hand hin, damit ich sie ergreifen konnte. Ein Teil von mir wollte es, aber der Rest von mir wusste, dass ich mich von so einer einfachen Geste nicht beeinflussen lassen durfte. Seine Wut und sein Verlangen fraßen ihn von innen heraus auf und bluteten in mich hinein.

Wütend schlug ich seine Hand weg und wollte aufstehen, doch dann wurde ich hochgehoben und mit dem Rücken gegen einen Baum geknallt. Ich keuchte und versuchte, mich zu orientieren. Nur weil die raue Rinde an meinem Rücken kratzte, wusste ich, dass es ein Baum war. Julian packte meine Hüften viel fester als nötig und diesmal gab es kein Entkommen mehr.

»Schlinge deine Beine um meine Taille!«, befahl er.

»Fick dich!«, fauchte ich.

Hatte ich das wirklich ernst gemeint? Unmöglich, zu sagen. Seine Emotionen gerieten außer Kontrolle, was meine ebenfalls aus dem Ruder laufen ließ.

»Ruby, provoziere mich jetzt bloß nicht ...«

Und was tat ich?

Ich gab ihm eine Ohrfeige.

Hart verpasste ich ihm eine schallende Klatsche. Anscheinend war meine nicht gerade verlässliche Superkraft wieder da, denn sein Gesicht schnellte zur Seite, als der Schlag in der Nacht widerhallte.

Die brennende Wut, die er zuvor verspürt hatte, war nichts im Vergleich zu dem, was als Nächstes kam.

Langsam, so langsam, dass meine Angst noch zehn Level höher anstieg, drehte er seinen Kopf zu mir zurück und ich sah es: Den schrecklichen Strudel der Gefühle in seinen Augen. Die Gefühle, die er nicht mehr vor mir verbergen konnte. Genauso wie ich meine Gedanken nicht vor ihm verbergen konnte.

Ich spürte es in ihm. Die Veränderung. So plötzlich und

schnell. Er legte eine Hand auf meinen nackten Oberschenkel und schlang ihn um seine Taille, gefolgt von der anderen Hand. Sein Schwanz zuckte gegen mich, als er mich durch den dünnen Stoff meines Höschens und die harte Oberfläche seiner Jeans rieb. Obwohl es gegen alles in mir verstieß, stöhnte ich auf und wölbte meinen Rücken vom Baum, als das Verlangen heiß und hart auf die brennende Wut in mir prallte.

»Hasst du mich?«

Ich wusste nicht, was mich dazu gebracht hatte, das zu fragen. Wahrscheinlich war es der Tornado der Gefühle, der mich überrollte, wütend und unversöhnlich. So fühlte es sich in mir an.

Aber seine ... seine Gefühle waren wie ein Vulkan, der mit Druck kochte und nur darauf wartete, auszubrechen.

Doch in dem Moment, als die Worte meine Lippen verließen, hielt Julian inne und der Blick, den er mir zuwarf ... Er war gebrochen. So gebrochen.

Und da wusste ich es.

»Ich wünschte, ich täte es. Es würde meinen Job so viel einfacher machen«, flüsterte er. Sein Atem war kühl wie die Arktis, als er über mein Gesicht strich. Er griff nach oben und strich mir eine verirrte blaue Haarsträhne aus dem Gesicht. »Ich kann dich nicht hassen, Ruby. Nicht einmal, als du ...« Er verstummte und schluckte schwer. Da war sie wieder, diese Verletzlichkeit, die er mit Wut überspielte. »Nicht einmal, als du vor uns weggelaufen bist. Du hast die Bestie hereingelassen und bist vor uns geflohen. Wir hatten keine Ahnung, wo du warst. Wir konnten dich nicht finden und als wir dich fanden, warst du bei diesem *Typen*.« Seine Stimme stockte, seine Augen verfinsterten sich wieder und alles machte Sinn. Er ließ seine Hand seitlich an meinem Gesicht hinuntergleiten und drückte mit seinen Fingern auf meine Kehle, während er mich dort festhielt.

»Du denkst, ich ...« Ich hielt inne und sah, wie die Wut in seinem Blick wieder aufflammte, wie eine Dunkelheit, die er nicht abschütteln konnte. »Ich habe Eugens Seele geheilt. Deshalb war er mit mir zusammen. Du solltest inzwischen wissen, dass ich an niemand anderem interessiert bin, Julian.« Meine Stimme war sanft. Ermahnend, aber sanft. Freundlich, wenn da nicht das leichte Knurren am Ende gewesen wäre. Die Bestie wollte ihn erdrosseln, weil er sich wie ein besitzergreifender Idiot benahm.

Sein Griff um meine Kehle lockerte sich, als er mit seinem Daumen fast ... zärtlich über meine Kieferpartie strich.

»Du darfst ihn nicht mehr sehen«, beharrte Julian. Völlig irrational, wie immer.

»Du kannst mir nicht vorschreiben, wen ich sehen darf und wen nicht«, antwortete ich.

Ich wollte ihn nicht wiedersehen, aber es ging ums Prinzip. Das mussten sie lernen, und zwar jetzt. Ich nahm keine Befehle von ihnen an. Wenn wir gleichberechtigt waren, dann mussten sie mich auch so behandeln, verdammt.

Julian ließ seine Hand von meinem Hals gleiten und legte sie auf meine Brust.

»Ich mag keine anderen Typen in deiner Nähe.«

Wirklich, Sherlock? Das hätte ich nicht gedacht. Julians Lippen verzogen sich, als er mich anstarrte. Ja, er hatte es gehört. Und das war mir scheißegal.

»Eugene ist schwul, Julian. Du bist unvernünftig.«

Er blinzelte. »Ich mag es trotzdem nicht.«

Ich hob meine Hand, um mir selbst auf die Stirn zu schlagen. Wollten wir das wirklich tun?

»Ich mag viele Dinge nicht, aber du erlebst trotzdem

nicht, dass ich mich deswegen wie ein Arsch aufführe. Anstatt ein Arsch zu sein, solltest du mir vielleicht einen Grund geben, in der Nähe zu bleiben und nicht das Bedürfnis zu haben, zu gehen. Dann werde ich auch nicht auf andere Dämonen treffen.«

Julian schien darüber nachzudenken, bevor er fragte: »Was für einen Grund?«

Er beugte sich vor, sein Atem berührte mich knapp unterhalb des Ohrs, was mir einen Schauer über den Rücken jagte. Ich stöhnte auf. Seine Lippen schmiegten sich an meine Kehle, als er sie auf und ab bewegte.

»Was für ein Grund, Ruby?«

Oh, verdammt. Von seinen Stimmungsschwankungen bekam ich ein Schleudertrauma.

»Du könntest aufhören, ein eifersüchtiges Arschloch zu sein, und einen Schritt auf mich zu machen, wenn du mit mir zusammen sein willst.«

Warum hatte ich das gerade so formuliert? Toller Stimmungskiller, Ruby. Du und dein sozial unbeholfenes Mundwerk.

»Und mir den Hintern zu versohlen, zählt nicht«, fügte ich hinzu.

Julian schien nicht einmal beunruhigt zu sein, dass ich ihn darauf ansprach. Andererseits schien er sich viel wohler zu fühlen, nachdem ich ihm seine Ängste bezüglich Eugene genommen hatte. Auch wenn ich mich nicht dafür entschuldigte, dass ich weggelaufen war. Nur über meine Leiche.

»Ich mag es, dir den Hintern zu versohlen«, antwortete er und drückte seine Erektion an mich.

Er ließ seine Hand wieder zu meiner Kehle gleiten und drückte fest zu. Es war nicht genug, um mich zu erdrosseln, aber die Besitzgier, die dahintersteckte, war deutlich.

Und … es gefiel mir.

Ich liebte es sogar irgendwie.

Aber so einfach wollte ich ihn nicht davonkommen lassen.

»Und ich mag es, nicht wie ein Kind behandelt zu werden.«

Aus irgendeinem Grund hatte ich das Gefühl, dass ich die Sache vorantreiben musste, denn sobald wir keine Klamotten mehr anhaben sollten, war ich erledigt. Und sie würden verschwinden, die Klamotten. Sehr bald sogar. Da war ich mir sicher.

Eine weitere Lanze des Schmerzes schoss durch meine Brust, diesmal stärker. Feuer erfüllte den Wald, während ich vor Schmerz aufschrie, der von einem kurzen Vergnügen begleitet wurde.

Ich verstand nicht, was vor sich ging. Ich hatte Tage der Verwandlung hinter mich gebracht, ohne dass das passiert war. Was hatte sich verändert? Was hatte …

Schuldgefühle.

Sie strömten aus dem einzigen anderen Lebewesen um mich herum, während Julian mich fester hielt und seine Hüften gegen meine drückte. Der Kontakt machte es besser, erträglicher, selbst als das Feuer außer Kontrolle geriet und begann, unsere Kleidung zu verglühen.

Wenn ich zuvor gedacht hatte, ich sei außer Kontrolle, war das nichts im Vergleich zu dem hier.

»Was hast du getan?«, stöhnte ich und wusste, dass er mehr oder weniger schuld war. Julian schluckte schwer, als er mit seinen Händen über mein nacktes Fleisch fuhr. Das machte den Schmerz besser, aber dieses Mal ließ er nicht ganz nach.

»Es … es tut mir leid, Ruby. Ich wusste nicht, was ich tun sollte …« Seine Stimme versagte, als sich ein Schrei in meiner Brust aufbaute. Seine Berührung half, aber sie war nicht genug. Was auch immer er getan hatte, es machte die Verwandlung noch tausendmal schlimmer.

Ich drückte mich gegen ihn, während Bilder in meinem Kopf auftauchten. Bilder von ihm und den anderen. Bilder von Blut, das vergossen wurde. Bilder und Schnappschüsse von dem, was er getan hatte.

Dieser Wichser.

Er hatte mich gefesselt. Er hatte mich wirklich und wahrhaftig gefesselt. Nur nicht in einem Kreis. O nein, dazu hatte er nicht die Kraft, also hatte er das Nächstbeste getan.

Er hatte mich an *sich* gefesselt. Solange ich mich in der Verwandlung befand, brauchte mein Körper seinen. Er bettelte um seine Berührung und schmerzte, wenn ich nicht gehorchte.

Er hatte sichergehen wollen, dass ich nicht wieder weglief, und uns aneinandergefesselt, damit ich genau das nicht tun konnte.

»Du verdammter, schwanzlutschender Hurensohn ...«

Sein Mund fiel auf meinen, hart und eindringlich. Zuerst war ich wie erstarrt und wollte nicht nachgeben, obwohl mein Körper und mein Herz sich so sehr danach sehnten, aber das war das Problem dieses Bands. Sie machte ihn zu einer Droge für mich.

Der Gedanke wurde mir entrissen, bevor ich ihn erkennen konnte, und ich knurrte ihn an. Julian wusste, dass er sich jetzt nicht verstecken konnte. Nicht nach dem, was er getan hatte.

Ich lehnte mich an ihn und schlang meine Arme um seinen Hals. Ich legte meine Hände flach in seinen Nacken und zog ihn an mich, bevor ich in seine Gedanken eintauchte.

Sein Kuss wurde rauer und wilder, als er mich zurück in den bereits brennenden Baum stieß. Unsere Kleidung war nur noch Asche und seine nackte Erektion lag hart auf meiner Haut, als sie über mich glitt, ohne einzudringen.

Er stöhnte und seine Fingernägel bohrten sich in meine Oberschenkel, während ich ihm in die Unterlippe biss.

»Was noch, Julian?«, fragte ich atemlos und ließ eine Hand über seinen Kiefer gleiten, während ich die andere in seinem Nacken zurückließ. »Du hast noch mehr getan und mir die Erinnerung daran genommen, bevor ich sie sehen konnte. Was versuchst du immer noch vor mir zu verbergen?«

Er ignorierte mich und versenkte seine Zähne in meiner Schulter und das war nicht nur ein Akt der Leidenschaft. Er wollte mich markieren. Mich zu seinem Eigentum machen. Er ließ seine Lippen meinen Kiefer hinauf und meine Kehle hinunterwandern.

»Was hast du getan, Julian?«, fragte ich ein letztes Mal.

Ich wollte wirklich nicht testen, wie gut ich in seine Gedanken eindringen konnte. Es fühlte sich wie ein Eingriff in seine Privatsphäre an, aber wenn er es mir nicht sagen wollte, würde ich es tun. Schließlich war er derjenige gewesen, der mir die Wahl abgenommen und meinen Körper mit Blutmagie an seinen gebunden hatte. Nicht, dass ich es nicht schon lange vor ihm gewollt hätte, aber der Akt an sich war immer noch haarscharf an der Grenze zwischen richtig und falsch.

Julian knurrte, als ich sein Haar packte und mich gegen ihn stemmte. Er wippte gegen mich, während sein Kama aus ihm heraussprudelte. Es erfüllte die Luft um mich herum und ich atmete es ein, genoss den scharfen Rausch, der sich durch mein pochendes Inneres zog.

Verdammt, er machte süchtig.

Der Baum hinter mir knackte und ich kippte nach hinten, als die massive Eiche unser Gewicht nicht mehr trug. Doch statt auf den Waldboden zu fallen, schlug ich mit dem Rücken auf etwas Weichem auf und spürte die glatten Laken und die Bettdecke unter mir.

Der Raum war schwarz wie Pech und meine Flammen hatten irgendwann aufgehört zu brennen. Ich wollte mich zurückziehen, aber Julian hielt mich fest umklammert und biss mir in die andere Schulter.

»Was zum Teufel ...«

Mein Körper erschauderte, als seine Härte an dem empfindlichen Nervenbündel rieb, was mich zum Stöhnen brachte. Schmerz bereitete Freude, wenn man es richtig anstellte. Hatte ich das nicht immer gesagt?

Wie recht ich doch gehabt hatte.

»Wir mussten dich finden, also habe ich das Einzige getan, was ich tun konnte«, flüsterte er in meinen Nacken und dann öffnete sich die Szene wieder.

Er kniete in einem dunklen Raum und ein Mädchen, das ich wiedererkannte, stand vor ihm. Ihr weißblondes Haar bewegte sich kaum, als sie sich nach vorn beugte und seine Haut aufschnitt. Dann benutzte sie sein Blut, um die Runen zu zeichnen. Die Runen, die mich zu ihm ziehen würden.

Damit ich fühlte, was er fühlte. Damit ich mich, sobald er mich berührt hatte, für den Rest der Verwandlung nach ihm sehnte. Damit ich nicht weglaufen konnte. Selbst wenn ich diesen Planeten verlassen sollte, würde er mich finden. Er würde mich immer finden.

Aber die Blutmagie war nicht so angelegt, dass ich ihm alles geben konnte, ohne etwas dafür zu bekommen.

Um das Band zu knüpfen, würden alle Barrieren zwischen uns verschwinden. Ich würde fühlen, was er fühlte, und im Gegenzug würde er meinen Schmerz ertragen, sollte ich weglaufen oder mich wehren.

Das intensive Brennen, das meine Brust erfüllte, erfasste auch seine. Der Schmerz, den er fühlte, war jetzt meiner.

Er hatte mich sozusagen an sich gekettet und damit auch sich selbst an mich.

Alles, um mich zu beschützen ... Nun, nicht ganz, aber größtenteils. Sein Verlangen war dick, roh und voller süßer Qualen. Er wollte mir Dinge antun, vor denen er mich zu schützen versuchte.

Keiner der Reiter war gut, vor allem Julian nicht, und ich hatte jede Kontrolle, die er gehabt haben könnte, gebrochen, als ich sie verlassen hatte.

Die Sorge hatte an ihm gefressen, die Wut sich an ihm festgebissen. Sie hatte alle Vorsätze, die ihn davon abgehalten hatten, in mein Bett zu kriechen, zunichtegemacht und ihn dazu gebracht, einen Handel mit dem Mädchen einzugehen, das Blutmagie beherrschte.

Um mich zu bekommen und zu behalten, hätte er alles getan.

Ich sollte wütend sein. Ich sollte ihn und die Bestie mit allen Mitteln bekämpfen, weil Julian so ein Typ war. Denn die besitzergreifenden Verhaltensweisen, vor denen ich mein ganzes Leben lang geflohen war, steckten tief in ihm.

Aber er war nicht nur Tod.

Er war Julian.

Mein Julian. Derjenige, der alles tun würde, um mich zu beschützen, sogar, mit sich selbst und der Wahrheit, die er bereits kannte, ins Reine zu kommen.

Ich war seine größte Schwäche und dennoch war es keine Option für ihn, sich von mir fernzuhalten – auch nicht *für* mich. Die Bestie und ich hatten ihn als Gefährten gewählt und er hatte es akzeptiert. Ich gehörte ihm, im wahrsten Sinne des Wortes.

Aber er gehörte auch mir und diese Art der Hingabe war für den Tod nicht selbstverständlich. Er hatte mich gezwungen, aber damit hatte er sich endlich entschieden.

War es seltsam, dass ich fast froh darüber war, dass er das getan hatte? Begierde mochte ein eigener Dämon sein, der verlangte, dass man ihn fütterte, aber das war die Liebe auch – sogar die verdrehte Art der Liebe. Ich fragte mich, ob es ein bisschen von beidem war, weil er und ich endlich auf einer Wellenlänge waren.

Ich fuhr mit den Fingern durch sein Haar, und es war weicher, als ich es erwartet hatte. Ich zerrte an seinem Kopf, um ihn hochzuziehen, und er willigte ein und verlagerte sein Gewicht, indem er beide Arme über meinen Kopf bewegte.

»Ich verstehe«, flüsterte ich.

Er starrte zu Boden, seine Augen waren so dunkel, dass sie nicht einmal grün aussahen. Ich wollte noch mehr sagen, aber ein weiterer Schmerz durchbohrte meine Brust. Dieser war schlimmer als die anderen zuvor. Ich stieß einen schrecklichen Schrei aus, der mir die Kehle zuschnürte. Mein Rücken wölbte sich vom Bett, während ich gleichzeitig versuchte, näher zu ihm zu kommen und aus meiner Haut zu kriechen. Ich verstand, warum er es getan hatte, aber der Schmerz, den er mir zugefügt hatte – der Schmerz, den er uns beiden zugefügt hatte –, war unermesslich. Ich wusste nicht, wie er es aushielt, ohne zusammenzuzucken. Tränen trübten meine Sicht, während mein Körper sich krümmte und versuchte, sich von der Qual zu befreien, obwohl ich wusste, dass ich es nicht konnte.

»Mach, dass es aufhört!«, flehte ich. »Bitte mach, dass es aufhört!«

Es gab nur einen Weg, wie das geschehen konnte. Er und ich wussten das jetzt.

Julian zog sich vom Bett zurück, wodurch es noch schlimmer wurde. Ich umklammerte meine Brust und er schnappte sich meine Hände und zog sie weg.

»Setz dich und rühr dich nicht!«, befahl er.

Ich tat wie mir geheißen und setzte mich auf die Bettkante. Er ließ meine Hände los und stieß meine Beine mit seinem Knie auseinander. Ich zitterte vor Erwartung und spreizte meine Beine ohne weitere Aufforderung, als er sich vor mich kniete. Er beugte sich vor und küsste sanft das Brandmal zwischen meinen Brüsten, wobei der knochensplitternde Schmerz nachließ. Ich ließ meine Hände auf seinen Schultern ruhen. Die Berührung half mir.

Seine Lippen wanderten meine nackte Brust hinunter, über meinen Unterleib, direkt zu der schmerzenden Hitze zwischen meinen Beinen. Er ergriff einen meiner Schenkel, zog ihn über seine Schulter und blies leicht auf meine Klitoris. Ein scharfes Keuchen entwich meinen Lippen, als er sich nach vorn lehnte und weiter blies, während er zwei Finger in mir vergrub. Ich strich mit meinen Händen über seine Schultern und seinen Rücken und kratzte ihn mit meinen Fingernägeln. Er knurrte gegen mich und meine Hüften stießen nach vorn, aber er hielt mich fest, während er mit seiner Zunge über mich fuhr.

Das seltsamste Gefühl erfüllte mich, als die Bestie in mir meine Hände in seinen Nacken führte. Ein brennendes Gefühl durchströmte mich und wieder einmal war ich zu spät dran, um es zu bemerken. Julian wusste es und hielt inne, als das Feuer zwischen uns loderte.

Wo ich vor Erleichterung hätte aufschreien sollen, schluchzte ich fast vor Verzweiflung, als ich ihn brandmarkte. Ich war so verdammt nah dran, als das Brennen nachließ, aber ein kleiner Teil von mir war so vernünftig, ihn nicht anzuschreien. Er würde mich ficken, da war ich mir sicher.

»Du hast mich gebrandmarkt«, murmelte er.

War das Ehrfurcht in seiner Stimme? Das konnte nicht sein ... Ich versuchte, es zu verdrängen, aber das war nicht so einfach, als seine Gefühle mich überfluteten.

»Tu nicht so überrascht!«, schnauzte ich, nicht annähernd so entschuldigend, wie ich es bei Laran oder Allistair gewesen war. Julian hatte mich an sich gefesselt, ohne zu fragen. Er hatte mich bereits gewählt. Er bekam keine Entschuldigung. Er lachte und zog sich zurück.

»Was machst du da?« Ich stöhnte und spreizte meine Beine weiter, um zu zeigen, wie verzweifelt ich war.

»Dreh dich um und knie dich hin!«, befahl er.

Während Laran und ich unterbrochen worden waren, hatte Julian die feste Absicht, mich wund zu ficken, bevor die anderen Reiter uns einholten. Wo auch immer wir waren. Das war eine Frage für später, nachdem ich gekommen war.

Ich zog mich auf das Bett zurück und tat, was er mir sagte. Das Bett senkte sich, als Julian hinter mir hochkletterte. Er strich mir das Haar aus dem Nacken und zog sie straff.

»Richte dich auf! Ich will dich spüren«, grollte seine Stimme heiser.

Meine Bauchmuskeln zogen sich zusammen, als ich mich aufrichtete und meinen Rücken gegen seine Brust drückte. Er schlang einen Arm um meine Taille und legte seine Hand auf meinen Bauch. Ich schob meinen Hintern zurück und versuchte, mich an ihm zu reiben. Offensichtlich war das nicht so reizvoll, wie ich dachte, denn er stieß ein dunkles Schmunzeln aus.

»Was willst du, Ruby?«, fragte er, wobei seine Stimme nicht mehr als ein Flüstern in meinem Ohr war.

»Du weißt, was ich will, Arschloch«, knurrte ich.

Ich atmete zischend ein, als ich eine scharfe Klatsche an meinem Geschlecht spürte. Es brannte, aber diese Art von Schmerz fühlte sich gut an.

»Du bist eine verzogene Göre. Daran werden wir arbeiten müssen.«

Ich zitterte angesichts seiner Worte, aber nicht aus Angst. Er war vielleicht wilder, wenn es um Lust ging, aber ich fühlte mich bei ihm einfach nur sicher. Also hielt ich dieses Mal den Mund.

»Viel besser.« Ich konnte das Grinsen in seiner Stimme hören. »Also, was willst du?«

Der Schmerz in meiner Brust zerriss jede bissige Erwiderung, die ich noch hatte.

»Dich«, schrie ich.

Julian knurrte zustimmend und ließ mich dann los. Meine zitternden Glieder konnten mich kaum noch halten, so angespannt waren meine Muskeln. Ein leichter Schlag auf meinen Rücken genügte und ich fiel nach vorn und landete auf meinen Ellbogen, das Gesicht nach unten gerichtet. Meine Beine zitterten vor Erwartung, als sein Schwanz meinen Eingang berührte. Er stieß einmal zu und füllte mich in einem Rutsch aus. Ich stöhnte in die Laken, ballte die Fäuste und biss in den glatten Stoff, als mein Körper fast zersprang.

Was in Teufels Namen ... Wie groß war er? Ich war keine Jungfrau mehr, aber verdammt. Ich war seit Jahren nicht mehr gefickt worden, was in diesem Fall vermutlich keine Rolle spielte. Doch als er sich zurückzog, flammte die vertraute Hitze in mir wieder auf; ich war immer noch so kurz vor dem Höhepunkt. Er stieß wieder in mich hinein und ich schaukelte vorwärts.

Ich merkte kaum, wie mein Haar angehoben wurde, als Julian es um seine Handfläche wickelte. Er packte es und zog es straff, schlang seinen Arm um meinen Oberkörper und führte meinen Körper nach oben, sodass ich genau dort war, wo er mich haben wollte.

Und er drang in mich ein. Wieder und wieder und wieder.

Mit gekrümmtem Rücken und seiner Hand auf meinem Unterleib verlor ich mich in den Gefühlen, während er in mich hämmerte. Ich spürte nicht einmal, wie sich mein Höhepunkt anbahnte, bevor er meinen Körper durchfuhr und mich dazu brachte, mich an ihn zu klammern, während ich vor Erleichterung zitterte und seinen Namen schrie.

Ihm gefiel das. Ich konnte es spüren, als er weiter in mich hineinpumpte und seiner eigenen Erlösung nachjagte. Ich zerrte an dem Kama um mich herum und atmete tief ein, während ich meinen Hintern nach hinten drückte und mich ihm ganz hingab. Er schob sich noch einmal in mich und brüllte. Die Holzpaneele über uns erbebten unter der Kraft seines Vorstoßes. Ich dachte, er würde das Haus zum Einsturz bringen.

Als das Zittern aufhörte und unsere Atmung sich beruhigte, ließ er mich los. Ich fiel auf schwachen Knien nach vorn.

»Du kannst unmöglich denken, dass ich bereits mit dir fertig bin«, flüsterte er über mir.

Die Bestie schnurrte und sie war nicht die Einzige.

Es würde eine lange Nacht werden.

Ich begann, in einen dichten Nebel aus Lust und Kama zu fallen.

Keine Ahnung, wie viel Zeit vergangen war oder wie oft er mich schon genommen hatte, bevor ich die Augen bemerkte, die uns beobachteten. Der goldene Blick, der uns aus der Ecke des Raumes heraus anschaute. Allistair trat aus dem Schatten und zu dem winterlichen Hauch gesellte sich etwas, das so zart wie Honig war. Es schlang sich um meine Glieder und hielt mich fest, während Julian mich von hinten fickte.

Nicht, dass ich mich hätte bewegen können, während mein Gesicht in die Matratze gedrückt wurde und er meine Arme hinter meinem Rücken festhielt. Julian hatte einen größeren Fetisch als Allistair, wenn es darum ging, mich unbeweglich zu machen. Dämonen und ihre Begierden.

Ich spürte es, als Julian bemerkte, wer hereingekommen war. Er strahlte eine leichte Besitzgier aus, während er mich unerbittlich vögelte. Eine Hand hielt meine Handgelenke, die andere griff meine Hüfte und lenkte mich, wie er es für richtig hielt.

Allistair stand am Rande, sein Körper war entspannt, sein Blick alles andere.

Ich musste zugeben, dass ich mich nie für eine Exhibitionistin gehalten hatte. Bis zu meiner Verwandlung hatte ich mich nie daran gewöhnt, andere zu beobachten oder mich von ihnen beobachten zu lassen. Es hatte etwas so Rohes, aber auch so Intimes an sich. Ich beobachtete ihn, während er Julian dabei beobachtete, wie er mich nahm.

Mit einer Handbewegung streifte er seine Anzugjacke ab und ließ sie auf den Boden fallen. Mein Herz schlug schneller.

Würde er sich uns anschließen?

»Möchtest du, dass ich mich euch anschließe?«, fragte er laut.

Ich horchte hinter mich und wartete auf die heftige Eifersucht, die Julian zuvor erfüllt hatte. Auch wenn ich keineswegs nur ihm gehörte, so gehörte ich doch ihnen und ich musste berücksichtigen, wie sie sich fühlten.

Die Bestie tastete sich vorsichtig vor und drängte mich, Allistair zu ermutigen. Die Blutmagie, die Julian angewandt hatte, hinderte sie zwar daran, die Kontrolle zu übernehmen, bis das hier vorbei war, aber sie war immer noch da.

Und sie wollte unbedingt, dass er sich zu uns gesellte.

Julian löste seinen Griff um meine Handgelenke, meine Arme fielen auf meine Seiten, seine Hand griff nach unten und drückte gegen meinen verhärteten Knoten. Er kniff in das Nervenbündel an der Spitze und entlockte meinen Lippen ein leises Stöhnen. Goldene Partikel benetzten meine Zunge und weckten ein weiteres Verlangen nach Sex. Ich konnte nicht genug von diesem Zeug bekommen. Ich brauchte mehr.

»Ruby, willst du das?«, fragte Julian.

»Allistair ...« Ich stöhnte, unfähig, nach ihm zu greifen oder mehr zu sagen.

Er hob seine goldenen Augen und sah Julian an, um seine Erlaubnis zu erbitten. Er schien einverstanden zu sein, denn ich hörte, wie Stoff zerrissen wurde, als Allistair sich das Hemd vom Leib zerrte. Das Geräusch des sich öffnenden Reißverschlusses löste eine weitere Welle der Euphorie in mir aus und ich stemmte mich hoch, um mein Gewicht zu halten, während Julian seinen Rhythmus beibehielt. Meine Lippen hingen leicht schief und meine Augen waren geschlossen, als ich ihn vor mir spürte.

Ich wartete nicht auf seine Anweisungen. Ich wusste, was er wollte.

Als ich meinen Mund weiter öffnete, schmeckte ich den weißen Tropfen auf seiner Spitze, als er seinen Schwanz in mich hineinschob. Ein Stöhnen hallte von ihm wider, als ich mit meiner Zunge über die Unterseite seines Schafts glitt und ihn tiefer in mich aufnahm. Julian drängte mich im wahrsten Sinne des Wortes an den Rand des Abgrunds. Mein Körper bewegte sich nach vorn und schob mich immer näher an Allistair heran.

»Wirst du für mich brüllen, Ruby?«, fragte Allistair.

Allistair wickelte eine meiner Haarsträhne um seine Hand und zog meinen Kopf nach hinten, um meinen Mund weiter zu öffnen. Ich war nicht auf den brutalen Angriff vorbereitet, den er mir mit einem Mal verpasste. Ich würgte einmal und versuchte, durch die Nase zu atmen. Der Orgasmus, der sich an mich herangeschlichen hatte, entglitt mir dadurch. Ich knurrte um ihn herum und sein Schwanz zuckte hinten in meiner Kehle.

Arschloch.

»Ich will hören, wie du für mich brüllst, so wie du es für

ihn getan hast«, drang Allistairs Stimme in meine Gedanken ein. Er ließ nicht locker.

Ich saugte kräftig und entlockte seinen Lippen ein leises Zischen. Er war nah dran. Nah genug, dass ich ihn provozieren konnte. Ich spürte, wie sich der Druck in ihm aufbaute.

Die Finger an meiner Klitoris hielten an und ich spürte einen weiteren scharfen Schlag auf meinen Hintern.

Ich stöhnte angesichts der Hitze, die bald darauf folgte. Mein Körper wurde schnell süchtig nach den kleinen Schmerzattacken, die Julian mir gern zufügte. Die Art und Weise, wie sie alle rationalen Gedanken ausschalteten und mich zwangen, mich zu unterwerfen.

»Er hat dich etwas gefragt, Ruby«, befahl Tod hinter mir. Er zog sich ganz zurück, seine Spitze verweilte nun an meinem Eingang und wartete darauf, dass ich nachgab.

»*Fickt euch*«, knurrte ich Allistair innerlich an, weil er mich drängte, und Julian, weil er sich zurückgezogen hatte.

Der zweite Schlag, der auf meinen Arsch traf, ließ mich würgen und meine Bauchmuskeln verkrampfen. Da war nichts Hartes oder Schweres in mir, das mich in die Vergessenheit hätte stürzen können. Ich stöhnte frustriert auf, Allistair immer noch in meinem Mund. Seine Atemzüge wurden mühsam, während ein feiner Schweißfilm an seinen unteren Bauchmuskeln herabrieselte.

Sie würden es auf die eine oder andere Weise aus mir herauslocken.

Das Feuer leckte in meinen Adern und erwachte um mich herum zum Leben.

»Nimm es weg, Ruby!«, forderte Julian mich auf.

Ich schluckte schwer, als meine Lippen vom Allistair gezogen wurde und der nächste Schlag durch mich hindurch hallte. Ich hörte, wie die Luft zischte, bevor ein weiterer Schlag folgte, der diesmal meine Oberschenkel traf. So nah an der Stelle, an der ich ihn spüren wollte. Hitze blühte in meiner Haut auf, als ich versuchte, mich zu zügeln und das Feuer zurückzudrängen.

»Ich sagte, du sollst es löschen, Ruby. *Jetzt!*«

Seine Kraft glitt über mich hinweg, als er Schläge auf meinen Hintern niederprasseln ließ. Es tat höllisch weh, aber ich wollte nicht, dass er aufhörte. Auf eine verkehrte Art und Weise war es nicht er, der hier die Macht hatte. Sondern ich. Indem ich ihn drängte, zog ich auch an ihm. Ich ermutigte die Schläge. Ich genoss den stechenden Biss seiner Handfläche und wusste, dass ein verdorbener Teil meiner Seele uns beide hierhergeführt hatte. In dem Feuer in mir fand ich Ruhe.

Ich streckte meine Hand zaghaft nach den Flammen aus, als wären sie eine Erweiterung meiner selbst, ähnlich wie die Bestie selbst. Das Geplänkel und die Gedanken flossen ganz leicht zwischen uns, vielleicht konnten das die Flammen auch. Ich war viel zu erschöpft, um mich gegen seinen Befehl zu wehren, und zog an meiner Verbindung zu den Flammen und der Bestie, um sie zum Rückzug zu bewegen.

Niemand war mehr überrascht als ich, als es klappte.

Die Bestie grinste schwach und von ihr ging etwas aus, das an Stolz erinnerte.

Ich blinzelte durch den tränenverschmierten Schleier und merkte erst jetzt, dass die Schläge aufgehört hatten. Mein Arsch würde so verdammt wehtun …

Das Bett bewegte sich, als Julian sich entfernte und mir sämtliche Aufmerksamkeit entzog. Das war nicht das, was ich von dieser Sache erwartet hatte.

Ich stöhnte auf, als ich mich in eine sitzende Position zwang. Schweiß und Tränen klebten mir das Haar ins

Gesicht und ich fuhr mir mit einer Hand durch die verfilzten Locken. Aus dem Augenwinkel heraus sah ich Julian um das Bett herumkommen und sich hinter mich stellen. Sein massiger Körper schimmerte im fahlen Mondlicht, das durch die Fenster fiel. Auf seiner Brust, über seinem rechten Nippel, leuchtete ein silberner Totenkopf. Sein Brandzeichen, wurde mir klar.

Hatte er vor ...

»Nein, ich bin nicht derjenige, der dich zuerst brandmarken darf«, antwortete er.

Aus den Schatten trat ein weiterer blonder Dämon hervor, der jedoch wie Gold glänzte. Ohne Hemd, nur mit einer abgetragenen Jeans bekleidet, kam Rysten an den Rand des Bettes.

»Hallo, Liebes«, flüsterte er leise. Er beugte sich vor, nahm sanft mein Gesicht zwischen seine Hände und küsste mich. Ich streckte meine Arme aus und schlang sie um seine Schultern. Der Kuss wurde intensiver, als sich unsere Zungen ineinander verschlangen. Die Bestie knurrte zustimmend.

Hinter mir senkte sich das Bett. Ich zog mich leicht zurück, um zu sehen, wer es war, aber Rysten hielt mich fest. Starke Hände und eine Aura wie Honig berührten mich, während Allistairs Hände über meinen nackten Rücken wanderten.

Würde er mich ...

»Nein«, antwortete Rysten auf meine stumme Frage.

Seine Lippen verließen die meinen und wanderten meinen Hals hinunter, wobei zwei scharfe Zacken daran zerrten. *Seine Reißzähne*, stellte ich erschrocken fest. Ich hatte seine Reißzähne noch nie gesehen.

Rysten trat zur Seite und Allistair drückte den Punkt zwischen meinen Schulterblättern und führte mich auf meine Hände und Knie. Er rieb mit seiner Handfläche über die warme, rote Haut an meinem Hintern und seine Finger streichelten gekonnt meine Pobacken. Ich versuchte, sie vor Schreck zusammenzukneifen, aber dafür war es bereits zu spät. Etwas Nasses und Glitschiges glitt über meinen Hintern, während Allistairs Atem die empfindliche Hautstelle direkt unter meinem Ohr streichelte.

»Laran wurde zuerst gebrandmarkt«, sagte Allistair.

Mein Atem stockte, als etwas gegen mich drückte, in mich eindrang und mich dehnte. Es war zu klein, um sein Schwanz zu sein, aber zu hartnäckig, um auch nur den Hauch eines Zweifels daran zu lassen, wie das hier ablaufen würde.

»Julian durfte dich zuerst ficken, und zwar mehrmals«, fuhr er fort und schob zwei Finger in mich hinein und wieder heraus. Das Gefühl verwandelte sich von unangenehm in ein regelrechtes Vergnügen, als Allistair seine Liebkosungen beendete und sich zurückzog.

»Rysten wird dich zuerst brandmarken, nachdem du ihn akzeptiert hast.«

Seine glatte Spitze drückte gegen mich und der Schrei von vorhin, den ich nicht hatte loslassen wollen, begann sich wieder zu formen, als er sich langsam in mich hineinschob. Ich machte keine Anstalten, ihn aufzuhalten, als ein brennendes Gefühl mich erfüllte, aber es war kein Feuer. Rystens geschickte Finger erdeten mich, als sie über meine Hüften glitten und sich langsam zwischen meine bereits feuchten Falten schoben.

»Ich darf deinen Mund und deinen Arsch vor den anderen beanspruchen, damit es fair bleibt.«

Meine Lunge würde zerfetzt sein, sobald sie mit mir fertig waren. Fuck, ich hätte sie in diesem Moment gleichzeitig lieben und hassen können. Allistair stöhnte, als er sich in mir einrichtete. Ich schimpfte mit mir selbst, um nicht ohnmächtig zu werden, als er sich langsam bewegte.

Zu voll. Ich atmete schwer. Ein. Aus. Ein. Aus.

Es waren zu viele Gefühle. Ich wollte alles, aber es brachte mich an den Rand des Wahnsinns, wie sie mich berührten, mich brachen und wieder zusammensetzten. Ein Schrei entfuhr meiner Kehle, als Allistair einmal in mich hineinstieß. Zweimal.

»Da ist mein Brüllen«, stöhnte er zufrieden.

Sein Schwanz beruhigte sich wieder in mir und gab mir die Chance, mich anzupassen. Ich beugte mich vor und wollte mich zurückziehen, aber ich wollte nicht, dass es aufhörte. Allistair traf die Entscheidung für mich und zog ihn halb heraus, bevor er wieder in mich eindrang. Das schmerzhafte Gefühl mischte sich mit einem Hauch von Lust.

Ich war kurz davor gewesen, zu kommen, doch die ganze aufgestaute Frustration von Julians Hand war mir entrissen worden, sodass ich eine zitternde, erschöpfte Masse von Gliedern zurückgelassen hatte. Ich hatte keine andere Wahl, als zu wollen und zu nehmen, was sie mir gaben.

Allistair schob seinen Arm unter meinen Oberkörper und hob mich auf die Knie, wobei meine Hände auf Rystens Brust ruhten. Meine tränenden Augen trafen auf die seinen, während er leise mein geschwollenes Fleisch auseinanderzog und mich mit seinen Fingern ausfüllte, während Allistair sein Tempo erhöhte. Er legte eine Hand in meinen Nacken und küsste mich. Ich stöhnte tief auf und die Lust grub ihre Krallen noch tiefer in meinen Körper.

Er schmeckte nach Wein und Blut, einer seltsam erotischen Kombination. Seine Zunge glitt an meinen Lippen vorbei und verschränkte sich mit der meinen, während er mich tiefer in den trüben Dunst zog, in dem Worte nicht mehr ausreichten. Ich kniete vor den beiden und gab mich ihnen hin, indem ich meinen Rücken für Allistair krümmte und mich an Rysten lehnte. Eine Hand wanderte nach oben und legte sich auf die Wölbung seiner Brust, die knapp unter seiner Kehle lag.

Die Bestie nickte zustimmend und führte mich, als das Feuer unter meiner Handfläche aufflammte. Rysten legte seine Hand um meine Kehle und drückte zu, während seine Finger meine Klitoris umschlangen und mein Orgasmus mich schnell durchfuhr. Allistair fluchte, als sich meine Muskeln um ihn herum verkrampften. Er stieß seinen Schwanz noch einmal in meinen Arsch und fand seine eigene Erlösung.

Kama erfüllte die Luft und bohrte sich in meine Haut. Ich genoss das Gefühl, Allistair hinter mir und Rysten vor mir zu haben, während ich Feuer und Magie in seine Haut brannte und ihn als meinen Gefährten beanspruchte.

Die Hand an meiner Kehle zog sich zusammen, als eine unbekannte Energie mich überflutete. Sie füllte mein Blut mit Dunkelheit und Schatten und durchtränkte meine Seele mit einer rohen Energie, die mich erdete. Es war die Ruhe nach dem Sturm. Die Mitternachtsbrise, die rief. Während ich ihn mit Feuer und Leben erfüllte, versorgte er mich mit Frieden und Dunkelheit.

Und tief in ihrem Inneren beruhigten sich die Bestie und die Flammen, als sie glücklich seufzte. Zum ersten Mal seit dreiundzwanzig Jahren war sie in den Armen unserer Gefährten wirklich zufrieden.

ALLISTAIR

Sie war wirklich unersättlich.

Ich hatte noch nie einen Sukkubus getroffen, der mich bis an meine Grenzen treiben konnte. Sie produzierte genug Kama, um mich zu sättigen, wenn ich nur im selben Raum wie sie stand. Nach einer Woche musste ich mich aus ihrem Bett krallen und sie mit Rysten und Laran allein lassen, um mit Julian sprechen zu können.

»Gibt es etwas Neues von Bandit oder Moira?«, fragte ich ihn.

Ich musste leise sprechen, selbst auf der Veranda, wo mehrere Wände zwischen uns standen. Man konnte nie wissen, welche Fähigkeiten während der Verwandlung zum Vorschein kommen würden, und das Letzte, was wir brauchten, war, dass sie derart in Rage geriet. Wie die Bestie es geschafft hatte, sich ohne uns zu beherrschen, zeugte von der Macht und Kontrolle dieses Wesens.

»Nichts«, antwortete Julian.

Ich nickte einmal, denn ich wusste, was das bedeutete. Jemand hatte sie wahrscheinlich mit Ruby gesehen und sie in eine Falle gelockt.

»Hat Sin etwas gefunden?« Ich kannte die Antwort bereits, aber ich musste es loswerden. Ich musste wissen, dass wir alle Möglichkeiten ausschöpften, um ihre Vertrauten zu finden.

»Nichts, worüber sie berichtet hat. Sie meinte, die Spur sei im Untergrund kalt geworden. Sie vermutet, dass die Le Dan Bia sie jetzt haben, aber da sie so ist, wie sie ist, will sie nicht hineingehen, um es herauszufinden.« Julian konnte sich aufgrund der Blutmagie, die sie für die Dauer ihrer Verwandlung miteinander verband, davon distanzieren. Es fiel ihm schwer, sich auf etwas anderes zu konzentrieren. Das war bei den anderen drei von uns nicht der Fall. Wir wussten, was auf uns zukommen würde, wenn sie es herausfand.

Verwandlung oder nicht. Bestie oder nicht. Sie würde diese Information nicht gut aufnehmen.

»Ruby könnte versuchen, einen von uns zu töten, wenn sie es herausfindet«, antwortete ich und Julian nickte.

»Ich würde nichts anderes erwarten. Gut, dass ich nicht sterben kann.«

Das konnte man von ihren Vertrauten leider nicht behaupten.

25

Ich schwebte auf Rauch. Oder vielleicht flog ich auch.

Es war schwer zu sagen, als ich auf die Welt unter mir hinunterblickte. Unter einem mondbeschienenen Himmel wüteten blaue Flammen in einem Wald. In diesem Himmel saß ich und sah zu, wie alles brannte. Normales Feuer brauchte Zeit, um sich zu einem alles verzehrenden Ungeheuer zu entwickeln, aber die Flammen der Hölle waren nicht normal. Sie funktionierten nicht auf diese Weise. Stattdessen wurde alles, was sie berührten, augenblicklich zu Asche, während sie über das Land hinwegfegten.

Die Bestie fühlte eine kleine Erregung angesichts der Szene unter ihr, aber dieses Mal teilte ich dieses Gefühl nicht mit ihr. Das hatte ich nicht gewollt. Feuer war Leben, Licht und Reinigung, aber es war auch tödlich und zerstörerisch. Der Wind blies warme Luft über meine Haut und Lagen von Stoff legten sich um meine nackten Beine. Zwei lange Stoffbahnen hingen über meine Schultern und bedeckten kaum meine Brüste. Der Stoff wurde mit einem zierlichen goldenen Gürtel um meine Taille geschnürt. Der

Onyx-Stoff wickelte sich um meine Waden und schlängelte sich um meine Knöchel. Ich saß auf Rauch oder, wahrscheinlicher, auf einer Wolke, denn die Flammen gaben keinen Rauch ab. Wo ich war oder wie ich hierhergekommen war, entzog sich meiner Kenntnis. Ich spürte ein ständiges Unbehagen, dass dies nicht richtig war. Dieser Ort, wo auch immer ich war, hatte es nicht verdient zu brennen.

Ich streckte meine Hand nach den Flammen unter mir aus und rief sie zu mir zurück. Sie erstarrten in ihrer wütenden Zerstörung. Es gab eine klare Grenze zwischen all dem, was bereits gebrannt hatte, und der Welt dahinter, die noch brennen konnte. Ich konnte das nicht zulassen. Genauso wie ich die Flammen entfesseln konnte, musste ich sie auch kontrollieren. Ich musste verhindern, dass sie alles zerstörten.

Mit diesem Gedanken zog ich sie zu mir heran und bemerkte erst dann das Lächeln der Bestie.

»Du bist bereit«, flüsterte sie.

Ich blinzelte und als ich meine Augen öffnete, begrüßte mich der Mitternachtshimmel. Millionen von kleinen weißen Lichtern leuchteten in Konstellationen, die man in keiner Stadt sehen konnte. Ich starrte sie kurzzeitig ehrfürchtig an.

»Ruby!«, rief jemand.

Ich blinzelte erneut und schaute zur Seite. Dunkles Glitzern bedeckte den Boden, so weit meine Augen sehen konnten. Es funkelte unter dem Nachthimmel und reflektierte die Sterne darüber.

Was in Satans Namen hatte ich dieses Mal getan?

Ich gähnte herzhaft und streckte mich träge wie eine Katze, bevor ich mich vom Boden in eine sitzende Position erhob. Die vier Reiter standen vor mir und jeder von ihnen machte einen mehr oder weniger bösen Gesichtsausdruck. Ich wusste, dass ich tief in der Scheiße steckte, und ich hatte dieses Mal nicht einmal bewusst etwas getan.

Ich stöhnte angesichts der Steifheit in meinen Beinen, als ich mich aufrichtete. Ich war eingeschlafen und hatte wieder alles in Brand gesteckt, so viel war klar. Außerdem war ich splitternackt und fühlte mich klebrig zwischen den Schenkeln. Das lag wahrscheinlich an den Unmengen an Sex der letzten ... hm, wie viel Zeit war vergangen? Ich konnte einfach nicht genug bekommen. Nachdem Rysten mich gebrandmarkt hatte, war alles ein wenig aus den Fugen geraten. Ich erinnerte mich an Haut, viel Haut und den unverwechselbaren Geschmack ihrer Kama – und an viele Bisse, vielleicht auch etwas Blut ... ach, verdammt. Ich war eine dreckige Schlampe, und sie hatten das einfach so akzeptiert.

Was brachte es, eine Dämonenkönigin zu sein, wenn man sich nicht manchmal ein bisschen sündig benehmen konnte? Meine neue Position begann mir zu gefallen und das hatte viel mehr mit den vier vor mir zu tun als mit einer Krone.

»Wie geht es dir, Liebes?«, fragte Rysten und trat nach vorn. Ebenfalls nackt. Sie waren alle nackt. Hmm ... ich schluckte schwer und wandte meinen Blick ab, um nicht von einem Schwanz zum nächsten zu schauen.

»Ich ...« Ich hustete, als hätte ich zwanzig Jahre lang jeden Tag eine Packung geraucht. »Meine Kehle ist trocken.«

Rysten nickte, als hätte er das erwartet, und beugte sich vor. Anstatt mir wie ein normaler Mensch die Hand zu reichen, nahm er mich in die Arme. Ich zuckte zusammen, denn ich mochte es nicht besonders, hochgehoben zu werden. Ich wusste, dass viele Mädchen das liebten, aber ich war groß. Dieses Sprichwort über große Menschen? Je größer du bist, desto härter fällst du? Als jemand, der viel Zeit damit verbracht hatte, zu fallen, fand ich das ziemlich zutreffend.

Rysten legte einen Arm unter meine Knie und schlang den anderen um meinen nackten Rücken, um mich an seine Brust zu schmiegen, obwohl es das Letzte war, worauf ich Lust hatte.

»Lass mich runter! Du großer Trampel ...« Ich stieß ihn mit dem Ellbogen in die Brust und Rysten seufzte.

»Meinst du, du schaffst es, vorerst nichts anderes niederzubrennen?«, fragte er freundlich.

Ich runzelte die Stirn und kniff die Augen zusammen.

»Vielleicht ...« Ich verstummte und wollte schon weitersprechen, als die Luft um uns herum zu zischen begann. Statt auf einer abgebrannten Lichtung zu stehen – oder wie ein fauler Sack getragen zu werden –, standen wir nun in einem vertrauten Wohnzimmer. Rysten trug mich zur Couch, während Julian hinter ihm aus dem Schatten trat. Ein Feuerring erschien zu unserer Linken und Laran kam mit Allistair hindurchgeschlendert. Rysten legte mich fast behutsam auf die Couch, bevor er sich zurückzog. Er knipste das Licht in der Küche an und begann, den Kühlschrank zu durchwühlen.

Das war seltsam. Auf so vielen Ebenen seltsam.

Allistair schenkte sich ein Glas Scotch ein und ließ sich im Sessel mir gegenüber nieder. Sein halbharter Schwanz lenkte mehr ab, als ihm vermutlich bewusst war, während seine Augen über meinen nackten Körper wanderten. Wir waren eklig – ekelhaft eklig – und trotzdem hätte ich ihn wahrscheinlich auf der Stelle reiten können, ohne mir Sorgen darüber zu machen. Ich musste wohl offiziell den Verstand verloren haben.

Julian kam mit einem Glas Wasser und zwei kleinen roten Pillen aus der Küche. Er reichte sie mir schweigend und verschwand dann, während ich das Wasser und das, was wahrscheinlich Ibuprofen war, in drei Sekunden hinunterschluckte. Um die seltsame Atmosphäre zu vervollständigen, hob mich Laran trotz meines Murrens hoch und legte sich neben mich, wobei mein Kopf auf seiner Brust ruhte.

Hmm ... vielleicht war es gar nicht so schlecht, den Verstand zu verlieren.

Einer seiner Arme schlängelte sich um meine Taille und der andere schob meine Haarpracht zur Seite. Seine Finger wanderten meinen Hals hinunter zu dem Muskel, an dem sich Nacken und Schulter trafen, und massierten langsam die Verspannungen heraus. Meine Zehen krümmten sich nach innen, als ich ein kleines Stöhnen der Erleichterung ausstieß, und die seltsame, ziemlich normale Atmosphäre erstarrte, als einer der anderen drei sich zu uns umdrehte, und Julian ihm einen vernichtenden Blick zuwarf.

Was ist mit dem Teilen passiert? Ich seufzte innerlich, aber das war mir eigentlich egal.

»*Er teilt nur dann gern, wenn er dabei ist*«, ertönte eine warme Stimme.

Ich zuckte überrascht zusammen und sah mich um, bevor ich merkte, dass es Laran war. An die Sache mit der Gedankenübertragung musste ich mich erst einmal gewöhnen.

»Telepathie«, antwortete er laut, immer noch auf etwas bezogen, das ich offensichtlich nicht gesagt hatte, aber er versuchte, mich ein bisschen weniger zu erschrecken. Ich schmiegte mich wieder an ihn und er fuhr mit der Massage fort.

»Ihr könnt jetzt also meine Gedanken hören?«, fragte ich. Alle im Raum nickten und ich verzog die Lippen. »Warum kann ich dann nicht alle eure hören?«

»Du solltest unsere überhaupt nicht hören können, es sei denn, wir schicken sie dir, aber du scheinst deine zu projizieren und gleichzeitig in unsere hineinzulauschen.«

Allistair schien das zu beunruhigen. Eine dünne Ranke des Misstrauens umgab ihn. Zögern.

»Das stört dich«, bemerkte ich.

Der Duft von frischem Kaffee erfüllte meine Nase, als ein brutzelndes Geräusch die Luft durchdrang. Mein Blick schweifte in die Küche, wo Julian einen riesigen Kaffeebecher füllte, während Rysten etwas brutzelte, das verdächtig nach Bacon roch. Ich fragte mich, ob es Samstag war …

»Du hast während der Verwandlung eine Menge Fähigkeiten gezeigt. Es ist zwar nicht zu erwarten, dass du sie alle behältst, aber du hast so viele gezeigt, dass es ungewöhnlich ist …« Seine Stimme versiegte, als Julian meinen Blick auf sich zog. Er reichte mir schweigend die Tasse Kaffee und hielt mir die andere Hand entgegen, um das leere Glas zu nehmen. Ich tauschte mit ihm und murmelte meinen Dank, während ich meinen ersten Schluck puren Himmels seit viel zu langer Zeit zu mir nahm.

»Warum sollte ich sie nicht alle behalten?« Mein Verstand schien sich daran zu stören. *Bedeutete das, dass ich das Feuer verlieren würde? Wenn ich das verlieren würde …*

»Du wirst das Feuer nicht verlieren, Ruby. Alle Fähigkeiten, die du vor deiner Verwandlung hattest, sind immer noch da, nur jetzt stärker. Einige Dinge, die du während deiner Verwandlung tun konntest, sollten auch erhalten bleiben, andere wahrscheinlich nicht.«

Ich nickte bestätigend, obwohl das für mich überhaupt keinen Sinn ergab. Warum sollte ich einige behalten und andere nicht? Das erschien mir albern. Allistair seufzte und Laran schmunzelte. Offenbar fanden sie das lustig.

»Während der Verwandlung erhält ein Dämon alle Fähigkeiten aus seinem Genpool. Wenn sich dein Körper an die Unsterblichkeit anpasst, bleiben die schwächeren Fähigkeiten normalerweise nicht erhalten. Stattdessen wird diese Energie absorbiert und für andere Dinge verwendet. Zum Beispiel für beschleunigte Heilung.«

Seine Erklärung machte zwar Sinn, aber mein Körper tat eindeutig nicht seine verdammte Arbeit. Der Schmerz zwischen meinen Schenkeln war zwar nicht wirklich qualvoll, aber auch nicht gerade angenehm. Allistair schenkte mir ein rücksichtsloses Grinsen und Larans Hand schloss sich fester um meine Taille.

»Du hast die Verwandlung noch nicht ganz überstanden«, antwortete Allistair.

»Immer noch nicht?«, fragte ich. Er nickte und ich nahm einen weiteren Schluck Kaffee.

»Das Schlimmste hast du in der Hütte durchgemacht. Jetzt dürfte es nur noch einen Tag dauern, bis es dir besser geht als je zuvor. Bis dahin braucht dein Körper viel Schlaf und Nahrung ...« Sein Blick fiel auf meine Lippen, über die ich leckte. Allein die Erwähnung von ... »Richtige Nahrung, nicht nur Kama«, fügte er fest hinzu.

Die Spannung in der Luft nahm zu und sein Schwanz wurde zu einer dicken Säule. Kama pulsierte hinter mir, als Larans magische Hände die Spannung von meinen Schultern nahmen. Es strich über meine Haut und ließ mein Gehirn für eine Sekunde zu Brei werden.

In der Küche wurde ich durch einen Knall und lautes Fluchen aus meinen Gedanken gerissen. Ich schaute auf und sah, wie Julian Laran einen weiteren Todesblick zuwarf, gefolgt von einer mentalen Drohung, von der er wahrscheinlich dachte, ich hätte sie nicht gehört. Ich grinste vor mich hin und versteckte mein Grinsen hinter dem Rand meines Kaffeebechers, als ich einen großen Schluck nahm. Das bittere Brennen bewirkte genau das, was ich brauchte: Es befreite meinen Kopf von weiteren Gedanken an Sex.

»Also ...«, brachte ich hervor. »Warum habt ihr mich zur Hütte gebracht und nicht hierher?«

»Wir hatten keine Struktur, die stark genug war, um dich zu halten«, antwortete Julian aus der Küche. Er kam mit einem Teller Bacon heraus und hob meine Füße an, damit er sich auf das Ende der Couch setzen konnte. »Wir hatten gehofft, dass das mit den Schutzwällen klappen würde, aber nachdem du das erste Mal ausgebrochen bist, wollte ich das nicht noch einmal riskieren.«

Ausgebrochen? Ha. Ich hatte ihnen die Ärsche versohlt und war drei Stockwerke hinuntergesprungen wie ein Boss. Nette Art, das herunterzuspielen, Julian. Wirklich nett.

Allistair verschluckte sich an seinem Scotch und hustete zweimal, während Rysten in der Küche murrte. Nur Laran klang halb so amüsiert wie ich, als er ein tiefes Lachen ausstieß.

»Du hast mich also mitten in den Wald gebracht, damit ich nicht weglaufen kann? Und wenn doch, hätte ich sowieso nirgendwo hingehen können ...«

Julian nickte und bot mir den Teller mit dem Bacon an. Ich nahm ihn freudig entgegen und begann zu mampfen.

»Du weißt, dass das unheimlich ist, oder? Du hast mich buchstäblich mitten ins Nirgendwo gebracht, damit du ...«

»Damit ich dich ficken konnte?«, fragte Julian und starrte mich ohne Gewissensbisse an.

Ich zuckte mit den Schultern. Mich ficken. Mich in die Mangel nehmen. Bei ihm war der Unterschied gering. Der dunkle Schimmer in seinen Augen verriet mir, dass er das gehört hatte und noch viel mehr davon vorhatte. Ich erschauderte, und zwar ausschließlich vor Lust. Da war keine Spur von Angst.

»Wir mussten dich auch aus der Stadt bringen, Liebes. Es gab zu viele Menschen, die gestorben wären, wenn du dich im Schlaf zur Supernova entwickelt hättest«, fügte Rysten hinzu, als er ins Wohnzimmer kam und sich am Hinterkopf kratzte.

Auf seiner Brust, direkt unter der Vertiefung in seinem Hals, wirbelte ein dunkelblaues Pentagramm wie Rauch. Einerseits sah es fast schon cool aus, weil Zeichen das nie taten. Andererseits hatte mein Feuer keinen Rauch, also wusste ich nicht, warum es sich immer wieder auf diese Weise manifestierte. Er warf einen Blick auf die Sitzordnung und setzte sich auf die Couch nebenan.

Ich wusste, dass Dämonen sich nackt recht wohlfühlten, aber diese Gruppennacktheit brachte das Ganze auf eine neue Ebene. Ich würde einige Zeit brauchen, um mich an diese neue Dynamik zu gewöhnen.

»Wir haben jetzt alle Zeit der Welt, kleiner Sukkubus, sobald wir ...« Allistair hielt inne und sein Blick fiel auf Julian. Ich runzelte die Stirn und neigte meinen Kopf zur Seite.

Wollten sie wirklich wieder etwas vor mir verheimlichen? Was sollte der Scheiß?

»Es ist nicht so, wie du denkst«, sagte Laran. Seine Hand wanderte über meine Schultern und versuchte, die Verspannungen zu lösen. Sein Kinn lag genau auf meinem Kopf, wo er mich an sich gedrückt hatte.

»Das wäre leichter zu glauben, wenn ihr vier nicht weiterhin Geheimnisse hättet und versuchen würdet, jeden Aspekt meines Lebens zu kontrollieren«, erwiderte ich, mehr als nur ein wenig angesäuert.

Wir mochten Gefährten sein. Perfekt waren sie aber nicht. Oder vernünftig. Das durfte ich nicht vergessen.

»Wir tun es nur, um dich zu beschützen, Liebes ...«

»Lass den Scheiß, Rysten!«, schnauzte ich. Etwas fehlte hier. Etwas, das so offensichtlich war, dass es direkt vor mir lag ... »Wo ist Moira?«

Schweigen.

Es sah so aus, als würde ich den Kern der Sache selbst herausfinden.

»Wo. Ist. Moira?«, wiederholte ich. Sie war meine Vertraute, verdammt noch mal. Wenn sie es mir nicht sagen wollten, musste ich es selbst herausfinden. Ich öffnete meinen Geist und versuchte, meine Fühler auszustrecken ...

»Sie wird es sowieso herausfinden.«

»Und dann werden Köpfe rollen, wenn sie es erfährt.«

»Die Todesfee hat ihre Wahl getroffen ...«

»Moira ist ihre Vertraute, genauso wie Bandit.«

Laran war der Einzige, der meinen Waschbären nicht als Ungeziefer betrachtete. Apropos ...

»Wo sind Moira und Bandit? Wo sind meine Vertrauten ...« Ich verstummte, als eine Szene vor meinen Augen auftauchte.

Im Untergrund hatte Julian mich gepackt. Ich erinnerte mich, dass er mich gepackt hatte, aber ich hatte nicht bemerkt, dass Bandit dabei heruntergefallen war. Er war zwischen unseren Füßen hervorgekrochen und in den Mob gesprungen. Wo ihn seither niemand mehr gesehen hatte ...

genauso wenig wie Moira.

Ich blinzelte und mein Körper zuckte, als ich mich von Julian löste und die Erinnerung abschnitt. Er würde es wirklich bereuen, mich mit Blutmagie gefesselt zu haben, denn die Verwandlung war noch nicht vorbei, aber sie fehlten – und jetzt wusste ich es.

26

MOIRA

ICH KNABBERTE AN DEN RESTEN DES HALB aufgegessenen Truthahnsandwichs, das eine der Wachen gestern Abend gegessen hatte. So unappetitlich es auch war, es war immer noch Essen, möglicherweise das einzige Essen, das ich in den nächsten achtundvierzig Stunden sehen würde. Nicht viele Menschen brachten Dinge aus der Welt da oben mit, außer Stripperinnen, Alkohol und Köder für ihren barbarischen Ring.

Als Kind war ich immer wieder in einem Ring wie diesem gefangen gewesen. Jetzt wusste niemand, dass ich hier war. Ich konnte mich frei bewegen, umherwandern und beobachten, aber sie konnten mich nicht sehen oder hören und ich konnte nicht direkt mit ihnen interagieren – ich und der Müllpanda.

Zu seiner Verteidigung musste ich sagen, dass seine Fähigkeiten, Müll für uns beide zu finden, hier unten sehr nützlich waren, auch wenn ich nicht erwartet hätte, dass ich sie jemals brauchen würde. Ich war nur froh, dass der kleine Kerl so besorgt war, uns beide am Leben zu erhalten, dass er daran dachte zu teilen, anstatt seinen Hintern fett und glücklich zu fressen. Obwohl er ein besseres Kissen abgab, wenn er es war.

Ich riss das Sandwich in zwei Hälften und reichte ihm eine. Bandit wickelte seine Pfoten darum und fing an, es zu verschlingen. Wenigstens waren meine beweglichen Daumen nützlich, um Wasserflaschen von der Bar zu klauen und uns mit Flüssigkeit zu versorgen. Das hielt die Wachen nicht davon ab, die Wassernäpfe zu leeren, die ich für ihn angefertigt hatte, weil sie sie für Müll hielten. Mit diesem verdammten Fluch war ich schon vor zwei Wochen durch gewesen. Ich hob meinen Flügel und starrte auf die Rune auf meinem Rücken.

Verdammter Fae. Verdammter Seelie.

Wenn ich hier rauskam – und das würde ich –, würde irgendjemand sterben.

»Lass dir das von jemandem sagen, der sich auskennt: Die Fae sind nicht so leicht zu töten.«

Mein Nacken knackte, weil ich mich so schnell drehte, und Bandit sprang mir zu Hilfe.

»Du kannst mich sehen?« Ich war völlig verblüfft. Nachdem ich zwei Wochen lang nichts anderes als ein Geist gewesen war, musste das eine Halluzination sein. Nur meine Fantasie konnte sich eine so schöne Frau ausdenken, die in meiner dunkelsten Stunde zu mir sprechen konnte.

»Das kann ich, aber ich bin eigentlich seinetwegen hier.« Sie deutete mit einer lila Kralle auf den Müllpanda und etwas daran weckte meine Erinnerung.

»Ich habe dich schon mal gesehen«, sagte ich zu ihr. Sie lächelte ein bisschen wie eine Füchsin und schnippte mit den Fingern. Die Kleidung wechselte von dunklem Kampfleder zu einem Paar enger Jeans und einem abgeschnittenen Shirt, auf dem in Neon-Pink ›Voodoo Doughnut‹ stand. »*Du!*«

»Ich«, stimmte sie zu und nickte mit dem Kopf, als fände sie das amüsant.

»Was tust du hier? Und warum kannst du mich sehen?«, fragte ich und kniff die Augen zusammen. Nachdem ich genug geredet und geschrien hatte, wusste ich endlich, wie ich die Schallwellen bis zu einem gewissen Grad kontrollieren konnte, aber es war einfacher, sie ganz zu ignorieren, da ich nichts gegen meinen Fluch ausrichten konnte.

»Das Warum und Wie ist gar nicht so wichtig.« Sie holte mit einer Krallenhand aus und erwischte Bandit schneller, als er reagieren konnte. Der Waschbär drehte sich, um sie zu beißen, aber sie zog sich bereits zurück. »An deiner Stelle würde ich allerdings die Augen offenhalten. Ruby wird bald hier sein.«

Sie verschwand, als wäre sie nie da gewesen, aber selbst im dunklen Licht konnte ich nicht übersehen, was sie Bandit genommen hatte. Haare. Fünf kleine blaue und schwarze Haare.

Ich zog den Waschbären an meine Brust, um ihn zu beschützen. Denn was auch immer sie wollte, sie hatte es bekommen, und ich hatte ein ungutes Gefühl dabei, was Ruby zum Herkommen bewegen könnte.

27

»Ihr habt sie im Untergrund gelassen«, kreischte ich. Es war keine Frage.

Ich sprang von der Couch und landete auf meinen immer noch wackeligen Füßen. Der Teller mit dem Bacon kippte von der Couch und fiel auf den Boden, wo niemand nach ihm griff. Alle Augen waren auf mich gerichtet, als ich die Arme vor der Brust verschränkte und Julian finster anblickte. Sicher, sie waren alle schuld, aber es war Julian, der sie dazu gebracht hatte, die Suche abzubrechen.

Laran. Laran war der Letzte, der während meiner Verwandlung zu mir gekommen war. Er war am längsten draußen geblieben, um nach Moira und Bandit zu suchen, aber sie schienen weg zu sein. Aber ich wusste, dass das nicht stimmen konnte, denn sie waren meine Vertrauten und wenn sie Schmerzen gehabt hätten, hätte ich das gespürt ... oder nicht?

Shit. Shit. Diese eierleckenden Mistkerle ...

»Ich kann dir versichern, dass ich nicht an Eiern lecke«, warf Allistair ein.

Mit meiner Tasse Kaffee in der Hand stürzte ich mich auf ihn und tat das Einzige, was mir einfiel.

Ich warf sie nach ihm.

Wütend schüttete ich ihm meinen guten, heißen Kaffee ins Gesicht und behauptete mich. Ich hatte keine Lust zu fliehen, wie ich es wahrscheinlich hätte tun sollen.

»Ihr Schweine habt sie dort gelassen«, brüllte ich.

Etwas flackerte tief in mir auf; nicht die Bestie und auch nicht die Verbindung zu den Reitern. Es war etwas anderes. Jemand anderes.

Ich schob es beiseite und war mir fast sicher, dass es nicht Bandit war.

»Wir wollten sie nicht verlassen, Ruby, aber du brauchtest deine anderen Gefährten ...«, versuchte Julian einzuwerfen.

»Wir sind doch auch ohne sie gut zurechtgekommen«, schnauzte ich. Okay, das war vielleicht nicht die größte Beleidigung aller Zeiten, aber ich war so wütend. Moira und Bandit waren da draußen, wahrscheinlich verängstigt und einsam und ...

»Ich bezweifle sehr, dass der Waschbär Angst hat oder einsam ist, Schatz. Er ist ein wildes Tier. Er kann in der freien Natur überleben.« Rystens Worte trugen nicht dazu bei, mich zu beruhigen. Ich wusste, dass er Bandit nicht mochte, aber das war mir scheißegal. »Und die Todesfee ist jetzt eine Legion. Sie kann auf sich selbst aufpassen.«

»Ihr habt meine *Vertrauten* in einem Untergrund-Kampfring im Stich gelassen, der Spaß am *Töten* hat. Versteht ihr überhaupt den Ernst der Lage?«, fragte ich, während sich echte Hysterie in meine Stimme schlich.

»Wir haben sie nicht im Stich gelassen«, begann Laran. Ich drehte mich zu ihm um, die Hände an den Seiten geballt, nicht im Geringsten amüsiert darüber, dass dies eine Art Scherz sein sollte. Was auch immer er zu sagen hatte, es sollte besser gut sein. »Wir haben eine Freundin von uns beauftragt, sie zu finden. Wenn jemand das kann, dann sie.«

Sie? Etwas Hässliches streifte meine Brust. *Eifersucht.*

Allistair schmunzelte leise, obwohl der Kaffee an seinem Körper heruntertropfte.

»Was zum Teufel findest du so lustig?«, schnauzte ich ihn an.

»Dich. Ich kann nicht glauben, dass du nach den zwei Wochen, die wir gerade hinter uns haben, eifersüchtig bist«, lachte er weiter, aber mein Inneres kräuselte sich angesichts des Horrors in seiner Aussage.

»Sie sind seit *zwei Wochen* im Untergrund gefangen?« Dieses Mal erhob sich meine Stimme nicht. Da war keine Hysterie. Nur die eiskalte Erkenntnis, was ich getan hatte.

Moira, die sich vor Angst kaum bewegen konnte, als wir nach unten gegangen waren ... saß in der Falle. Ich wusste es einfach. Warum sonst sollten sie sie nicht finden können?

»Wir wissen nicht, dass sie da unten sind.« Ich hörte die Worte, schmeckte aber auch die Lüge dahinter.

»Wo sollten sie denn sonst sein?«, entgegnete ich kalt und forderte ihn geradezu auf, es zu sagen.

»Sie könnten geflohen sein, Liebes ...« Rysten hielt inne, als mein dunkler Blick zu ihm wanderte.

»Das glaubst du genauso wenig wie ich.«

»Ich bin mir sicher, dass es ihnen gut geht«, begann Allistair zu sagen und ich explodierte.

»Stopp!« Mein Kopf drehte sich, als sich die Energie in mir sammelte. Feuer leckte an meiner Haut und verbrannte all die unangenehmen Substanzen, die sie bedeckten. »Hört auf, mir zu sagen, was ich denken oder fühlen soll, denn ihr habt es versaut. Schon wieder. Ihr wusstet es besser, als sie da unten zu lassen. Ich würde mich lieber unter Schmerzen verwandeln, als dass ihr sie dort unten zurücklasst. Das wusstet ihr, verdammt«, sagte ich und drehte meinen Kopf wild herum, um Julian anzustarren. Er hatte es zwar gewusst, aber die meisten Dinge jenseits von mir, seinen Brüdern und seiner Pflicht interessierten ihn so wenig, dass er während unserer gemeinsamen Zeit nicht daran dachte. Die Entscheidung fiel ihm so leicht, dass er sie nicht einmal bedauerte.

»Ihr habt meine beste Freundin und Bandit in einer fremden Stadt zurückgelassen. Vor den Toren der Hölle, um genau zu sein. Ihr habt sie in einem der fiesesten Kampfringe des Kontinents allein gelassen, wo entweder einer oder beide ...«

Meine Kehle schnürte sich zu. Ich konnte es mir nicht leisten, so zu denken. Ich konnte es mir nicht leisten, dass Wut oder Eifersucht oder etwas anderes das, was ich tun musste, trübten.

Die Atmosphäre im Raum wurde ruhiger.

Ich stürmte den Flur hinunter und in das erste Schlafzimmer, das ich sah.

In meinem Kopf spielten sich eine Million Szenarien ab, als ich die Schubladen vor mir aufriss. Ich zog mich an, ohne zu denken oder zu fühlen ... Nein, das war gelogen. Ich konnte nicht nicht fühlen, aber was ich fühlte, tat weh. Die Reiter hatten eine Menge verrückter und dummer Dinge getan. Ich auch, aber diese Entscheidung brannte wie Verrat.

Es war ja nicht so, dass sie nicht wussten, dass sie da gewesen war – genau wie Bandit. Sie hatten es gewusst und sich trotzdem entschieden, zu gehen. Egal, wie sie es begründeten, das war inakzeptabel. Moira war nicht nur meine Vertraute, sie und Bandit waren meine gottverdammte Familie und wenn sie nicht lernten, was das bedeutete, dann hatte ich keine Lust, meinen Atem zu verschwenden.

»Wohin gehst du?«

Ich konnte sie nicht sehen, aber ich wusste, welcher von ihnen gefragt hatte. Nur einer von ihnen würde es so formulieren, dass ich mich selbst infrage stellen würde. Sie wussten, was ich vorhatte, und bis zu einem gewissen Grad schaffte er es, die Frage wie eine Drohung klingen zu lassen.

»Ich gehe, *Tod*«, spie ich. »Irgendjemand muss Moira und Bandit suchen gehen.«

Ein Teil von mir hatte das Gefühl, dass ich etwas zu hart war. Die Bestie hatte sie hergebracht und ich war diejenige, die dort runtergegangen war, um mich mit den Le Dan Bia anzulegen, aber das entschuldigte nicht die eklatante Geringschätzung ihres Lebens. Es entschuldigte auch nicht, dass Moira dort unten gefoltert werden könnte oder noch schlimmer ...

Jemand legte mir eine Hand auf die Schulter, aber ich schüttelte sie ab und zog mir ein Tanktop über den Kopf. Oben auf der Kommode lag ein Haufen Haargummis. Ich nahm mir zwei und zog mein zerzaustes Haar zurück. Es könnte wirklich eine gründliche Wäsche vertragen, aber das musste warten. Moira war da draußen und Bandit auch.

»Ruby.« Eine weitere Hand griff nach meiner Schulter und ich versuchte, sie wegzuschieben. Wieder einmal war die Stärke, die ich vorher gehabt hatte, verschwunden. Vielleicht war das eine der Kräfte, die ich nicht behalten durfte. Das wäre zwar blöd, aber ich konnte es mir nicht aussuchen. So spielte das Leben nun mal.

Rysten trat direkt vor mich, als ich mich zur Tür bewegte. Ich erkannte ihn an dem Pentagramm auf seiner

Brust und dem weißen Brandzeichen auf seinem Arm. Es sah aus wie eine Art Biogefahrensymbol mit umlaufenden Ringen. Ich blieb stehen, bevor ich ihm gegen die Brust rannte, aber ich sah ihn nicht an. Das wollte ich auch gar nicht. Rysten war süß und freundlich und ... manipulativ. Er wusste, was es hieß, ein Mensch zu sein. Er wusste besser als jeder andere, wie er mit meinen Gefühlen spielen konnte. Zwanzig Minuten und genug Selbstzweifel und sie würden versuchen, mich wieder wegzusperren und mich davon zu überzeugen, dass sie dieses Schlamassel in Ordnung bringen könnten. Das konnte ich nicht zulassen. Nicht jetzt und niemals.

»Ruby, Liebes, ich versuche nicht, dich zu manipulieren«, flüsterte er. Mit einer süßen Geste legte er eine Hand an mein Gesicht und strich mit dem Daumen über meine Wange. Dummerweise lehnte ich mich an ihn, bevor ich mich zurückhalten konnte. Ich schlug seine Hand weg, schüttelte ihn ab und ging einen Schritt zurück.

»Komm mir nicht mir ›Liebes‹, Krankheit! Sie ist meine beste Freundin und Bandit ist ... nun, Haustier beschreibt die Sache nicht ganz, aber er ist wichtig. Sie sind meine Familie und ich werde sie nicht da draußen lassen, während ich meine Verwandlung beende.«

Rysten seufzte tief und jemand stellte sich neben ihn. Ich hob mein Kinn gerade so weit an, dass ich seine honigfarbenen Augen sehen konnte.

»Wenn du versuchst, mich zu betäuben, kastriere ich dich, Hunger«, knurrte ich. Trotz der Blutbande sickerte ein wenig von der Bestie durch. Da meine Verwandlung sich dem Ende zuneigte, musste der Bann schwächer werden.

»Ich werde dich nicht betäuben ...« Er verstummte

abrupt und sowohl er als auch Rysten drehten sich gleichzeitig um.

Was taten sie da?

Julian war zuerst weg und die anderen folgten ihm dicht auf den Fersen. Ich stand fassungslos da.

Hielten sie das alles für einen Scherz? Fanden sie das lustig?

Ich folgte ihnen und war bereit, ihnen eine Standpauke zu halten, als …

Ich blieb stehen, denn im Wohnzimmer stand niemand anderes als das Mädchen von ›Voodoo Doughnut‹. Ich dachte ›Mädchen‹, aber in ihren Augen stand ein ganzes Leben voller Leid, inklusive der Härte es zu ertragen. Sie trug dunkles, blau gesprenkeltes Kampfleder. Dämonenblut. Meine Gedanken verstummten, als ich sah, was sie in ihren Armen trug.

Mein Herz stotterte einmal. Dann zweimal.

Es war ein Fellklumpen, sowohl blau als auch schwarz. Sein Kopf hing zur Seite und obwohl seine Glieder zitterten, verloren sie schnell an Energie.

Wasser spritzte mir in die Augen, als ich zu ihm rannte. Denn ich wusste es. Ich wusste tief im Inneren, was das bedeutete.

Ich blieb ein paar Meter entfernt stehen und die Reiter verstummten. Das Gefühl des Scheiterns zerrte an ihren Herzen. Es schlang sich um sie und drückte sie so fest zusammen, dass …

Ich wich von ihnen zurück. Ich wollte es nicht hören. Ich wollte es nicht sehen.

»Gib ihn mir«, forderte ich. Meine Stimme zitterte vor Schmerz und Verlust und einer Trauer, die mich schon bald verschlingen würde. Die silberäugige Frau trat vor und legte ihn in meine Arme.

Als sie ihn mir übergab, flackerte ein Hauch von Leben in ihm auf, aber das war nicht genug. Es würde nicht reichen. Als er in meinen Armen lag, konnte ich die tiefen Wunden und das rote Blut sehen, das sein Fell verdeckt hatte.

Die Frau sprach, aber ich hörte sie nicht.

Ich registrierte, dass die Reiter redeten. Sie sagten etwas.

Aber ich hörte es nicht.

Jemand hatte ihn verletzt.

Jemand hatte ihn getötet.

Ich sah meinen Vertrauten an. Meinen Waschbären. Meinen Bandit.

Und mein Herz brach, als der letzte Funke Leben aus seinen Augen wich.

Ich konnte eine Seele heilen, aber einen Körper konnte ich nicht retten.

Ich konnte die Erde verbrennen, aber ich konnte ihn nicht retten.

Und in diesem Moment wusste ich, dass sich ein Teil von mir für immer verändern würde.

Ich bettete ihn in meine Arme und konnte durch die verschwommenen Tränen in meinen Augen nicht viel außer ihm sehen. Ich legte eine Hand auf seine Brust und gab ihm so viel Energie, wie ich konnte. Ich wünschte seiner Seele Heilung und Frieden, als das Licht von ihm verschwand.

Es war blau, dieselbe Farbe wie mein eigenes.

Und als es erlosch ...

Etwas in meiner Brust entfaltete sich und es war dunkel und hässlich.

Jemand würde dafür bezahlen.

Jemand würde sterben.

»Wer hat das getan?« Die Stimme, die aus meinem Mund drang, klang nicht menschlich, aber es war auch nicht die der Bestie. Es war die Wut, die sie mich allein ausleben lassen würde.

Die Frau trat vor, ihr Gesicht war nicht zu erkennen. Teilnahmslos.

»Ich habe ihn im Untergrund gefunden, der von den Le Dan Bia betrieben wird. Sie haben ihn mit einem Höllenhund in den Ring gesteckt und ...« Die Frau schaute zu den Reitern hinter mir, weil sie nicht sagen wollte, was ich mir bereits zusammengereimt hatte. »Moira bat mich, ihn zu dir zu bringen, bevor er diese Welt verlässt.«

Obwohl Trauer und Verzweiflung mich beherrschten, nahm mein Verstand die Informationen auseinander, die ich brauchte. Es stimmte, dass sie nie aus dem Kampfring der Le Dan Bia geflohen waren. Dass die Reiter sie nie gefunden hatten ... Ich war mir nicht sicher, was ich davon halten sollte. Nur, dass mehr auf dem Spiel stand, als einen Präzedenzfall zu schaffen. Sie hatten ihn getötet und Moira war nicht zurückgekommen.

Warum nur?

»Warum ist sie nicht bei dir?«, fragte ich.

Frage. Information. Das Pochen in meiner Brust verriet mir, dass ich das Feuer, das auf sie überzuspringen drohte, nur unzureichend im Griff hatte.

Die Reiter hatten ihn verlassen. Ich hatte ihn verlassen.

Das Pochen beschleunigte sich.

»Sie war in einem Käfig gefangen, aber sie lebte. Ich konnte ihn nicht zurückbringen und sie retten. Sie bat mich, ihn mitzunehmen, damit du dich von ihm verabschieden kannst.« Ich schnitt eine Grimasse. Moira hatte sich entschieden, in ihrem eigenen Alptraum zu bleiben, damit ich Bandit ein letztes Mal sehen konnte.

Ein kleines Licht erfüllte mich angesichts der Selbstlosigkeit dieser Tat.

Ich würde sie retten und dabei jeden Einzelnen von ihnen töten.

»Ruby, du musst darüber nachdenken ...« Julian legte mir eine Hand auf die Schulter, der ich auswich. Eine kalte Entschlossenheit machte sich in mir breit.

»Wir mögen verbunden sein, aber du bist *nicht* mein Hüter«, schnauzte ich. Eine Ranke von etwas, das weit von jeglicher Vernunft entfernt war, wickelte sich um mich. Um meine Worte. Ich versuchte nicht, diesen Splitter der Dunkelheit zu verdrängen. Dieser Splitter von Schatten und Nacht, den Rysten in meine Seele eingebrannt hatte.

»Es ist nicht sicher«, beharrte Julian. Er wollte einen Schritt nach vorn machen, aber ein finsterer Blick von mir genügte, um ihn zu stoppen.

»Du hast nicht mehr zu entscheiden, was sicher ist und was nicht. Du hast versagt.« In mir herrschte eine Härte, die unter ihm nicht zerbrechen wollte. Unter keinem von ihnen. »Ich bin die Erbin. Ich bin Luzifers Tochter. Nicht du.« Er zuckte angesichts meiner Worte zurück, als hätte ich ihn geschlagen. In Wahrheit wäre das freundlicher gewesen. »Sie haben ihn mir genommen. Sie haben ihn getötet und ich werde das nicht einfach so hinnehmen. Ich werde nicht zulassen, dass sie auch Moira holen.«

Etwas kratzte und krallte und schrie jetzt in mir.

Rache.

»Die Le Dan Bia werden lernen, was es heißt, sich mit der Königin der Hölle anzulegen, und ihr könnt mir als meine Gefährten zur Seite stehen oder weiter schmollen, aber ich habe meine Entscheidung getroffen.«

Damit wandte ich mich der seltsamen Frau mit den

silbernen Augen und den weißen Haaren zu. Die violetten Spitzen waren mit Blut bespritzt. Blau und Rot.

Sie trat auf mich zu und hielt mir eine Hand hin. Eine stumme Geste, dass sie mich dorthin bringen würde, wo ich hinwollte. Was die Reiter anging, so hatte ich keine Ahnung, wer sie war. Offensichtlich wussten sie mehr über sie, als sie mir gesagt hatten. Ich war also nicht die Einzige, die Geheimnisse hatte.

»Warte!«, sagte Julian. Ich hielt inne und drehte mich nur halb zu ihm um.

Sein Kiefer bebte vor Wut. Ich war mir sicher, dass es ihm in den Fingern juckte, sich zu streiten und mich dann auf Teufel komm raus zu ficken. Jetzt war nicht der richtige Zeitpunkt und das wusste er.

Er spürte es. Meinen Kummer. Meine Wut. Meine Verzweiflung.

Er spürte das alles wegen dieser verdammten Blutsbande, die er mir aufgezwungen hatte.

Und das sollte ihm zum Verhängnis werden.

»Ja?«, fragte ich und meine Stimme war so kalt wie der Biss des Todes, der uns umklammerte. Ihn und mich.

»Wir kommen mit dir.« Das war alles, was er sagte. Keine Entschuldigung. Keine Anbiederung. Keine tapferen Worte oder Versprechen, die er nicht halten konnte.

Er würde mitkommen. Er und meine anderen Gefährten. Ich schaute von einem zum anderen und wartete auf einen bestätigenden Blick von jedem von ihnen.

Vielleicht wussten sie, dass ich keine Worte wollte. Dass es nichts gab, was sie sagen konnten, um es besser zu machen. Nur Taten. Ich wollte sehen, dass sie zu mir standen. Dass sie mit mir kämpfen würden. Dass sie am Ende nicht versuchen würden, mich aufzuhalten.

Denn selbst wenn sie es versuchen würden, könnten sie es nicht.

Nicht in diesem Moment. Nicht, wenn meine Gefühle so weit weg waren und sich ein Hauch von Wahnsinn um meine schmerzerfüllte Seele zu legen begann.

Nein. In diesem Moment gab es nur eine Sache, die es besser machen würde.

Das war das Blut meiner Feinde.

Sie bewegten sich schnell und kleideten sich ähnlich wie ich. Dunkle Jeans. Stabile Stiefel. Mein dünnes Tanktop war nicht ideal für das, was kommen würde, aber ich war mir des Feuers, das unter meiner Haut pulsierte, sehr bewusst. Diese Kleidung würde wahrscheinlich nicht lange überleben.

Genauso wenig wie die Le Dan Bia.

Und schon bald würden die Legionen der Hölle wissen, dass ihre Königin nicht einfach nur ein Mädchen war, das davonlief, sondern eine lebendige, atmende Frau, die sich nicht davor fürchtete, das Böse aus der Kloake zu verbrennen, aus der es kam.

Ich war es leid, wegzulaufen. Ich war es leid, mich zu verstecken.

Ich wollte mich nicht mehr zurückhalten.

28

Ich stand vor der verdunkelten Gasse. Bei unserem letzten Besuch hier hatte ich die Bestie für verrückt gehalten. Sicher, ich hatte den Wunsch verspürt, die Fae zu befreien, was ich auch immer noch vorhatte, sobald die Le Dan Bia erledigt waren – aber ich hatte nicht den Mut gehabt, mich wirklich mit dem auseinanderzusetzen, was in den Straßen von New Orleans vor sich ging. Monster in der Nacht. Die Dinge, vor denen selbst Dämonen Angst hatten.

Ja, ich war nicht vorbereitet gewesen.

Doch dieses Mal war ich es.

Julian streckte seine Hand nach meiner aus und Tod und ich gingen in die Schatten wie zwei alte Freunde. Die Hitze meiner Verwandlung brannte nicht mehr in mir, während der Kummer auf meiner Seele lastete. Nur Asche und Dunkelheit.

Verwüstung und Zerstörung.

Wut ... und Verzweiflung.

Ein Schrei spaltete die Luft in dem Moment, in dem wir wieder ins Leben traten.

Ein Schrei, der mich mitten in die Brust traf. Mein Herz pochte und ein Schweißtropfen rann über meine Haut, als ich sie wahrnahm. Es wimmelte von Dämonen jeder Art. Sie strömten von den Wänden und aus den Schatten. Sie schickten Giftstacheln und die Seelen der Toten. Sie erhoben sich an jeder Stelle des Raumes, um anzugreifen.

Und Moira war nicht eingesperrt wie ein Tier im Käfig.

Sie stand in der Mitte. Feuerflügel ragten aus ihrem Rücken und das Brandmal auf ihrer Stirn glühte. Ihre leuchtend blauen Augen funkelten entschlossen, als sie die Dämonen taxierte, die auf sie zukamen. Es mussten Hunderte sein und das Einzige, was sie am Leben hielt, war, dass es so viele waren – zu viele, als dass sie sie wirklich hätten besiegen können.

Nun, das und ihr Schrei.

Sie rannten auf sie zu und von ihr weg, aber keiner konnte sie berühren. Alles, was sich ihr bis auf drei Meter näherte, explodierte unter der Wucht ihres schallenden Schreis. Die Dämonen fingen an, einander zu zerquetschen, und es kam zu einer regelrechten Stampede. Moira katapultierte sich in die Luft und flog direkt an die Decke.

Wie sie auch nur einen Moment hier unten überlebt hatte, war mir ein Rätsel, aber ich würde dafür sorgen, dass es nicht umsonst gewesen war.

Über uns leckte ein Portal aus Feuer an der Decke. Die Flammen brannten in einem tiefen Orange und Rot. Die Dämonen unter uns schrien Obszönitäten, aber nichts, was sie sagten, konnte Laran und Allistair davon abhalten, hindurchzufallen.

Sie landeten mit einem Knall und der eigentliche Kampf ging los. Das war unser Signal. Unsere Zeit, zu handeln.

Ich erweckte das Feuer als eine Erweiterung meiner selbst zum Leben und meine Hände leuchteten auf. Der Dämon, der uns am nächsten stand, hatte keine Zeit zu reagieren, bis er brannte, und da war es schon zu spät. Er fiel unter Qualen zu Boden, die so lange andauerten, bis die Flammen ihn von innen heraus verzehrt hatten.

Hatte er eine Rolle bei Bandits Tod gespielt?

Ich wusste es nicht. Es war mir auch egal.

Ohne Gewissensbisse warf ich das Feuer weit um mich herum. Es bahnte sich seinen Weg meine Arme hinauf, ein bisschen höher, ein bisschen heißer, als die Körper in Wolken aus schwarzem Glitzer explodierten.

Einer nach dem anderen fand durch meine Hand ein grausames Ende, so schnell, dass die Luft nicht einmal nach verbranntem Fleisch roch. Es gab nur Schweiß, Blut und Qualen. Denn sie hatten mich in eine blinde Wut versetzt, die ich nicht zügeln konnte und wollte.

Jemand packte mich von hinten und ich rammte ihm einen Ellbogen in die Kehle. Das Gewicht, das mich zu bewegen versuchte, verschwand augenblicklich, als ich mich umdrehte und eine weitere Welle der Kraft ausstieß.

In meinen Träumen hatte ich das und noch viel mehr ganz einfach geschafft. Ich hatte eine ganze Hütte und Teile eines Waldes zerstört, ohne es zu merken. Aber diese Art von Feuer kam nicht von dieser Art von rohem Schmerz. Jeder von ihnen war ein weiterer Schnitt in meiner Brust, den ich nicht zu heilen schien. Irgendjemand hier hatte Bandit getötet. Vielleicht auch mehrere, aber ich würde nie erfahren, wer. Ich würde nie in der Lage sein, sie ausfindig zu machen und ihren Schmerz länger anhalten zu lassen.

Sie dazu zu zwingen, den Tod zu fürchten, während sie mir in die Augen sahen.

Soweit ich wusste, starb die verantwortliche Person durch den Zorn des Krieges, ein einziger Axthieb und sie würde für immer enthauptet werden. Oder vielleicht war es Rysten, der sie von innen heraus infizierte und mit tödlichen Krankheiten ansteckte, die ihre Körper schneller auffraßen, als jedes Gift es könnte. Allistairs Methoden entsprachen eher meinem Geschmack nach Rache, die Art, wie er ging, ohne einen Finger zu rühren, und Leichen zu Boden fallen ließ. Er saugte die Gefühle aus ihnen heraus wie ein Blutegel. Stärker als jeder Inkubus, ließ er sie mit nichts zurück. Kein Gefühl für sich selbst. Kein Bewusstsein für das Leben. Sie fielen einfach mit weit aufgerissenen Augen zu Boden. Es hätte mich beunruhigen sollen, aber es war nicht so anders als das, was man tat, wenn die Seele starb. Sie fühlten einen so tiefen Schmerz und Verlust, dass sie oft nicht einmal schreien konnten, und dann war da nichts mehr. Mein Feuer, das sie auffraß, war wahrscheinlich eine Erleichterung und das hasste ich. Ich hasste es, dass egal, was ich tat, es nicht besser wurde.

Sie zu töten, machte es nicht besser. Sie am Leben zu lassen, würde es auch nicht besser machen.

Nichts konnte das kaputte Loch in mir reparieren, das Bandit hinterlassen hatte.

Mit diesem Gedanken erlosch das Feuer in mir. Ich drehte mich halbherzig um und vielleicht war ich deshalb nicht überrascht von dem, was dann kam. Keineswegs war ich schockiert von dem Schmerz, der sich in mir ausbreitete. Er war nicht so stark, dass er meinen emotionalen Zustand überwinden konnte, aber stark genug, um sich durch das Adrenalin zu fressen.

Von oben schrie eine Todesfee und ich schaute auf, in der Erwartung, dass der Schmerz nicht meiner war, sondern ihrer. Der Gedanke daran erfüllte mich mit echtem

Schrecken, bis ich sah, dass es ihr gut ging und sie gesund war. Sie hielt inne und ihre flammenden Flügel warfen Glut in den Mob unter ihr. Sie trug dieselbe Kleidung wie in der Nacht, in der Julian mich entführt hatte. Blut besprenkelte ihre Füße und Schienbeine, aber ihre Haut war unversehrt. Sie war unversehrt.

Was also hatte sie dazu gebracht, so entsetzt zu schreien?

Meine Augen flimmerten, als ich mich bemühte, meinen Blick auf ihr Gesicht zu lenken.

Jetzt sah ich das absolute Grauen, das sie zum Schreien gebracht hatte.

Ich.

Ich stolperte vorwärts und folgte ihrer Blickrichtung – direkt zu dem Stachel, der aus meinem Bauch ragte.

Ich schluckte schwer.

Nicht gut. Das war nicht gut.

Ich hatte in dieser Nacht einen Dämon nach dem anderen ausgeschaltet, aber ein Stachel war mir entgangen. Er gehörte zweifelsohne zu einem Chupacabra. Ihr Gift war toxisch für Dämonen. Nicht genug, um den Unsterblichen zu töten, aber genug, um ihn ernsthaft zu verletzen.

Und ich? War ich schon unsterblich?

Ich wusste es nicht.

In meinem Kopf drehte sich alles um die schreckliche Wahrheit, aber ich konnte mich nicht dazu durchringen, einfach hier zu stehen und auf den Tod zu warten. Trotz der Erschöpfung, die mich überkam, trieb ich das Feuer weiter an. Mehr. Schneller.

Es brach in einer noch nie dagewesenen Welle aus meiner Brust hervor und breitete sich nach außen aus. Es kroch die Wände und Böden hinauf, während ich alles, was ich hatte, einsetzte, um das ganze verdammte Gebäude einzuäschern.

So oder so, ich würde das hier beenden. Meine Knie zitterten, als ich einen weiteren Schritt nach vorn machte. Es schien, als würde mein Körper mich nicht mehr tragen wollen. Tatsächlich schien ich ihn überhaupt nicht mehr unter Kontrolle zu haben.

Die Welt kippte um die eigene Achse. Meine Sicht versagte. Meine Beine gaben nach.

Nur kurz nahm ich den Knall wahr, der durch die Luft hallte. War das mein Kopf? Meine sich verdunkelnde Sicht ließ mich das vermuten.

War es das? War die Zerstörung der Le Dan Bia alles, was ich als Erbin der Hölle erreicht hatte?

Das kam mir wie ein Haufen Scheiße vor.

Welchen Sinn hatte es, ein wertvoller Erbe zu sein, wenn man nie etwas tun konnte?

Ich schwor mir in diesem Moment, dass ich, wenn ich überleben würde, dieses Schicksal annehmen würde. Wenn ich überlebte, würde ich auf meinem Weg zum Thron das Böse in beiden Welten auslöschen.

Und als sich die Dunkelheit näherte, betete ich, dass ich Bandit auf der anderen Seite finden würde, sollte dies das Ende sein. Dass wir gemeinsam dorthin gehen würden, wo auch immer der nächste Weg hinführen würde. Und dass die Reiter – egal, wie fehlgeleitet sie waren – Frieden und Glück fanden. Dass sie sich nicht selbst die Schuld gaben. Dass Julian nicht von Schuldgefühlen geplagt wurde. Dass Rysten sich seine Menschlichkeit bewahrte. Dass Laran wieder Vertrauen fassen konnte. Dass Allistair nicht versuchen würde, sich in die Vergessenheit zu trinken.

Dass Moira sich keine Vorwürfe machte.

Die Dunkelheit umhüllte mich und diese Ranken aus Schatten und Nacht hielten mich fest.

Aber selbst tief in den Abgründen meines Geistes hörte ich es.

Ich hörte das Brüllen eines Monsters.

29

JULIAN

ICH HATTE DAS GELEBT, WAS DIE MENSCHENWELT ALS tausend Leben bezeichnen würde. Ich hatte gesehen, wie Kriege geführt wurden, Könige aufgestiegen sowie Teufel und Reiche gefallen waren. Ich hatte mehr als meinen Teil an Entbehrungen ertragen. Ich war tausend oder mehr Tode gestorben.

Aber noch nie in meinem Leben hatte ich eine alles verzehrende Angst verspürt.

Bis jetzt.

Aus ihrem Bauch ragte ein knorriger Stachel mit einem Durchmesser von sieben Zentimetern heraus. Und selbst durch die Körper der Dämonen, die vor ihr weglaufen woll-ten, konnte ich jeden Zentimeter sehen, als sie aufleuchtete. Die Bestie konnte nicht hervorkommen, aber das brauchte sie auch nicht mehr. Jetzt, wo Ruby wusste, wie man Flammen kontrollierte, selbst im Sterben, wollte sie es richtig machen.

Es begann mit einem Glühen unter ihrer Haut. Ihre Augen schimmerten blau und reflektierten ein unnatürliches Licht. Entschlossenheit und Schmerz zeichneten sich auf ihrem Gesicht ab. Sie ballte ihre Fäuste und die Atmosphäre änderte sich schlagartig. Flammen schossen aus ihr heraus, aber anders als die Feuer, die sie im Schlaf entfacht hatte, nahmen diese Flammen die Form von Tieren an – Waschbären – und jagten jedem Dämon hinterher, der zu fliehen versuchte. Sie kamen so schnell und plötzlich, dass der Beton zu knacken begann, als die strukturelle Integrität beeinträchtigt wurde. Ihre Kraft strömte durch die Böden, die Wände und die Decke. Sie bedeckte jeden Zentimeter des sichtbaren Raums, sodass ich in diesem Moment nur noch sie sah.

Dann fiel sie.

Was als Nächstes um sie herum geschah, könnte ich nicht beschreiben. Ich könnte nicht sagen, ob das Gebrüll, das folgte, von mir oder einem ihrer anderen Gefährten oder sogar von ihrer Vertrauten stammte. Ich rannte einfach los und rutschte rechtzeitig auf die Knie, um sie aufzufangen, bevor sie mit dem Kopf auf dem zerklüfteten Beton aufschlug.

Sie blinzelte. Ihre Augen waren bereits glasig und sie starrte mich an, ohne etwas zu sehen.

»Nein, nein, nein, verdammt, Ruby, das kannst du nicht tun.« In diesem Moment hatte ich nicht einmal die Möglichkeit, an Trauer zu denken. Sie konnte mich nicht verlassen. Sie konnte *uns* nicht verlassen.

Das konnte ich nicht zulassen.

Der Stachel in ihrem Magen sagte etwas anderes, als das Blut aus der Wunde herauslief und sich dort sammelte. Unter dem verschmierten Blut färbte sich ihre Haut schwarz. Gift.

Ich schluckte schwer, denn es gab nur eine Möglichkeit, wie sie das überleben konnte.

Es gab einen Grund dafür, dass ich sie nicht als Erster gebrandmarkt habe. Ich hatte sogar beabsichtigt, der Letzte zu sein. Vom Tod gebrandmarkt zu werden, war anders als das Zeichen der anderen Reiter zu tragen. Darüber hatte ich mit ihr sprechen wollen. Ich hatte ihr die Wahl überlassen wollen, da ich ihr die Wahl bei allem anderen abgenommen hatte.

Es sollte ein Geschenk sein, aber jetzt war auch das weg.

Sie musste leben. Das war die Grenze, die ich zog.

Es bedeutete, dass sie sich verwandeln musste.

Ich zog den Pflock heraus, warf ihn beiseite und legte meine Handfläche auf die Wunde, aus der nun Blut und Gift flossen. Mit meiner Magie schöpfte ich ein Stück meiner eigenen Seele ab und schob es in sie hinein.

Das Brandmarken eines Gefährten war ein besonderer Prozess, denn du gabst einen Teil von dir selbst und dadurch wurde ein Teil von ihnen wie du. Ich war mehr als ein Nekromant, aber es gab kein Wort für das, was ich tun konnte. Die Art und Weise, wie ich existieren konnte, sowohl tot als auch lebendig. Im Nebel, aber gleichzeitig auch nicht.

Kein anderer Nekromant konnte dem Tod trotzen, aber ich war die Ausnahme. Ich hatte mir meinen Namen verdient. Ich hatte mir meinen Namen gemacht.

Ihre Haut fühlte sich unter meiner Hand kühl an, aber das schwarze Gift begann sich zu verflüchtigen. Aus der Wunde floss zwar immer noch Blut, aber die Magie meiner Seele war jetzt in sie eingepflanzt. Ein Stück von mir für das Stück Feuer, das sie mir gegeben hatte.

Das unterschied Gefährten von anderen Bindungsarten. Es bestand aus einem Geben und Nehmen, das für Dämonen nicht einfach oder natürlich war. Sogar viele

Harems in der Hölle waren so aufgebaut, dass ein Dämon von allen seinen Partnern etwas nahm, aber nie etwas gab. Ging es um Gefährten, so war es eine Entscheidung.

Und ich entschied mich, sie unsterblich zu machen.

Wahrhaftig unsterblich.

30

Viele Menschen neigten dazu, etwas Tiefgründiges zu sagen, wenn sie im Sterben lagen, diese beruhigenden, aneinandergereihten Gedanken, die für mich wirklich keinen Sinn ergaben. Dinge wie »Der Tod war leicht. Das Leben war hart.« Dabei könnte das in Wirklichkeit gar nicht weiter von der Wahrheit entfernt sein. Der Tod war das Ende. Er war von Dauer. Jenseits des Nebels, in dem ich taumelte, wartete eine endlose Existenz des Herumtreibens. Würde ich meinen Verstand behalten? Ich hatte keine verdammte Ahnung, aber ich traute dem Ganzen nicht. Kein bisschen.

Hier, an diesem Ort des Seins und des Nicht-Seins, gab es keinen Schmerz. Zumindest keinen körperlichen. Ich lief, aber es gab keinen Boden. Es gab keine Leute. Keine Stimmen. Kein Geflüster. Nicht einmal das berühmte helle Licht, von dem alle behaupteten, dass sie es gesehen hatten.

Da war nichts.

Nichts außer mir und endloser Dunkelheit.

Ich hob meine rechte Hand und rief mein Feuer herbei. Im Gegensatz zu den trüben, schwarzen Tiefen war es hell.

So hell, dass ich zusammenzuckte, bevor ich es auslöschte. Sosehr es auch nervte, die Dunkelheit war besser. Die Bestie stimmte düster zu und bewegte sich in mir.

Das kam mir seltsam vor. Dass ich hier war, wo auch immer, mit einem Körper, von dem ich sicher war, dass er nicht real war, und dass die Bestie immer noch in mir existierte. Wenn das hier ein Traum war, könnte sie doch ihren eigenen Körper haben? Warum war sie überhaupt hier?

Auch in dieser Frage war ich mir nicht sicher, aber ich traute der Sache nicht.

Etwas schien nicht zu stimmen.

Besaßen tote Menschen immer so viel geistige Präsenz?

»Du bist nicht tot.«

Ich riss den Kopf hoch und drehte mich in die Richtung, aus der die Stimme gekommen war.

In der Dunkelheit stand eine leuchtend weiße, in Blut und Leder gekleidete Gestalt, die auf mich zukam.

Das ›Voodoo Doughnut‹-Mädchen.

Meine Möchtegern-Attentäterin, die zur Retterin geworden war.

»Wo sind wir?«, fragte ich und meine Stimme hallte von den nicht existierenden Wänden wider. Das war seltsam ...

Die quecksilberäugige Frau verschränkte die Arme vor der Brust und warf sich ihren langen, glatten Pferdeschwanz über die Schulter. Die Enden waren weiß, nicht lila, wie noch vor ein paar Stunden. Das bedeutete ...

»Wir sind nicht echt, du und ich.«

Sie lächelte, nicht ganz kalt, aber dennoch berechnend. In ihren Augen lagen Geheimnisse, für die schon viele gestorben waren, uralte Wahrheiten, von denen ich nur hoffen konnte, sie zu erfahren. Diese Frau war alt und mächtig. Sie war anders als alle Dämonen, die ich je kennengelernt hatte.

»Sehr gut, Tochter der Hölle. Wir sind nicht real. Zumindest nicht in dem Sinne, wie du es dir vorstellst. Dieser Ort ist das Dazwischen. Der Nebel.«

Eis glitt durch meine Adern. Ich war also dem Tod sehr nahe – aber was wollte sie hier? Wäre es nicht passender, Julian zu suchen? Sie legte den Kopf schief und musterte mich mit einem merkwürdigen Interesse.

»Es wäre passender, den Tod hier zu finden – solltest du sterben. So wie es aussieht, ist er gerade damit beschäftigt, den Stachel aus deinem Magen zu entfernen. Das ist zwar ein fieses Gift, aber du wirst schon wieder.«

Okay, jetzt fing ich wirklich an, auszuflippen. Die Reiter hatten gesagt, dass ich ihre Gedanken aufschnappen konnte. Dass ich meine eigenen projizierte. Aber wenn ich keinen Körper hatte und wir uns im Nebel befanden – hätte ich mich dann nicht abschirmen können oder so? Gab es so etwas überhaupt?

Die Frau starrte mich weiterhin an. Sie so zu nennen, schien mir nicht genug zu sein. Sie war mit Sicherheit kein Mädchen, aber ich war mir auch nicht sicher, ob sie eine Dämonin war. Blutmagie war keine Gabe, die Dämonen besaßen. Deshalb dachte ich, dass sie, genau wie ich, etwas *anderes* war.

Etwas ... Besonderes.

»Wer bist du?«, fragte ich. Sie betrachtete mich einen Moment lang.

»Mein Name ist Sin, aber das ist nicht die Frage, die du stellen willst.« Sie sprach mit mehr als nur Selbstvertrauen. Es war eine unheimliche Weisheit. Das deutliche Gespür dafür, dass die Person vor mir nicht so war, wie sie schien.

»*Was* bist du?«, korrigierte ich sie. Sie nickte; das war die Frage, die sie erwartet hatte.

»Das ist ein Geheimnis. Eines, das du noch nicht kennen solltest.«

Ich runzelte die Stirn und stieß einen gleichmäßigen Atemzug aus. Okay, zurück zu den Rätseln. Ihre Vagheit beunruhigte mich nicht so sehr, wie sie es hätte tun sollen. Immerhin war sie angeblich eine Attentäterin, die vor nicht allzu langer Zeit ausgesandt worden war, um mich zu töten. Doch weder die Bestie noch ich spürten eine Gefahr von ihr ausgehen. Sie war zwar gefährlich, aber die Messerspitze war derzeit nicht auf uns gerichtet. Das bedeutete nicht, dass ich ihr vertraute, aber ein Verbündeter brauchte nicht unbedingt Vertrauen, um wert zu sein, dass man ihm zuhörte.

»Ich wurde erstochen. Ich bin mir ziemlich sicher, dass ich deshalb hier bin. Was das nicht erklärt, ist, warum du auch hier bist. Deshalb denke ich, dass es etwas mit mir zu tun hat. Warum bist du hier?«

Sie legte den Kopf schief und wippte zweimal auf ihren Füßen hin und her, bevor sie nach vorn trat. Näher an mich heran.

»Das ist schwer zu erklären, da ich es selbst nicht ganz verstehe. Bei unserem letzten Treffen haben wir einen Blutschwur abgelegt, durch welchen du mir einen Gefallen schuldest. Ich habe den Schwur versiegelt und einen winzigen Teil meiner Magie in dir eingeschlossen. Dieser Splitter sollte dortbleiben. Schlummern. Er sollte warten, bis ich dich rufe, um ihn dann wieder an mich zurückzugeben.«

»Okay«, murmelte ich. »Aber ich bin fast gestorben und du bist diejenige, die ich sehe. Ich bin mir nicht sicher, wie ein winziges Stückchen Magie das anstellen kann.«

»Du bist weniger als vierundzwanzig Stunden später in deine Verwandlung eingetreten.« Sie hielt inne, als ich den

Mund öffnete, um zu fragen, woher sie das wusste, aber dann schloss ich ihn wieder, sobald ich daran dachte, mit wem ich es zu tun hatte. Natürlich wusste sie davon. »Und dann hast du deine Anwesenheit in ganz New Orleans bekannt gemacht.«

Sie warf mir einen wenig amüsierten Blick zu und im Gegensatz zu der Bestie, die daran schuld war, hatte ich wenigstens den Anstand, zu erröten und wegzusehen. Das war nicht die klügste Entscheidung gewesen.

»Ich sehe immer noch keinen Zusammenhang ...«

»Irgendwann zwischen dem Zeitpunkt, an dem ich dich verlassen habe, und dem Zeitpunkt, an dem die Reiter mich gerufen haben, um dich zu finden, hast du angefangen, Magie einzusetzen, die du nicht besitzen solltest. Magie, deren Besitz für dich sehr gefährlich ist, sollte mein Master davon erfahren.« Sie zog beide Augenbrauen hoch und forderte mich auf, ihrem Gedankengang zu folgen. Mich dazu zu bringen ...

Ich kam nicht weiter.

Sin seufzte, verschränkte die Arme und ließ die Schultern zurückfallen.

»Du hast das winzige Stückchen Magie in dir genommen und es synthetisiert.«

Oh ... Wollte sie damit sagen, dass ich ihre Magie kopiert hatte? Wie war das überhaupt möglich?

»Du weißt schon, dass ich ein Dämon bin, oder? Dämonen können nicht ...«

»Die meisten Dämonen können keine Blutmagie anwenden. Einige wenige, von denen wir beide wissen, können es. Sie wurden erschaffen, dich fesseln zu können. Das haben sie auch versucht. Aber du konntest sie brechen – nicht wegen deiner bloßen Stärke, sondern weil du eine Ahnung meiner Magie besessen und sie vervielfacht hast.

Der Blutschwur ist immer noch in Kraft. Du hast ihn nicht absorbiert oder gebrochen. Du hast ihn einfach ... kopiert, wie du sagst.« Sie runzelte die Stirn und ich hatte das Gefühl, dass diese Frau ihre Gefühle nicht so leicht zeigte. Etwas an dieser Sache beunruhigte sie.

»Du hast gesagt, dass es gefährlich für mich ist, diese Kraft zu haben ...«, begann ich, etwas unsicher, wie ich es ausdrücken sollte.

»Wenn mein Master herausfindet, was du besitzt, sind wir beide tot. Es gibt keine Welt, in der deine Wächter dich so verstecken können, dass *sie* dich nicht findet«, antwortete Sin schnell, ohne mich zu schonen. Ich schnitt eine Grimasse angesichts der Implikationen. Natürlich war ich noch nicht tot, aber das konnte sich jederzeit ändern. In meinem Leben war das oft der Fall.

»Dann verstecke ich die Magie. Das sollte nicht schwer zu ...«

»Du wirst sie nicht verstecken können. Die Reiter ahnen es bereits, da deine Telepathie so stark ist. Das, was du ›Gedankensprache‹ nennst, bei der du mithören kannst, ist etwas, das nur ich kann. Es bleibt also nur eine Möglichkeit ...«

Ich trat einen Schritt zurück und hob meine Hände vor mich. Das hörte sich wirklich nicht gut an. Immer wenn jemand ein Ultimatum stellte, endete es damit, dass er mich töten oder foltern wollte. Es war mir egal, wer sie war oder wie echt oder unecht dieser Körper sein mochte. Wenn ich noch nicht tot war, wollte ich versuchen, in diesem Zustand zu bleiben.

»Hör zu, du hast mir sicherlich schon ein paar Mal geholfen, aber ich ...« Meine Stimme verstummte, als sie ihre Hand hob und zu zeichnen begann.

War sie ... nein.

Nein. Das war nicht möglich.

Ich weiß, dass ich das schon einmal gesagt und gedacht hatte, aber diese ... sie ... ich konnte den Gedanken nicht einmal beenden, bevor die Formen, die sie zeichnete, zu indigofarbenen Symbolen in der Luft wurden. Einen Moment später spürte ich ein Knacken in dem Raum um mich herum.

Ich schüttelte den Kopf, weil ich den plötzlichen Schwindelanfall nicht mochte.

»Was hast du getan ...«, murmelte ich und drückte meine Handfläche flach an meine Schläfe und rieb sie kreisend.

»Schweig! Ich habe dafür gesorgt, dass weder deine Gedanken noch deine Verbindung mit den Reitern dich verraten. Wenn du erwachst, werden sie deine Gedanken nicht mehr hören können und du ihre auch nicht. Solltest du versuchen, darüber zu sprechen, wirst du dazu nicht in der Lage sein. Es wird so sein, als hätte dieses Treffen nie stattgefunden.«

Ich wich zurück und versuchte, meinen Kopf zu schütteln, aber mir wurde immer schwindliger. Wie war das überhaupt möglich? Wie war das alles möglich?

»Sie können es nicht wissen, Ruby. Niemand kann das. Du bist die Zukunft der Hölle und ich bin nicht bereit, diese Zukunft zu opfern, indem ich zulasse, dass einer von uns beiden getötet wird.«

Meine Welt drehte sich im Kreis, während der schwere Nebel in meinem Gehirn mich nach unten zog ... immer tiefer. Er hüllte mich ein wie eine Decke und lullte mich in den Schlaf.

Aber ich wollte nicht gehen. Ich konnte nicht. Nicht, ohne vorher eine Sache zu wissen.

»Bist du ...« Das letzte Wort kam mir nicht über die

Lippen. Es schien, als hätte ich die Fähigkeit zu sprechen, nun auch verloren.

Sin starrte mich mit schwerer Resignation und einem Hauch von Traurigkeit in ihren Augen an.

»Auf Wiedersehen, Ruby. Bis zum nächsten Mal.«

Und damit fielen mir die Augen zu und mein Bewusstsein schwand.

31

Was war das für ein grässliches Geschrei?

Ich versuchte, mich auf die Seite zu rollen und meinen Kopf unter den Armen zu vergraben, aber ein stechender Schmerz in meinem Bauch, als würde etwas reißen, weckte mich schlagartig. Ich blinzelte zweimal und wischte mir mit einer Hand über die Augen. Die schiere Menge an Asche und Schotter war ein Angriff auf meine Sinne, meine Augen juckten und tränten. Meine Kehle war trocken wie der Wüstensand. Was sagten sie über die Hölle? Endlose Qualen, bei denen du um einen einzigen Tropfen Wasser betteln wirst? Das stimmte zwar, aber das war nicht das, was hier passierte.

Zum einen war ich mir ziemlich sicher, dass es in der Hölle keine zwei Meter großen Waschbären gab, die Feuer spuckten ...

Meine Augen weiteten sich und versuchten, jedes Detail der Szene über mir aufzunehmen. Neben mir stand ein schwarz-blau gestreifter Waschbär, der so groß war, dass ich auf ihm reiten könnte. Mit grimmigem Gesichtsausdruck visierte er etwas an, das ich nicht sehen konnte.

Ich stöhnte auf und hatte ein ungutes Gefühl, als ich sah, dass so ziemlich der gesamte Raum zu Asche zerfallen war. Nur wenige Dinge waren immun gegen die Flammen der Hölle.

»Jetzt hör mal zu, Ungeziefer!«, hörte ich Rystens Stimme. Ich konnte mir vorstellen, wie er die Hände zur Kapitulation hochhielt, während er sich vorwärtsbewegte. »Ruby geht es im Moment nicht gut, und ich muss zu ihr ...«

»Bandit?«, murmelte ich. Der Waschbär setzte sich auf seine Hinterbeine und drehte sich um, um mich anzusehen. Unnatürlich blaue Augen mit Pentagrammen in ihnen starrten mich an. Seine Ohren zuckten, als er mich erkannte, und er ließ sich auf den Boden sinken, um mich sanft zu beschnuppern.

Ich schluchzte fast vor Erleichterung, während ich versuchte, mich in eine sitzende Position hochzuziehen, aber eine starke Hand auf meiner Schulter hielt mich fest. Ich stöhnte vor Anstrengung und drehte meinen Kopf zur Seite, bis ich merkte, dass ich gar nicht flach auf dem Boden lag. Mein Kopf ruhte in Moiras Schoß, während Julian an meiner Seite kniete. Hinter ihm standen Laran und Allistair und beobachteten mich mit besorgten Blicken. Ich wollte nicht in ihren Gesichtern oder Gefühlen lesen. Sie waren alle zu schwer für das Hochgefühl, das in meiner Brust wuchs.

Bandit war am Leben. Er ...

Er sprang aktuell Rysten an, weil dieser versuchte, mir zu nahezukommen.

»Was in Teufels Namen habe ich getan, dass ich diese Behandlung verdiene, während der übergroße Müllfresser frei herumläuft ...«, murmelte Rysten.

Ich schmunzelte leise und meine Kehle juckte, sodass ich in einen Hustenanfall verfiel, der einen schrecklichen

Schmerz in meinem Magen auslöste. Ich stöhnte und krümmte mich in Moiras Schoß, während sie mir das Haar aus dem Gesicht strich.

»Hey, Rubes«, sagte sie leise. »Ich dachte schon, wir hätten dich verloren ...« Sie verstummte, anstatt Dinge zu sagen, die man besser für später aufhob, wenn wir nur zu zweit waren. Nicht, dass es eine Garantie dafür gab, dass ich in nächster Zeit allein sein würde.

»Ich glaube, ich bin jetzt etwas schwerer zu töten«, murmelte ich und lächelte trotz der Schmerzen in meinem Bauch breit. Moira zog eine Grimasse, während sie auf mich herabblickte und eine einzelne zarte Augenbraue hob. Sie wusste genau, was ich fühlte, ob ich es nun vortäuschte oder nicht. Verfluchtes Vertrauten-Band.

»Nicht schwer genug. Ich weiß nicht, was du dir dabei gedacht hast, hierherzukommen«, sagte sie. Ich runzelte die Stirn. Was ich mir dabei gedacht hatte?

»Du saßt in der Falle. Natürlich bin ich gekommen.«

Die Reiter verstummten neben mir. Ich bewegte mich vorwärts und öffnete meinen Geist für sie ... Nur, um gegen eine unsichtbare Barriere zu stoßen.

Verflucht!

Sin hatte nicht gescherzt. Keine Ahnung, was sie getan hatte, aber der Zauber, mit dem sie mich belegt hatte, ließ mich definitiv nicht zuhören. Und das, obwohl ich mich gerade daran gewöhnt hatte. Argh. Sie und ich würden uns bei unserem nächsten Treffen darüber unterhalten, was sie mir angetan hatte und warum.

Ich hatte das Gefühl, dass sie mir eine Menge Informationen vorenthalten hatte, aber solange ich meine Fähigkeiten nicht besser verstand und nicht wusste, wie ich ihre Magie kopiert hatte, konnte ich keine Antworten bekommen. Ich konnte ja auch niemandem etwas davon erzählen, dafür hatte sie gesorgt.

Ich musste mehr über die Hölle herausfinden und darüber, wer hinter mir her sein könnte. Sin war mächtig genug, um die Reiter ganz zu umgehen, und selbst sie fürchtete ihren Meister. Das verhieß nichts Gutes für mich und so sehr ich es ihr auch missgönnte, dass sie es getan hatte, ohne mich zu fragen – wenn dieses Geheimnis wirklich eine Gefahr für mich darstellte, war ich mit ihrem verfluchten Zauber wahrscheinlich besser dran. Das würde mich aber nicht davon abhalten, sie bis zu Eva und zurück zu verfluchen, wenn wir uns wiedersahen, denn das würden wir. Daran hatte ich keine Zweifel.

»Woher wusstest du das?«, fragte Moira scharf und unterbrach damit meine Konzentration.

»Erinnerst du dich an die Dämonin von ›Voodoo Doughnut‹?«

Ihre Augen verfinsterten sich und sie verzog den Mund. »Sie ist zu dir gekommen?«

Ich nickte und Moira wandte sich ab, um den besorgten Ausdruck in ihren Augen zu verbergen. Ich streckte die Hand aus und wollte sie gerade fragen, was los war, als ich Schritte hörte. Plötzlich war Bandit nicht mehr der Einzige, der knurrte. Ich drehte mich um und erhaschte nur einen kurzen Blick durch die Beine meines übergroßen Waschbären hindurch.

»Eugene?«, fragte ich. Die Luft um uns herum verdichtete sich und obwohl ich ihre Gedanken nicht hören konnte, konnte ich doch ihre Gefühle spüren.

Eifersucht und Besitzgier machten sich breit und ich wusste, dass sie ihn ohne Zweifel töten würden. Wenn nicht die Reiter, dann Bandit oder die knurrende Todesfee neben mir.

Scheiße.

»Ruby?«, rief Eugene. Er nahm sich nicht die Zeit zu erklären, warum er hier war oder was er tat. Das war sein erster Fehler. Sein zweiter war, dass er nicht nachdachte, bevor er auf den Waschbären zuging. Bandit bäumte sich auf und ein Knurren entwich seiner Kehle. Als Nächstes schoss blaues Feuer aus ihm heraus und trotz des verdammten Lochs in meinem Magen sprang ich auf die Füße.

»Halt!«, brüllte ich.

Alle waren wie erstarrt.

Ich nutzte den Bruchteil einer Sekunde der Stille und Untätigkeit, um tief einzuatmen, tiefer als mein Körper es anscheinend wollte. Ich beugte mich keuchend nach vorn und ein drahtiger Arm schlang sich um meine Mitte. Sie packte meinen Arm, warf ihn über ihre massiven Flügel und legte ihn um ihre Schulter. Ich zog zum Dank eine schmerzhafte Grimasse und hievte mich in eine halbwegs anständige Position. Die Reiter schlossen die Reihen um uns herum, mit Ausnahme von Rysten, der jetzt neben Bandit stand, um sich gemeinsam gegen den sehr großen, aber nicht so schlauen Rubrum zu stellen.

»Was machst du hier, Eugene?«, rief ich schroff.

Er blinzelte verlegen und senkte den Kopf, ohne den Waschbären zu beachten, der sich heranschlich, um ihm den Kopf abzubeißen. Ich legte eine Hand auf seinen pelzigen schwarz-blauen Schwanz und tätschelte ihn beschwichtigend. Bandit stoppte seinen Vormarsch und setzte sich wieder auf seine Hinterbeine. Wieder schnürte es mir die Kehle zu, während mir die Tränen in die Augen stiegen.

Er war am Leben. Ich wusste nicht, wie, denn ich hatte ihn sterben sehen. Ich hatte seine Seele sterben sehen.

Aber er war am Leben und ich konnte nur vermuten, dass Magie etwas damit zu tun hatte, angesichts seiner neuen Größe und des Feuers.

Ich wandte meine Aufmerksamkeit wieder Eugene zu, der sich immer unbehaglicher zu fühlen schien.

»Was macht dieser *Typ* hier, Ruby?«, fragte Julian, als wäre es *meine* Schuld.

»Können wir ihn töten?«, fragte Laran mit vollem Ernst.

»Was?« Ich stolperte nach vorn und versuchte, mich zwischen den idiotischen Dämon und meine Gefährten zu stellen, wobei ich vorübergehend das lästige Loch in meinem Magen vergaß. »Verdammt! Nein, ihr könnt ihn nicht töten. Bandit – wag es ja nicht!«

Bandit hielt inne und gab ein genervtes Knurren von sich, das jetzt, wo er nicht mehr nur die Größer einer Katze besaß, hundertmal lauter war. Ich rollte mit den Augen. Nur mein Waschbär schaffte es, fast zu sterben und dann riesengroß und als Feuerspucker wieder zurückzukommen und immer noch ein Einstellungsproblem zu haben.

»Eugene, falls du es nicht merkst, das ist kein guter Zeitpunkt. Warum bist du hier?«, fragte ich und legte eine Hand auf das schrumpfende Loch in meinem Bauch. Es schloss sich. Langsam. Das bedeutete, dass sich meine Verwandlung dem Ende näherte, auch wenn immer noch dunkelblaues Blut an meinen Fingern heruntertropfte, wo ich Druck ausübte. Von einem giftigen Stachel gestochen zu werden, stand ganz oben auf meiner Liste der Dinge, die ich nie wieder tun wollte.

»Donnach schickt mich«, sagte Eugene. Seine Lippen verzogen sich zu einem fast traurigen Lächeln. »Er wollte dich an deine Abmachung erinnern.« Der Rubrum bewegte sich unruhig und mir wurde klar, dass er nicht so ahnungslos war, wie er schien.

»Ich verstehe ...«, sagte ich langsam. »Nun, es sieht nicht so aus, als hätten irgendwelche Dämonen überlebt, zumindest nicht hier oben. Ich nehme an, dass er das schon weiß, wenn er bereit ist, dich den ganzen Weg hierherzuschicken.«

Eugene warf mir einen gequälten Blick zu und ich hatte den Eindruck, dass er trotz allem, was ich für ihn getan hatte, genauso wenig hier sein wollte, wie ich ihn hier haben wollte. Donnach schien wirklich zu wollen, dass die Seelie befreit werden.

»Es sollte nicht allzu schwer sein, sie jetzt zu befreien ...« Ich stockte angesichts der Gefühlswallung, die nicht nur von Bandit und Moira, sondern auch von den Reitern ausging.

»Deine Abmachung? Wovon redet er?«, fragte Rysten, ohne den Blick von Eugene abzuwenden.

»Die Bestie und ich haben eine Art Deal mit diesem Kerl namens Donnach gemacht, um die Leute zu befreien, die sie hier festhalten. Deshalb war ich in jener Nacht hier, als ihr mich geholt habt.«

Niemand sprach mich auf mein Zögern an, aber die sanften Hände, die über meine nackten Hüftknochen fuhren, taten das nicht nur aus Spaß an der Freude. Gealterter Scotch, heiße Verführung und etwas ganz und gar Sündiges umhüllten mich.

»Warum kann dieser Donnach sie nicht selbst befreien?«, fragte Allistair und in seiner Stimme schwang ein Hauch von Überzeugung mit. Ich lehnte mich an ihn, angezogen von der Macht, die mich lockte. Er strich mein Haar zur Seite und schmunzelte leise in mein Ohr. Moira sträubte sich neben mir und Julian brummte, um mich aus seinem Bann zu reißen.

Leider hatte Eugene nicht so viel Glück, dem Charme des Hungers zu entkommen.

»Donnach konnte sie nicht befreien, ohne einen Krieg mit den Dämonen zu riskieren«, antwortete er mit einem verwirrten Gesichtsausdruck. Ich drehte mich um und schlug Allistair auf den Arm, aber ich hätte genauso gut Beton treffen können. Der Schlag hallte in dem dunklen und stickigen Untergrund wider.

»Warum sollte es einen Krieg geben?«, fragte Laran mit einem leichten Knurren in seiner Stimme.

Ein Seufzer entwich meinen Lippen. Ich hätte wissen müssen, dass ich es ihnen nicht verheimlichen konnte.

»Weil Donnach ein Seelie ist und die Le Dan Bia einige seiner Leute gefangen genommen haben, um sie in ihren Kämpfen einzusetzen. Sie werden hier unterhalb der Kampfgrube festgehalten und ich muss sie befreien.« Das empörte Seufzen und Grunzen der Reiter ließ mich innehalten. Niemand sagte mir direkt, dass ich das nicht konnte, aber sie waren von dieser neuen Entwicklung nicht begeistert. »Er hat unter Eid geschworen, dass seine Leute mir nichts antun würden, wenn ich sie befreie, und als zukünftige Königin der Hölle hielt ich es für wichtig, meine Zeit nicht damit zu beginnen, blind ein Auge auf Dinge zu werfen, die Dämonen eigentlich nicht tun sollten. Vielleicht hat mein Vater das getan, aber ich bin nicht so eine Dämonin und ich weigere mich, so eine Königin zu sein.«

Vor mir sackten Rystens Schultern ein wenig zusammen. »Ich nehme an, es bedeutet, dass der Rubrum intakt bleiben muss?«, fragte er leise, aber mir entging die kaum verhüllte Drohung nicht. Rysten, der liebste von ihnen, war nicht erfreut über Eugens Anwesenheit. Noch seltsamer war, dass ich nicht sagen konnte, ob mir ihre besitzergreifende Art auf die Nerven ging oder ob ich anfing, sie mehr oder weniger zu mögen ... Nein. Das konnte es auf keinen Fall sein. Nervig war die richtige Reaktion.

»Ja, ich würde es begrüßen, wenn ihr keine Arschlöcher seid. Die Bestie und ich sind nicht daran interessiert, uns mit ihm zu vereinen, um Teufels willen.« Ich verdrehte die Augen und Eugene erstarrte, seine Augen wurden groß.

»Ihr dachtet ...« Er verstummte und sah zwischen den Reitern und mir hin und her, dann zu Bandit, der den roten Dämon wieder anknurrte. »Nein, nein ... ich schulde Ruby etwas. Sie hat meine Seele gerettet. Ich schwöre auf den sechsten Ring, auf dem ich geboren wurde, dass ich kein Interesse daran habe, einen Anspruch auf sie zu erheben ... Außerdem bin ich schwul.« Er schaute nach unten, weil er keinen Augenkontakt mehr halten wollte, jetzt, wo er erkannte, was es mit den aufgeblasenen Brustkörben auf sich hatte.

Nicht mein Beinahe-Tod war der Auslöser dafür, sondern seine Männlichkeit.

Arschlöcher!

»Wenn wir alle damit fertig sind, zu bestimmen, wer Rubys Gefährte sein darf und wer nicht, können wir dann damit anfangen, die verdammten Seelie zu befreien, damit ich etwas schlafen kann. Ich bin verdammt müde und brauche ein Steak«, brummte Moira. Ich konnte es ihr nicht verübeln. Alles, was ich im Moment wollte, war eine Tasse Tee, ein heißes Bad und ein warmes Bett. Am liebsten in dieser Reihenfolge.

»Hier entlang«, sagte Moira und übernahm die Führung. Sie führte uns zu der Tür hinter der ehemaligen Bar. Jetzt war nur noch ein Haufen Asche und Geröll übrig. Als Gruppe gingen wir zu dem dunklen Loch in der Wand hinüber.

»Du bist hier schon mal durchgegangen.« Es war weniger eine Frage als eine traurige Feststellung.

»Ich war nicht in einem Käfig«, versicherte mir Moira und ich runzelte die Stirn. »Ich erkläre es dir ... später.« Ihr Blick wanderte zu Eugene. Sie vertraute ihm nicht. Und das zu Recht.

Wir folgten ihr die Treppe hinunter in einen tieferen Teil des Untergrunds. Mein Atem stockte aufgrund der körperlichen Anstrengung, die es brauchte, um dorthin zu gelangen. Denn auf ebenem Boden zu humpeln, war anscheinend zu viel verlangt.

»Alles in Ordnung, Schatz?«

»Ich schaffe das schon«, antwortete ich mit zusammengebissenen Zähnen und versuchte, den Schmerz nicht in meine Stimme oder mein Handeln einfließen zu lassen. Moira verlangsamte ihren Schritt, wartete, bis ich unten angekommen war, und legte einen Arm um meine Taille, um meine Bewegungen zu stabilisieren. »Danke.«

»Nichts zu danken«, murmelte sie.

Laran berührte meinen Arm. Ich wusste, dass er es war, denn seine Hand war warm und roch nach Lagerfeuer.

»Erlaube mir!« Er ging an uns vorbei und übernahm die Führung. Ich hatte nicht die Kraft, sie davon abzuhalten, Eugene ›versehentlich‹ zu verletzen, die Fae zu befreien und mich mit ihnen darüber zu streiten, mich zu verhätscheln. Ich war niedergestochen worden und dem Tod nahe gewesen. Dieses Mal war es also nicht wirklich Verhätscheln. Nicht, wenn ich es so formulierte.

Ein Flammenball erhob sich in die Luft und er ließ ihn über uns schweben, um unseren Weg nach unten zu beleuchten. Wir folgten ihm mit dem Rest der Reiter hinter uns.

Am Ende der Treppe versperrte uns eine rostige Metalltür den Weg. Zumindest tat sie das, bis Laran sie eintrat. Die Tür selbst öffnete sich nicht, aber die Steinwand, in die sie eingelassen war, bekam durch die Wucht seines Schlages einen Riss. Der umliegende Fels spaltete sich und der gesamte Rahmen sowie ein Teil der Wand stürzten ein. Eine Staubwolke wurde aufgewirbelt und ich röchelte und hustete, bis sie sich auflöste, während Moira mich festhielt.

Feuer schoss aus seinen Händen, riesige glühende Kugeln in Rot und Orange schwebten mehrere Meter über dem Boden, beleuchteten die Metallstäbe und verursachten panische Schreie um uns herum.

Ich keuchte, aber Moira gab keinen Laut von sich.

Sie wusste, was kommen würde. Was uns in der Dunkelheit erwartete.

Käfige. So viele Käfige. Sie säumten die Wände und waren vom Boden bis zur Decke übereinandergestapelt. Die meisten von ihnen waren leer. Die meisten, aber nicht alle.

Wie Donnach versprochen hatte, beherbergten vier Käfige in der hinteren rechten Ecke graue Gestalten. Ihr schwarzes Haar war struppig und verfilzt, ihre schieferfarbene Haut wurde nur von schmutzigen Lumpen bedeckt. Schwarze Blutergüsse zierten sie, bedeckt mit heilenden Wunden und verblassenden Narben.

Es war entsetzlich. Abstoßend. Ich musste gegen den Drang ankämpfen, mich zu übergeben, wenn ich nur an den Zustand dachte, in dem Moira zu mir gekommen war. Moira selbst starrte mit einem grimmigen Gesichtsausdruck und trostlosem Blick auf die Gestalten hinunter. Sie klammerte sich fester an mich, als würde sie mich zusammenhalten. Meine Schritte wankten, als wir weiter in den Raum hineingingen, denn im Hintergrund knurrte etwas – tief und bestimmt.

»Wir müssen sie rausholen und hier verschwinden, bevor das Ding loslegt«, sagte Julian.

Ach was. Ich blinzelte, um die hintere Ecke des Raumes zu sehen, aber Metallgitter und Schatten verdeckten sie. Nur das tiefe, gleichmäßige Atmen des Monsters gab einen Hinweis darauf, was hier unten bei uns war.

Ich trat vor und betrachtete die Fae im ersten Käfig. Es war eine Frau, nicht viel älter als ich, aber es war schwer zu erkennen, da sie mit so viel Dreck bedeckt war.

Ich wollte das Schloss an ihrem Käfig öffnen, aber da gab es nur ein Problem.

Er hatte keins.

Ich stolperte mit Moira an meiner Seite nach vorn, um sie besser sehen zu können. Laran folgte uns und blieb dicht neben uns. Er versuchte, die Tür aufzureißen, aber das Metall gab nicht nach. Es ließ sich nicht verbiegen. Es zerbrach nicht.

Das konnte nicht gut sein.

»Hat der Seelie, mit dem du einen Deal gemacht hast, erwähnt, wie du sie rausholen sollst?«, fragte Allistair, der auf meiner anderen Seite auftauchte.

Zwei Käfige weiter sah ich, wie Eugene versuchte, das Käfig mithilfe von Phasing zu durchbrechen, um sie zu retten. Der Boden sackte unter ihm weg, aber die Metallstäbe blieben fest und ließen ihn nicht auf die andere Seite gelangen. Er stöhnte auf und hielt sich am Käfig fest, während er seine Beine aus dem Loch hob, das seine Kraft geschaffen hatte.

»Nein, diese Information hat er nicht preisgegeben«, murmelte ich.

Ganz zu schweigen von der Tatsache, dass ich keine

Chance hatte, wenn weder Kraft noch Phasing funktionieren würden. Ich könnte versuchen, das Metall mit Feuer zu schmelzen. Das würde wahrscheinlich nicht funktionieren und die Kreaturen darin verletzen oder töten. Ich war mir ziemlich sicher, dass die Käfige nicht nur aus Eisen waren, um die Seelie zu schwächen, sondern dass sie irgendwie magisch verstärkt waren, um zu verhindern, dass man mit normalen Mitteln an sie herankam. Als wäre Phasing normal, aber hey, für einen Dämon war es das.

»Weißt du, wie?«, fragte ich Moira.

Sie holte tief Luft, ihre Augen waren so unruhig und aufgewühlt wie ein Feuersturm. »Ich bin mir nicht sicher …«

Das bedeutete, dass sie einen Verdacht hatte. Moira streckte ihren Stiefel aus und trat an den Rand eines Käfigs. »Hey, du«, sagte sie zu dem fast katatonischen Mädchen. Ich hätte sie für tot gehalten, wenn ihr kleiner Finger nicht gezuckt hätte. »Ja, du. Wie öffnen wir diese Käfige?«

Wieder ein Zucken. Ihr Kopf neigte sich langsam zur Seite und mit aufgesprungenen Lippen und zerschrammtem Gesicht antwortete sie.

»Blutmagie«, spuckte sie die Worte mit einer Giftigkeit aus, die ich nicht für möglich gehalten hätte, da sie nur wenige Augenblicke vor der Schwelle des Todes stand.

Moira seufzte und zog mich weg. Ihrem Gesichtsausdruck nach zu urteilen, hatte sie es bereits geahnt. Blutmagie, um diese Käfige zu öffnen, konnte alles Mögliche bedeuten, und ich wusste nicht, wie man die Zauber der Unseelie rückgängig machen konnte. Die meisten Dämonen wussten das nicht. Die Unseelie waren sehr selten, fast so selten wie die Seelie. Sie behielten ihre Magie für sich und deshalb wurden Informationen über sie teuer verkauft.

Aber ich hatte eine Frau getroffen, die beide Arten von Magie beherrschte. Das machte mich umso stutziger.

Wir traten langsam zurück, als ihr die Augen wieder zufielen. Die Erschöpfung holte mich schließlich ein. Die Kombination aus meinem Schwindelgefühl und Moiras seltsamem Verhalten führte dazu, dass wir uns weiter entfernten.

»Was machen wir jetzt?«, fragte ich und versuchte, das Knurren, das aus der hinteren Ecke kam, zu ignorieren. Es ging mir wirklich unter die Haut. »Wir können sie doch nicht einfach hierlassen.«

»Klar können wir das«, murmelte Moira. Ich warf ihr einen Seitenblick zu und sie schürzte die Lippen und seufzte tief. »Ich sage nicht, dass wir das tun sollten oder dass ich sie hierlassen will. Dieser Ort ist ein Friedhof. Die Seelen verweilen hier. Die Toten sprechen.« Sie schüttelte den Kopf. »Aber Blutmagie ist selten. Die Unseelie geben das Zeug nicht einfach an jeden heraus. Ich weiß es nicht. Irgendetwas fühlt sich hier nicht richtig an.« Moira kratzte sich im Nacken und atmete langsam. Sie beobachtete alles. Sie war von Natur aus paranoider als die meisten Menschen, aber ich stimmte ihr zu. Die Le Dan Bia waren über ein Jahrzehnt lang der größte Clan auf dem nordamerikanischen Kontinent gewesen. Sie waren aus dem Nichts aufgestiegen und hatten sich zu den Wächtern des Portals entwickelt und schnell an Macht gewonnen. Wenn jetzt noch Blutmagie hinzukam ... war das sicherlich genug, um sich Sorgen zu machen.

Ich presste die Lippen zusammen und schaute zu Julian hinüber. Über die Le Dan Bia konnte ich ein andermal nachgrübeln. »Kannst du die Käfige öffnen?«

Julians Kiefer verkrampfte sich, als er mich ansah, und er strich mit dem Daumen über seine Unterlippe. Ich fröstelte trotz des Schweißes auf meiner Haut und der schweren Luft, die von Sumpfwasser und Moskitos durchdrungen war. Ich hoffte inständig, dass die Hölle nicht nur eine noch extremere Version von Australien war.

Ich bezweifelte, dass ich die Hitze *und* alles, was mich fressen wollte, aushalten würde.

»Sie sagte, dass Blutmagie sie hier festhält?«, fragte er. Ich nickte einmal und Moiras Flügel strich über meinen Rücken. »Ich kann die Käfige öffnen, aber ich will zuerst ein Versprechen von dir.«

Natürlich wollte er das, denn welcher Dämon tat jemals etwas umsonst? Nur ich. Ruby Morningstar, Tattoo-Künstlerin, Königin der Hölle und anscheinend auch Dämonenjägerin, wenn deine Leidensgeschichte gut genug ist. Das könnte ich auf die Liste der Dinge setzen, an denen ich noch arbeiten musste.

»Was für ein Versprechen?«, fragte ich ihn und löste mich aus Moiras warmer Umarmung. Ich musste mir die schmutzigen Haarsträhnen aus dem Gesicht streichen, um zu ihm aufschauen zu können. Selbst für meine Verhältnisse war Julian ein Riese.

»Du wirst uns nicht mehr verlassen. Du wirst uns nicht mehr für fremde Typen verlassen«, sagte er und sah Eugene von der Seite an. Ich verkniff mir ein Augenrollen. »Keine Deals mehr, ohne vorher mit uns zu reden.« Ich beugte mich vor, weil mir schwindelig war und ich mich unkontrolliert zu ihm hingezogen fühlte. »Ja, du wirst die Königin sein und wir alle müssen lernen, wie wir diese Dynamik in den Griff bekommen ...« Seine Worte verebbten, als er sich die anderen Reiter ansah. Da wusste ich, dass er nicht nur Moira oder Bandit meinte, sondern die vier Gefährten, die die Bestie und ich ausgewählt hatten. Er richtete seinen Blick wieder auf mich, darin lag eine Dunkelheit, die das Grün in diesen dunklen Tiefen schwelen ließ. »Aber das wird mich keine Sekunde davon abhalten, dich für drei Tage an mein Bett zu fesseln.«

Ich schnappte nach Luft ... Ich konnte nicht sagen, ob das, was ich fühlte, von seinen Worten kam oder von dem dunklen Blick in seinen Augen, als er sie aussprach.

»Nun, das ist eine beträchtliche Wunschliste.«

»Es sind keine Bitten.«

Ich schluckte schwer und nickte. Ja, wir waren auf einem guten Weg, aber es lag noch ein langer Marsch vor uns. Mit allen, wirklich ... Und vielleicht würden wir nie ankommen. Aber wenigstens würde der Sex auf dem Weg dorthin toll sein.

»Nein, denn das wäre zu normal für dich«, seufzte ich.

»Wenn du *normal* willst, hast du Rysten«, antwortete Julian. Er streckte die Hand aus und strich mit den Fingerknöcheln über meinen Kiefer, bevor er sich wortlos abwandte.

Ich schwankte, als ich sah, wie Laran ihm seine Axt reichte. Julian ergriff den Knauf mit Leichtigkeit und schlug dann mit der Hand darauf ein. Ein Spritzer frischen Blutes verteilte sich über die Reihe der Käfige. Das Metall glühte hell an den Stellen, wo das Blut es berührte. Julian reichte die Axt zurück und beugte sich vor, um eine der Käfigtüren aufzureißen.

Das Mädchen darin hob den Kopf und blickte in die Augen des Todes.

Ihr Blick hatte nichts Furchtsames an sich, auch keine Dankbarkeit. Da waren nur tief sitzender Hass und Abscheu. Er trat zur Seite, um den nächsten Käfig zu öffnen, und ihr Blick glitt zu mir. Neugierde huschte über ihr Gesicht, als sie meine Anwesenheit begutachtete. Ich schob mich um Laran herum und neigte meinen Kopf zur Seite.

In diesem Moment spürte ich es.

Erkennen.

»Du bist die Erbin«, sagte sie. Ihre Worte waren kaum mehr als ein Flüstern und enthielten nur einen kurzen Hauch des seltsamen Tonfalls, den auch die anderen Dämonenjäger besaßen.

»Bin ich noch die Erbin, wenn der König tot ist?«

Keine Ahnung, warum ich sie das gefragt hatte. Wahrscheinlich, weil mich alle so nannten, obwohl Luzifer schon lange tot war. Er war schon vor Monaten gestorben.

»Donnach hatte recht mit dir. Dass du anders sein würdest.« Das war sowohl eine Antwort als auch keine.

»Woher weißt du, dass ich mit ihm gesprochen habe?«, fragte ich sie.

Sie kroch aus dem Käfig und richtete sich auf. Zerfetzte Kleidungsstücke hingen von ihren Gliedmaßen und stellten ihre orangefarbenen Runen zur Schau.

»Weil ich zur Prüfung für dich und zur Strafe für mich hierher geschickt wurde. Ich bin froh, dass er recht hatte, denn hätte er sich geirrt, wäre ich hier verrottet.« Ihre Worte brachten mich ins Taumeln und das sanfte Schaukeln des Raumes verstärkte sich.

Als die Schwingungen aufhörten und sich meine Sicht klärte, sah ich, dass die vier Fae freigelassen worden waren und sich zu einer Gruppe zusammengefunden hatten. Die Frau hob wieder ihren Kopf und sah mir in die Augen. Der Dämon, der sie freigelassen hatte, oder der riesige Waschbär, von dem ich wusste, dass er hinter mir lauerte, schienen sie nicht zu stören.

»Er wollte mich testen. Warum?«

Sie lächelte und es war nicht schön. Ihre schwarzen

Zähne glitzerten im schwachen Feuerschein, spitz und tödlich.

»Weil mein Bruder nach Hause zurückkehren möchte.«

Mehr verriet sie mir nicht, als sie ihre Hand hob und zu zeichnen begann. Wie bei Donnach verdichtete sich die Luft und die Zeichen wirbelten durcheinander. Ein deutlicher Knall ertönte und die Magie entfaltete sich nach außen. Ein kleines Portal bildete sich und nur ein leichter orangefarbener Schleier trennte diese Dimension von der nächsten.

»Ich weiß nicht einmal, was das bedeutet«, sagte ich. Jeder der Seelie ging vor ihr, bis nur noch sie übrig war. Sie hielt nur wenige Zentimeter vom Portal entfernt inne.

»Für den Moment spielt das keine Rolle.« Die dunkle Fae-Frau hob ihre Hand und zeichnete eine weitere Rune. Sie schwebte vor ihr in der Luft. »Aber wenn die Zeit gekommen ist, stehe ich in deiner Schuld. Pass auf dich auf, kleiner Morgenstern.«

Der magische Fluss schoss durch die Luft und traf mich genau an der Schulter. Ich keuchte vor Schmerz und schlug mit der Hand auf die Stelle. Sie brannte heiß, heißer als die Flammen der Hölle, das stand fest. Ich zog meine Finger weg und zuckte zusammen, als ich die raue Luft an der Stelle spürte.

Die Haut war orange und glühte. Eine Reihe von Rauten und miteinander verbundenen Linien, die zusammen eine Rune bildeten.

Verdammt noch mal, wie konnte mir das nur immer wieder passieren?

Erst der verdammte Blutschwur und jetzt das. Ich drehte mich um, um sie aufzufordern, es zu entfernen, aber das Mädchen war schon weg – und als Julian sich auf ihre verschwindende Gestalt stürzte, schnappte das Portal hinter ihr zu.

»Was zum Teufel hat sie mit mir gemacht?«

Allistair trat vor mich und schob meine Hand beiseite. Seine Augen funkelten vor Sorge, aber ich wusste, dass es mehr als das war. In ihm machte sich eine tiefe Unruhe breit, je länger er die Rune betrachtete.

»Es gibt eine gute und eine schlechte Nachricht«, sagte er schließlich. Ich errötete und grunzte ungeduldig, um ihn zum Weiterreden zu bewegen. Ein Grinsen umspielte seine Lippen, aber er war nicht bei der Sache. »Die schlechte Nachricht ist, dass ich nicht weiß, welche Rune das ist.«

Na, das war ja wirklich toll.

»Und die gute Nachricht?«, fragte ich ihn, während meine Schultern vor Erschöpfung zitterten.

»Ich kenne jemanden, der uns helfen kann, es herauszufinden.«

Ich nickte und strich mir mit der Hand über das Gesicht, um mir den Sand aus den Augen zu reiben. Sie brannten wie die Hölle nach all dem hier.

»Ich denke, das können wir auf die Liste der Dinge setzen, die Ruby noch herausfinden muss«, murmelte ich vor mich hin. Er schob eine Hand unter meinen Kiefer, seine Finger legten sich um mein Kinn und zogen es nach oben.

»Wir werden es gemeinsam herausfinden, okay?«

Wenn er mich so ansah, gab es keinen Platz mehr für Verhandlungen. Ich konnte nicht anders, beugte mich vor und ließ meine Lippen über seine streifen. Allistair stöhnte leise auf und zog mich näher zu sich. Eine Hand schlängelte sich um meine Taille, während er sich an meinem Kinn festhielt und in das Haar an meinem Nacken griff.

Meine Zunge glitt heraus und trennte den Saum seiner Lippen.

»Ruby, Babe, ich liebe dich zu Tode und das hast du auch verdient, nachdem du heute fast gestorben wärst, aber kann das bitte warten, bis wir wieder in der Wohnung sind?«, unterbrach Moira ihn.

Ich stöhnte und zog mich widerstrebend zurück. Die Welt entglitt mir und ich musste mich grob an Allistairs Schultern festhalten, während er mich stützte, um aufrechtzubleiben. Es schien, als hätten sowohl mein Kopf als auch meine Beine beschlossen, dass sie für heute fertig waren.

Die Hände, die mich hielten, waren nicht mehr warm und butterweich, sondern herrlich kühl, als Allistair mich an jemanden weiterreichte.

»Sie verliert immer noch Blut«, sagte Allistair. Mir gefiel die Sorge nicht, die ich in seiner Stimme hörte.

»Verhätschelt mich nicht. Ich werde schon wieder ...«

Trotz meines Drängens hob Julian mich hoch und hielt mich mit seinen Armen unter den Knien und am Rücken fest. Er drückte mich vorsichtig an seine Brust und runzelte die Stirn, als er sich das Loch in meinem Bauch ansah. Es war nur noch so groß wie ein Zehncentstück, aber blaues Blut, schwarzer Dreck und alle möglichen anderen Substanzen bedeckten mich. Was ich wirklich brauchte, war eine verdammte Dusche mit einem Feuerwehrschlauch.

»Du hast Schmerzen«, sagte er.

»Mir war nicht bewusst, dass ein Messerstich angenehm sein soll«, antwortete ich trocken. Julians Stirnrunzeln verschärfte sich. Wider besseres Wissen lehnte ich meinen Kopf an seine Brust und kämpfte gegen die Schwindelanfälle an.

»Wir werden uns um alles kümmern, Ruby«, sagte

Allistair. Seine Stimme war leise und sanft, aber mit einer rohen, unzähmbaren Kraft. Erst da wurde mir klar, was er vorhatte.

»Wenn du mich betäubst, schwöre ich beim Teufel, dass ich nie wieder deinen Schwanz lutschen werde«, knurrte ich und kuschelte mich enger an Julian. Als würde er mich beschützen.

»Schatz, ich muss gar nichts tun. Du schläfst schon, bevor wir wieder in der Wohnung sind.«

Er hatte nicht Unrecht. Julian drehte sich nach meinem Waschbären um und die Reiter begannen zu reden. Irgendetwas über Bandit und dass er nicht in die Wohnung passte. Ehe ich mich versah, war die Dunkelheit hereingebrochen. Die Schwärze holte mich ein, aber dieses Mal hatte sie etwas Tröstliches an sich. Anstelle der Trostlosigkeit, die mich isoliert hatte, war es ein Schatten, der mich umgab und tröstete. Ein Schatten, der mit seiner Umarmung eine Ranke von Rysten in sich trug und einen Hauch von etwas, das vorher nicht da gewesen war. Eine andere Art von Dunkelheit, die stark genug war, mich in ihre Tiefen zu ziehen und mich nicht mehr loszulassen. Eine Art von Dauerhaftigkeit. Fast wie … der Tod.

32

F ELL KITZELTE MEINE N ASE. B ANDIT. D ER Dämonenwaschbär konnte mich einfach nicht schlafen lassen.

Erschrocken fuhr ich im Bett hoch und erinnerte mich eine Sekunde zu spät daran, dass ich niedergestochen worden war. Ich zuckte zusammen und wartete darauf, dass der Schmerz kam, aber nach einem Moment des Sitzenbleibens kam er nicht. Ich schaute an mir herunter, in der Erwartung, mein eigenes nacktes Fleisch zu sehen, aber ein frisches, weißes T-Shirt hing von meinen Schultern herab. Der Stoff war lang und sackartig, es musste eines der Jungs ein. Ich neigte meinen Kopf nach vorn, um daran zu riechen. Frisch. Sauber. Nur ein Hauch von …

»Riechst du an meinem Shirt?«

Ich erstarrte und schaute zu meiner Linken, wo Julian sich gegen das schwarze Ebenholz-Kopfteil lehnte. Sein Haar war glatt und blond, kein Hauch von Schmutz in Sicht. Er trug ein enges weißes T-Shirt, ähnlich dem, das ich trug, und eine dunkle Jeans. Seine Füße waren nackt und so verrückt es auch klingen mag, er hatte wirklich schöne Füße.

Gab es so etwas überhaupt? Das Bett, auf dem wir saßen, verfügte über eine elfenbeinfarbene Daunendecke. Die Wände waren weiß. Auffallend weiß.

Wir saßen da, als wäre nichts passiert, so sauber, wie es nur ging. Ich war vollkommen verwirrt, aber das Erste, was ich sagte, war: »Ja, verklag mich doch.«

Julian grinste eines seiner seltenen Grinsen und schüttelte den Kopf. »Ich habe Besseres im Sinn«, sagte er heiser. Mein innerer Sukkubus schnurrte und beugte sich zu ihm hinunter, aber Bandit hatte etwas dagegen. Ein verärgertes Grummeln ertönte hinter meinem Kopf und Luft pfiff an meinem Haar vorbei, als etwas meine Kopfhaut nur knapp streifte und Bandit, der jetzt wieder seine normale Größe hatte, auf meinem Schoß saß.

»Bandit«, hauchte ich fröhlich. Er schaute mich mit seinen unnatürlichen Augen an. Blau mit Pentagrammen, aber abgesehen von dem blauen und schwarzen Fell war er immer noch mein Bandit. Mit wackelnden Augenbrauen und allem. »Er ist wieder klein«, sagte ich und hatte Mühe, die richtige Frage zu stellen. Mein Waschbär krallte sich in mein Shirt, als er sich näher an mich heranschob und seine Pfoten um meinen Hals schlang. Ich nahm ihn in die Arme und hielt ihn dort fest.

»Anscheinend kann der Waschbär jetzt seine Größe ändern und Feuer spucken«, sagte Allistair. Ich schaute auf und sah ihn in der Tür stehen. »Du musst ihn mit deiner Magie durchtränkt haben, du oder die Bestie.«

»Mhmm«, murmelte ich. »Und dass er wieder zum Leben erwacht ist – hat meine Magie das auch bei ihm bewirkt?« Bandit kuschelte sich näher an mich und ließ ein Schnurren vernehmen.

»Wir sind uns nicht sicher«, antwortete Julian. »Ich glaube, es hat etwas damit zu tun, dass er dein Vertrauter ist.« Ich kraulte ihn hinterm Ohr, während ich darüber nachdachte.

»Heißt das, dass Moira auch nicht sterben kann?«

Wenn ja, war das eine Sorge weniger, die ich in der Hölle haben müsste. Sie war jetzt eine Todesfee mit den Kräften der Legion, aber sie war nicht unsterblich. Es sei denn, die Verbindung mit mir hatte Bandit gerettet und könnte auch sie retten.

»Wir sind uns nicht sicher«, wiederholte Julian erneut. Diesmal mit mehr Nachdruck.

Ich rollte mit den Augen und ordnete das unter ›Dinge, die wir nie testen werden‹ ein. Vielleicht war es so. Vielleicht war es das nicht. Irgendwie hatte ich die Verwandlung mit intakter Seele und intakten Vertrauten überstanden. Das musste doch auch etwas zählen.

»Also ...«, begann ich. »Was passiert jetzt?«

War das nicht die Frage des Tages? Wie ging es weiter? Wohin gingen wir als Nächstes? Da sowohl Moira als auch ich die Verwandlung erfolgreich durchlaufen hatten, war der logische Schritt wahrscheinlich die Hölle. Aber was würden wir dort tun? Und was war mit Sin und diesem mysteriösen Master, vor dem sie mich immer wieder warnte?

Die Fragen und die Ungewissheit ließen meinen Kopf schmerzen.

Allistair räusperte sich in der Tür. »Das müssen wir besprechen, aber zuerst – hungrig?«

Er trug eine tief sitzende Jeans, die seine Hüften gut umspielte. Es war das erste Mal, dass ich ihn in etwas so Ungezwungenem sah, noch dazu ohne Hemd. Nicht, dass ich mich beschwert hätte. Er verschränkte seine gebräunten Arme über der Brust und die Muskeln schwollen an und taten komische Dinge mit meiner Libido. Ich leckte mir unwillkürlich über die Lippen, als er seinen Kopf zur Seite neigte und der Vorhang aus dunklem Haar sich mit ihm bewegte. Er zog fragend eine Augenbraue hoch.

Verdammt. Er hatte nicht hungrig im Sinne von Sex gemeint. Er meinte Essen. Und zwar richtiges Essen.

Natürlich war mein Denken völlig von der Rolle. Na ja, meins und das der Bestie. Während ich mein Gesicht abwandte, um die Scharlachröte zu verbergen, die mir zweifelsohne über die Wangen kroch, kümmerte *sie* sich nicht um die Aufdringlichkeit unserer Vermutung. Sie war sogar mehr als nur ein wenig erpicht darauf, aber wir hatten etwas zu besprechen.

Danach ... nun, ich war keine Heilige.

»Ich nehme einen Kaffee, wenn das in Ordnung ist.« Er nickte und drehte sich zum Gehen um, wobei er mir einen hübschen Blick auf seinen Hintern gewährte. Julian gab ein leises Knurren von sich und ich starrte ihn an. Arroganter, besitzergreifender Scheißkerl.

»Soweit ich mich erinnere, habt ihr alle dieser Regelung zugestimmt. Und in der Hütte schien es euch wirklich nichts auszumachen, zu teilen«, brummte ich.

Bandit fing wieder an zu röcheln, ließ meinen Hals los und rollte rückwärts auf meinen Schoß. Verdammter Waschbär! Er *hatte* gelacht. Wirklich? Konnten Waschbären lachen?

Er vermutlich schon, genauso wie er Feuer spucken und seine Größe verändern konnte.

»Ich habe mich aus freien Stücken für dich entschieden, genauso wie du uns vier als Gefährten gewählt hast.

Bedeutet das, dass du immer tun wirst, was wir verlangen? Offensichtlich nicht, sonst wärst du mir nicht fast gestorben.« Ich schluckte schwer. Wie konnte er aus einer beiläufigen Bemerkung etwas so Tiefes und Rohes machen? »Das heißt aber nicht, dass wir keine Probleme mit Besitzansprüchen haben werden. Dämonen teilen nicht von Natur aus, Ruby. Die Mächtigsten von uns bilden Harems, ja, aber die meisten dienen der Stärke. Nicht ... dem hier.«

Ah, und damit waren wir beim Kern der Sache angelangt.

»Aber du willst es«, sagte ich.

Er nickte. »Ja. Genauso wie Rysten, Laran und Allistair. Wir sind allesamt Männer und auch wenn sie meine Brüder sind, die dich beschützen, wird es nicht immer einfach sein, dein Bett zu teilen.« Er hielt inne und fuhr sich mit der Hand über den Kiefer. »Aber das sind die wenigsten Dinge im Leben.«

Ich atmete tief ein und aus und spürte, wie sich meine Schultern ein wenig entspannten.

»Wir werden einen Weg finden, damit es funktioniert«, sagte ich und klang dabei sicherer, als ich es wahrscheinlich sein sollte. »Wir machen es ... fair.« Das hörte sich für mich gut an. Für Julian anscheinend auch, denn er grunzte zustimmend und stand auf.

»Das ist alles, worum ich bitte. Ich lasse euch beide allein, damit ihr reden könnt.« Mit diesen Worten verließ er den Raum und rammte dabei fast Moira, als sie in mein Blickfeld trat. Sie wich ihm aus und zog ihre gewaltigen Flügel ein. Es war eine unbeholfene Bewegung, aber sie war besser, als ich es von einem Mädchen erwartet hätte, das sie erst seit ein paar Wochen besaß.

Die Gefangenschaft im Untergrund hatte sie vielleicht

gezwungen, zu lernen. Der Gedanke legte sich wie eine graue Wolke über mich und nahm mir die Erleichterung, die ich empfunden hatte.

»Wie gehts dir?«, fragte sie. Sie trug ein weißes Tanktop und ihre dunkelgrünen Haare waren zu einem unordentlichen Zopf gebunden, aus dem zwei dunkelblaue Hörner herausragten.

»Sollte ich dich das nicht fragen?«, antwortete ich leise. Sie presste die Lippen zusammen und sah weg. »Es tut mir leid, ich ...«

»Nicht doch«, antwortete Moira schnell. Sie seufzte und legte eine kleine Hand auf meinen Arm. »Bitte entschuldige dich nicht. Du wusstest nicht, dass das passieren würde. Es ist nicht deine Schuld.«

»Wir waren meinetwegen da unten ...«

»Ruby«, beharrte sie. Ihr Tonfall war streng, aber auch etwas müde. »Die Dämonen hielten mich nicht gefangen. Ich war in keinem Käfig eingesperrt. Ich war ...« Sie hielt inne und schluckte schwer. »Zuerst dachte ich, ich sei gestorben. Ich konnte gehen, sprechen und fühlen – aber niemand wusste um meine Anwesenheit. Niemand außer Bandit und einem der Höllenhunde, die sie dort hielten. Ich habe ihr Essen gegessen. Ich habe ihren Schnaps zertrümmert. Ich habe sogar einen von ihnen geohrfeigt, aber niemand konnte mit mir kommunizieren. Sie hielten mich für einen Geist.« In ihren Augen waren Schatten zu sehen, als sie alles außer mir ansah. Ihre Haltung war zu steif, als sie auf ihren Füßen hin und her wippte. Dort unten zu sein, hatte sie vielleicht nicht umgebracht, aber es gab jetzt Mauern um ihren Verstand. Mauern um ihr Herz. Mauern, wo keine hätten sein sollen, nicht vor mir.

»Ich weiß nicht, was ich sagen soll«, sagte ich wahrheitsgemäß. Ich wusste nicht, was ich sagen sollte, wenn sie mich nicht sagen ließ, dass es mir leidtat. »Ich habe das Gefühl, dass es meine Schuld ist, dass du da unten warst, und während die Reiter mich abtransportiert haben, saßt du fest ...«

»Ich saß nicht fest«, sagte Moira. Sie drehte sich zur Seite und hob einen flammenden Flügel. Ich blinzelte einmal und schluckte.

»Das ist eine Rune.«

»Ich glaube, Donnach hat sein Fae-Mojo benutzt, um mich daran zu hindern, zu gehen. Bandit hat eine solche Rune auf der Unterseite seiner linken Hinterpfote.« Sie drehte sich wieder um und schlang ihren Flügel um sich.

War es ein unbewusster Akt? Merkte sie, wie sich ihr Verhalten bereits verändert hatte?

Ich wusste es nicht, aber die rot gefärbte Rune auf ihrem oberen Rücken gefiel mir ganz sicher nicht. Ich sprach zwar nicht die Sprache der Fae, aber das Zeichen, das wie ein Vogelkäfig aussah, war nicht schwer zu verstehen.

»Er hat dich also verhext, um dich und Bandit dort zu halten. Aber wie? Ich habe ihn die ganze Zeit beobachtet ...«

»Ich habe viel darüber nachgedacht und ich glaube, dass er das nur getan haben kann, als wir transportiert wurden, bevor wir zur Besinnung kamen. Wenn Bandit auch gelähmt war, ist es möglich, dass wir das nicht gemerkt haben ...«

Ihre Logik war nicht schlecht, aber wenn sie stimmte ... was hätte er sonst noch tun können? Wo sonst könnten sich Spuren auf unserer Haut befinden? Ich fuhr mir mit der Hand über die Schulter und fühlte mich verletzt, auch wenn ich es nicht war, die er markiert hatte.

»Es war geplant. Er wollte sicherstellen, dass ich den Untergrund betrete und die Seelie rette. Ich weiß allerdings nicht, wie er das wissen konnte«, seufzte ich. Ein Klopfen an der Tür lenkte meine Aufmerksamkeit auf sich. Allistair streckte eine blasse Hand mit einer dampfenden Tasse schwarzen Kaffees aus. Ich nahm sie und lächelte dankbar.

»Ist hier alles in Ordnung?«, fragte er viel zu beiläufig. Moira zupfte einen Fussel von ihrer Leggings und drehte sich weg. Ich nickte ihm zu und er wandte sich zum Gehen. »Ich lasse euch beide dann mal allein ...« Er verstummte, während er unbeholfen wegging.

»Was denkst du gerade?«, fragte ich sie und setzte mich auf das riesige weiße Bett. Moira spielte an ihren Nägeln herum, während sie ihre Gedanken abwog. Paranoia und Misstrauen nagten an ihr.

»Es wird sich verrückt anhören«, sagte sie. Ich lächelte daraufhin.

»Ich bin sicher, ich habe schon Verrückteres getan.« Ein leichtes Grinsen umspielte ihre Lippen, aber nur für eine Sekunde.

»Ich glaube, Eugene war ein Köder. Dass der Seelie-Mann diese ganze Sache aus einem unbekannten Grund inszeniert hat. Dass du dem Rubrum vertraust. Dass er uns zu ihm gebracht hat. Er hat an deine Menschlichkeit appelliert, um dich dazu zu bringen, zu den Le Dan Bia zu gehen und seine Leute zu befreien ...«

Sie hatte recht. Das klang wirklich verrückt, aber das bedeutete nicht, dass es falsch war.

»Ich weiß nicht, wie er es getan haben könnte. Ich weiß, dass er uns gezwungen hat, dort zu bleiben, weil er damit garantiert hat, dass du zurückkommen musst, um mit ihnen zu kämpfen. Aber etwas fehlt ...« Sie holte tief Luft und kaute nachdenklich auf ihrer Lippe. Ich fuhr mit meiner

Hand über Bandits Fell und er rollte sich auf den Rücken, damit ich seinen Bauch streicheln konnte. Die rote Rune, von der sie mir erzählt hatte, blitzte auf und meine Hand erstarrte. Mir kam ein Gedanke, der vorher nicht da gewesen war.

»Du sagtest, Bandit war auch bei dir, richtig? Dass er nicht entkommen konnte?«

»Ja«, stimmte sie zu. »Sie konnten ihn weder sehen noch mit ihm kommunizieren, genauso wenig wie mit mir. Als er dachte, du wärst tot, drehte er durch und wuchs, das war das erste Mal, dass sie es zu merken schienen. Sie sahen mich, als du über die Schwelle getreten bist, also kann ich nur vermuten, dass da der Bann gebrochen wurde.« Sie blickte über ihre Schulter auf die Rune auf ihrem Rücken und schlang ihre Arme um sich.

»Es ist …«

Ich würgte. Hastig blinzelnd, drehte ich mich um und hustete heiser. Moira ging um das Bett herum und nahm mir die Tasse Kaffee aus der Hand, bevor ich sie verschüttete. Sie klopfte mir auf den Rücken und wartete, bis das Röcheln aufhörte.

»Geht es dir gut?«

»Ja, ich wollte dir nur sagen, dass es …«

Ich verschluckte mich wieder. Der Husten wurde schlimmer, während ich nach Luft rang. Meine Brust zog sich zusammen und ein Gefühl der Angst machte sich in mir breit. Ich wusste, was passiert war. Oder zumindest Teile davon. Genug, dass sie geahnt hatte, dass ich es herausfinden würde. Sie hatte gewusst, dass ich herausfinden würde, was mit Donnach und ihrem unheimlichen Timing passiert war, als sie die Leiche von Bandit ablieferte, kurz nachdem wir aus der Hütte zurückgekehrt waren. Wir hatten uns gerade darüber gestritten, dass ich sie suchen wollte, als sie aufgetaucht war. Julian hatte mich nicht gehen lassen wollen. Die anderen hätten es wahrscheinlich auch nicht getan und dann war ich davon ausgegangen, Bandit wäre tot, und ich hatte meinen verdammten Verstand verloren. Aber wenn Bandit die ganze Zeit dort gefangen war, hätte sie mir nicht seine Leiche bringen können, was bedeutete, dass sie mir etwas gebracht hatte, das in jeder Hinsicht wie er ausgesehen und sich auch so angefühlt hatte. Sie hatte mich glauben lassen, dass er gestorben war. Dass Moira ihm folgen würde.

Ich weiß nicht, wie oder warum, aber sie hatte es getan.

Tränen traten in meine Augenwinkel und ich versuchte nicht mehr, dagegen anzukämpfen. Gegen die unsichtbare Stille, die sie mir aufgezwungen hatte. Ich fragte mich, ob die Rune auch auf meinem Körper thronte. Ich würde später nach ihr suchen müssen.

»Es ist was?«, fragte mich Moira, nachdem ich schweigend dagesessen hatte. Es gab keine Möglichkeit, ihr die Wahrheit zu sagen, aber ich musste sie auch nicht mit Lügen füttern.

»Es ist ein Irrenhaus«, sagte ich. Sie nickte zustimmend und reichte mir den Kaffee, während sie sich wieder in ihre eigenen Verschwörungen vertiefte. Ich bekam Kopfschmerzen, wenn ich darüber nachdachte. Ich fragte mich, wie weit zurück alles reichte. Ich wollte herausfinden, wo der Zufall endete und Sins Planung begann – ihre und Donnachs. Ich war mir nicht ganz sicher, aber ich hatte eine Ahnung, was sie sein könnte, und wenn ich recht hatte – wenn sie Donnach half ... Ich nahm einen großen Schluck Kaffee.

»Wenn Donnach dich mit einem Zauber belegt hat ...« Ich hielt inne, als sich ihre Augen verfinsterten. »Warum denkst du, dass er es getan hat?«

Moira blinzelte und versuchte, meiner veränderten Fragestellung zu folgen. Zumindest glaubte ich, dass sie verwirrt war, denn sie blinzelte ein wenig und zog die Augenbrauen zusammen.

»Er wollte natürlich, dass die Seelie freigelassen werden.«

»Ja, aber das ist nur kurzfristig«, sagte ich und dachte laut nach. »Das Seelie-Mädchen ließ es so klingen, als ginge es um mehr. Als ich sie fragte, warum, meinte sie, *um nach Hause zurückzukehren*. Was denkst du, hat sie damit gemeint?« Auch hier hatte ich einen Verdacht, aber ich wollte mit meinen Vermutungen nicht voreilig sein.

»Jeder weiß, dass die Seelie aus der Hölle kommen, aber was hat das damit zu tun, dass du den Arsch seiner Schwester vor dem Kampfring gerettet hast? Es ergibt keinen Sinn, aber ich habe den Eindruck, dass sie auch nicht wollen, dass es das tut.«

Ich nickte. Wir waren uns also einig. Es war die Hölle, von der sie gesprochen hatte. Was sonst sollte es sein? Sie kamen aus der Hölle. Das war ihre Welt und Luzifer und Lilith hatten sie vertrieben.

Es war nicht wirklich überraschend, dass sie wieder zurückwollten, aber ich wusste nicht, was wir damit zu tun hatten und was meine Befreiung der Seelie bewirkte. Wobei es ja eigentlich Julian gewesen war, den ich dazu gebracht hatte, sie mit seinem Blut freizulassen.

Wir verfielen in eine angenehme Stille. Ich streichelte Bandit über den Bauch und er schnurrte so laut, dass es die Leere ausfüllte, die sonst vielleicht unangenehm gewesen wäre. Moira atmete müde aus und ließ sich neben mir aufs Bett zurücksinken.

»Willst du darüber reden?«, fragte ich. Sie starrte auf ihre Hände und drehte sie hin und her.

»Nicht wirklich. Du fühlst dich schuldig und ich bin nicht in der Lage, dich zu trösten und mich um meine eigenen Dinge zu kümmern.« Sie entspannte ihre Hände, als hätte sie gerade erst gemerkt, dass sie herumzappelte. »Es ist eine beschissene Situation, egal, wie wir sie betrachten.«

»Ja, das ist sie«, stimmte ich zu. Sie wollte keine Entschuldigung, also gab ich ihr auch keine. Ich wollte nicht, dass sie die Person war, die mich nach all dem wieder aufmuntern musste. Ich hatte sie nicht freiwillig dort zurückgelassen, aber es war passiert. Es war scheiße, aber manchmal spielte das Leben nun mal so. Manchmal gab es keine Worte. Es gab nichts, was es wiedergutmachen oder besser machen konnte.

Aber wir konnten verhindern, dass es noch schlimmer wurde.

»Willst du einen Film sehen, nur du und ich?«

Sie lächelte und für eine Sekunde war wieder Licht in ihr. Ich wusste, dass es nicht von Dauer sein würde, genauso wenig wie die erstickende Klaustrophobie und die Panik, die an ihr nagten. Genau wie damals würde es wieder nachlassen, und auch wenn sich ein Teil von ihr veränderte, war meine Moira immer noch da. Sie war stärker als das hier. Stärker als die Scheiße, die das Leben uns angetan hatte. Das waren wir beide.

»Klar«, sagte sie.

Wir zogen ins Wohnzimmer und machten es uns mit einer großen Plüschdecke gemütlich und schnappten uns ein paar Knabbereien. Bandit kuschelte sich in meinen Schoß und Moira lehnte sich an mich. Wenn mich jemand fragen würde, könnte ich ihm nicht sagen, was wir uns angesehen hatten. Vermutlich schenkten wir dem Film beide keine große Aufmerksamkeit, aber wir blieben so, weil wir alle drei zusammengekauert waren, weil wir alles durchgemacht und überlebt hatten.

Die Jungs kamen nicht, um nach mir zu suchen, und obwohl wir später nie darüber sprachen, war ich dankbarer dafür, als ich es in Worte hätte fassen können.

33

Ich rieb mir den Schlaf aus den Augen, als ich von der Couch in Richtung Badezimmer stolperte. Wir waren letzte Nacht dort eingeschlafen, mit einer Flasche Wein und einer Schachtel Oreos. Bandit grummelte, als ich mich von ihm entfernte, und zog seinen faulen Hintern von der Couch, um mir zu folgen. Seine Pfoten kratzten an meinen nackten Beinen, während er winselte.

»Verdammt noch mal!«, murmelte ich. Ich hob ihn auf, ging ins Bad und setzte ihn auf dem Waschtisch ab. Mit ihm auf dem Schoß konnte ich nicht pinkeln und es war noch viel zu früh, um mich um sein Geschrei zu kümmern, wenn ich ihn im Flur zurückließ.

Ich erledigte meine übliche Morgenroutine und ließ ein Bad einlaufen. Bandit beschloss, dass die glänzenden Schubladenknöpfe am Waschtisch interessant genug waren, um sich nicht darüber zu beschweren, dass ich ihn ignorierte. Ich kümmerte mich um mein Geschäft, während er zwei Minuten damit verbrachte, die Schublade, die ihm am nächsten war, zu öffnen und zu schließen, völlig fasziniert von der Art, wie sich das Licht auf dem Metallknauf brach. Ich war gerade dabei, meine Zahnbürste zu spülen, als ich etwas sah ...

Warum war da etwas Blaues an meiner Hand? Ich bewegte mich, drehte mein Handgelenk und sah eine Reihe von dünnen, blauen, efeuartigen Ranken, die meinen Arm hinaufliefen und unter meinem Shirt verschwanden.

Heilige Hölle! Was zum Teufel war mit mir passiert?

Ich griff nach unten und fasste an den Saum des sackartigen weißen T-Shirts. Wollte ich sehen, was darunter war? Immerhin war ich erstochen worden. Nun, es war ohnehin da. Vielleicht sollte ich es einfach hinter mich bringen.

Ich hob es über meinen Kopf und warf es auf den Waschtisch. Blaue Ranken zogen sich meine beiden Arme hinauf und über meine Brust, direkt dorthin, wo das Pentagramm eng zwischen meinen Brüsten saß. Es sah genauso aus wie vorher. Einfarbig schwarz. Unbeweglich. Die Ranken schlängelten sich und krochen über meine Haut, meinen Bauch hinunter und zu meinen Beinen. Es war verrückt, dass ich sie vorher nicht bemerkt hatte, und ich war mir absolut sicher, dass sie nicht von den Reitern stammten.

Ein rauchartiger Schädel war auf meinem Bauch eingebrannt. Sein Mund war in einem seltsamen Winkel geöffnet. Ich blinzelte und ging näher heran, um ihn zu sehen. Meine Finger strichen über etwas, das wie ein strukturiertes Band aussah, und stellten fest, dass es rau war. Die Haut dort war von verhärtetem Narbengewebe durchzogen.

Meine Stichwunde – erkannte ich. Dort war ich erstochen worden und obwohl ich das sofort hätte erkennen müssen, war die Narbe durch das Brandzeichen und die Heilung kaum zu sehen. Auf jeden Fall war sie kein Loch mehr. Statt etwas, das erst Tage oder Wochen alt war, könnte es eine Narbe von vor Jahren sein. Ich fragte mich, ob das meine eigene natürliche Heilung gewesen war, nachdem ich mich verwandelt hatte, oder ob das Brandzeichen des Todes etwas bewirkt hatte. Mich irgendwie verändert hatte.

Das würde wohl nur die Zeit zeigen.

Ich kämmte mein Haar hinter beide Schultern, um einen besseren Blick auf die Ranken zu werfen, die über meine Brust krochen. Sie waren unheimlich, aber auch irgendwie sexy. Vielleicht stammten sie von Lola?

Ich hatte noch nie von einem Dämon mit zwei Zeichen gehört, aber was wusste ich schon? Offensichtlich nicht sehr viel.

Meine Augen glitten über die Rune, die die Unseelie-Frau hinterlassen hatte, und blieben auf etwas anderem haften. Eine Art Verfärbung im Bereich meines Halses, wo er mit meinem Kiefer verbunden war. Ich drehte mich zur Seite und zog mir die Haare aus dem Weg. Rystens Brandzeichen. Es war weiß, so weiß, dass es sich sogar von meiner Haut abhob. Sein Brandzeichen war ein abgewandeltes Biogefahrensymbol mit umlaufenden Ringen. Das ganze Ding konnte nicht länger als fünfzehn Zentimeter sein, aber es war wirklich auffällig, sobald man wusste, dass es da war. Obwohl es mir nichts ausmachte, fragte ich mich, ob ich mit ihnen darüber reden sollte, wo ich gebrandmarkt wurde. Sonst könnte Laran versuchen, mir seinen flammenden keltischen Knoten auf die Stirn zu brennen, um seine Dominanz zu demonstrieren.

Wenn sie sich selbst überlassen blieben, würden sie vielleicht anfangen, mich anzupissen, um ihren Besitzanspruch geltend zu machen, und die Bestie könnte herauskommen und ihnen wieder in den Hintern treten, nur um auf schmerzhafte Weise klarzustellen, wer das Sagen hatte.

Alles in allem war es nicht so schlimm, wie es hätte sein

können, und ich sah kein Zeichen von Sin, das darauf hindeuten könnte, dass es die Ursache für mein Schweigen war. Das beunruhigte mich noch mehr – das Fehlen eines Zeichens, obwohl ihre Magie eindeutig im Spiel war. Ich war mir nicht sicher, ob es besser oder schlechter war, dass sie keins hinterlassen hatte. Es war auf jeden Fall gut geplant.

Ich wandte mich vom Spiegel ab und tauchte einen Fuß in das brühend heiße Wasser. Ich stöhnte vor Genuss und ließ mich nieder. Gerade als ich mit dem Rücken auf das gewölbte Porzellan der Wanne stieß, schlang sich ein pelziger Schwanz um meinen Hals. Ich schaute zu Bandit hinüber und sah, dass er sich zu meinem Kopfkissen bewegt hatte. Ich seufzte zufrieden und freute mich darauf, die nächste Zeit hier zu sitzen, bis meine Haut faltig und schrumpelig war.

Leider hatte das Schicksal mal wieder andere Pläne.

Gerade als ich anfing, meine obszön behaarten Beine zu rasieren, klingelte es an der Tür. Ich hatte nicht einmal gewusst, dass wir eine Türklingel hatten. Verdammt, ich wusste nicht einmal, wo die Haustür war. Die Reiter hatten ein Händchen dafür, mich durch Schattenwandeln, Pyroporting oder Spiegelwandeln hinein und hinauszubefördern. Die einzige Gabe, die ich durch meine Verwandlung nicht erhalten hatte, war das Teleportieren, aber wenn es nach ihnen ginge, würden sie mich überall hintragen, als wäre ich eine Invalide.

Ich fuhr fort, meine Beine zu rasieren, hoffte und betete, dass derjenige, der geklingelt hatte, verschwinden würde – oder dass ich zumindest nicht rangehen musste.

Es klingelte ein zweites Mal an der Tür.

»Ruby«, rief Moira. »Jemand ist an der Tür.«

»Ach was, Sherlock«, murmelte ich, als ich mein rechtes

Bein beendete. »Kannst du nicht gehen?«, rief ich zurück. Ein lautes Stöhnen ertönte aus dem Wohnzimmer.

»Ich kann mich nicht bewegen«, sagte Moira. »Ich liege in einem diabetischen Koma nach all den Oreos.« Ich rollte mit den Augen.

»Es war nur eine Tüte«, schimpfte ich. Ich hatte schon gesehen, wie sie zweieinhalb verputzt hatte, bevor sie aufgeben musste.

»Aber sie waren doppelt gefüllt«, murmelte Moira, kaum laut genug, dass ich sie hören konnte.

»Oh, um Teufels willen.« Ich legte den Rasierer beiseite und stand auf, wobei das Wasser in der Wanne umherschwappte. Bandit sprang herunter und schüttelte das Wasser ab, das ihn benetzte. Ich trocknete mich mit einem Handtuch ab und zog mir den einzigen Bademantel an, den ich sah. Er war viel geschmeidiger als mein eigener und ich grinste amüsiert vor mich hin. Er war zu groß, um Moira zu gehören, und es hing noch ein Preisschild daran. Einer meiner Gefährten war einkaufen gegangen und hatte daran gedacht, mir einen mitzubringen. Nach dem glatten, teuren Material zu urteilen, würde ich auf Allistair tippen.

Ich beugte mich hinunter, hob Bandit hoch und öffnete die Badezimmertür, um zurück ins Wohnzimmer zu gehen. Die Türklingel ertönte ein drittes Mal.

In einem anderen Raum, den ich nicht genau bestimmen konnte, brummte jemand eine Reihe von Flüchen. Eine Tür öffnete sich und Laran kam um die Ecke, nur mit einer Jogginghose bekleidet. Seine goldene Haut glänzte im Morgenlicht und der feurige keltische Knoten an seiner Hüfte hob sich von dem schwarzen Band der Jogginghose ab. Sein dunkles Haar hatte er bis zum Nacken zurückgekämmt und die roten Schattierungen blitzten nur kurz auf, als er sich vor mich stellte und den Kopf schräg legte.

»Normalerweise wachst du erst am späten Vormittag auf«, sagte Laran. Seine Augen wanderten zu dem V meines Bademantels, wo mein Brandzeichen saß. Die kriechenden blauen Ranken bewegten sich unter meiner Haut, als würden sie seine Anwesenheit spüren und ihn verschlingen wollen.

»Könnt ihr mal aufhören, einander anzustarren, und an die verdammte Tür gehen?«, grunzte Moira. Sie hatte eine Hand wahllos über die Rückenlehne des Sofas geworfen und ihre massiven Flügel waren in einem seltsamen Winkel hinter ihr ausgebreitet.

»Die anderen sind schon dabei«, antwortete Laran.

»Was?«

Laran legte mir eine Hand auf den Rücken und führte mich um die Küche herum zu einem anderen Flur, den ich vorher nicht bemerkt hatte. Eine Treppe senkte sich zu einem einzigen Eingang hinab, wo ich durch das Fenster über der Tür gerade noch einen rothäutigen Glatzkopf ausmachen konnte. Die anderen drei Reiter drängten sich um die Tür, als Julian an der Klinke zog, um zu antworten.

»Eugene?«

Mein Rubrum-Freund schaute mit einem gequälten Lächeln zu mir auf. Er fühlte sich unbehaglich. Wie immer waren die Jungs Arschlöcher und wollten ihn nicht in ihrer Nähe haben, weil er einen Schwanz hatte. Ich rollte mit den Augen, als ich die Treppe hinunterging und mich zwischen ihnen hindurchschlängelte, wobei ich *versehentlich* mit jedem von ihnen zusammenstieß. Ich spürte die Blicke auf meinem Rücken, als ich nach vorn trat und zu Eugene aufblickte.

»Hi Ruby«, murmelte er, während er lila errötete. »Du

siehst ... gut aus.« Seine Augen ruhten absichtlich auf meinem Gesicht, obwohl wir beide wussten, dass er sich nicht für die weiblichen Stellen unter dem Bademantel interessierte. Es wäre vielleicht eine bessere Idee gewesen, sich vorher Unterwäsche zu besorgen.

»Danke, du auch«, sagte ich etwas unbeholfen.

Versteht mich nicht falsch. Es war schön, zu sehen, dass er es lebendig überstanden hatte, aber ich war mir nicht sicher, warum er vor meiner Tür aufgetaucht war, wo er doch wusste, wie es den Reitern dabei zumute war. Ich konnte auch nicht einschätzen, wie viel von unserer ›Freundschaft‹ echt war und inwieweit er Donnach in die Hände gespielt hatte. Wusste er, wozu sein Geliebter fähig war? War ihm bewusst, wie wir ausgetrickst worden waren? Vielleicht war auch das eine List.

Plötzlich fühlte ich mich nicht mehr ganz so einladend. Die gleiche Paranoia, die Moira zerfressen hatte, begann auch mich zu umhüllen.

»Gibt es einen Grund, warum du hier bist?«, fragte Laran hinter mir, sein dicker Arm schlang sich um meine Taille, und ich wusste, dass er ihn über meinen Kopf hinweg anfunkelte. Eugene schluckte schwer und streckte mir die Schachtel entgegen, die er in der Hand hielt.

»Donnach wollte sich bedanken.« Er senkte den Blick und Laran nahm die Kiste an sich, während ich damit beschäftigt war, Bandit zu halten.

»Für den Deal, zu dem er mich emotional manipuliert hat?«, fragte ich trocken.

»Ich weiß nicht, was ich sagen soll.« Ich auch nicht. »Er hat eine Waffe erschaffen, die dir helfen soll ... in der Hölle. Sie wird nur für dich funktionieren.«

Das erregte meine Aufmerksamkeit.

»Wir übernehmen ab hier«, sagte Allistair kalt und

schmiegte sich an meine andere Seite. Ich würde eher an einer Testosteronvergiftung sterben, als dass mich noch einmal jemand abstechen würde. Das war verdammt sicher.

»Natürlich.« Eugene drehte sich um und wich zurück. Natürlich hatte ich Mitleid mit ihm. Widerwillig trat ich einen Schritt vor.

»Warte ...« Ich stand da und hielt ihm unbeholfen die Hand hin. Ich war nicht der Umarmungstyp, aber nachdem ich seine Seele gerettet und er fünf Tage lang zu mir gehalten hatte, ob als Spitzel oder nicht, hatte ich das Gefühl, dass das mehr als eine abfällige Bemerkung und einen bösen Blick verdiente. »Danke, Eugene. Für alles.«

Eugene legte seine Hand in meine und schüttelte sie freundlich, wobei er lächelte und die Augenwinkel kräuselte. »Und ich danke dir, Ruby. Wenn du mich jemals brauchst ...«

Und damit war die Geduld der Reiter offenbar zu Ende. Laran zerrte mich hinein und knallte die Tür zu.

»Ihr seid Arschlöcher.«

Aber ich war nicht im Geringsten verärgert darüber.

Allistair zuckte nur mit den Schultern und legte seine langen Finger um meinen Ellbogen, um mich wieder die Treppe hinaufzuführen. Ich schüttelte den Kopf und schmunzelte.

»Was war das?«, fragte Moira am oberen Ende der Treppe. Wir versammelten uns um die Kücheninsel und Allistair reichte mir eine Tasse schwarzen Kaffee, während Laran die Schachtel vor mir abstellte.

»Ich bin mir nicht sicher ...«

Ich nahm einen Schluck Kaffee und klopfte mir auf die Schulter, um Bandit ein Zeichen zu geben, sich zu bewegen, woraufhin er sich wie ein Schal um meine Schultern legte. Ich griff an den Rand der Schachtel und öffnete sie.

»Was ist das?«, fragte Moira und stieß eine Art Quietschen aus.

»Ein Geschenk«, antwortete ich, während sich ein Lächeln auf meinem Gesicht ausbreitete. Donnach hatte mir etwas Besonderes gegeben. Ich fragte mich, ob er mich um Verzeihung bitten wollte, nachdem er mich manipuliert hatte, oder ob es wirklich ein Zeichen des Dankes war.

Ich hoffte, dass ich das nie herausfinden würde.

Es war eine Art Armbrust, aber klein und mit einem Ledergurt versehen, mit dem ich sie am Arm befestigen konnte. Das Gerät selbst war aus einem dunklen Metall, das gelb gesprenkelt war. Leuchtend rote Runen zierten die Armbrust und obenauf lag eine kleine weiße Karte.

Auf neue Anfänge, stand darauf.

Neue Anfänge, in der Tat.

Ich zog sie heraus und die Bestie grinste zum ersten Mal an diesem Tag. Sie mochte glänzende Dinge. Sie mochte Dinge, die wehtun konnten. Das hier erfüllte beide Ansprüche und es zog ihre ganze Aufmerksamkeit auf sich.

»Weißt du überhaupt, wie man eine Armbrust benutzt?«, fragte Moira und zog skeptisch und amüsiert eine Augenbraue hoch. Die Schatten in ihren Augen waren immer noch da, aber nicht mehr so ausgeprägt. Die letzte Nacht hatte sie etwas besänftigt und auf andere Weise gestählt.

Wir wussten, dass es keine leichte Reise werden würde.

»Nein, aber ich werde es herausfinden.« Meine Antwort wurde mit einigem Stöhnen quittiert, als ich anfing, an dem kleinen Gerät herumzufummeln. Eine große Hand legte sich auf meine und ich sah zu Laran auf.

»Wir müssen das überprüfen, bevor du es benutzen kannst«, sagte er mit vollem Ernst. Ein Teil von mir wollte ein Kind sein und fragen, warum, aber die Erwachsene in mir befahl dem Miststück, die Klappe zu halten.

Ja, es war ein cooles Spielzeug. Nein, ich konnte es mir nicht leisten, meine Wachsamkeit aufzugeben, nur weil Donnach nicht direkt versucht hatte, mich zu töten. Er war immer noch für einige unverzeihliche Schweinereien verantwortlich, ob er nun wusste, dass ich es realisiert hatte oder nicht.

Ich gab die Armbrust an Laran ab, damit er und Allistair sie untersuchen konnten.

»Unten ist eine Karte«, sagte Moira. Sie griff in die leere Schachtel und zog einen weißen Umschlag heraus. »Ruby Morningstar, du bist zurückgekehrt. Wir freuen uns, dich kennenzulernen«, las Moira laut vor.

Laran erstarrte neben mir und auch die anderen Reiter starrten gespannt auf den Brief in ihrer Hand. Es hörte sich nicht so an, als stamme er von Donnach.

Hmmm ... »Ist eine Unterschrift dabei?«, fragte ich.

Moira drehte den Zettel um und ihr Gesicht wurde blass. Mit leicht zuckenden Fingern streckte sie die Hand aus und zeigte mir die Karte.

Die Sechs Sünden.

Laran schaute mir über die Schulter und stieß eine Reihe von Flüchen aus. »Verdammt, Julian. Sie wissen Bescheid. Die Sünden wissen Bescheid.« Kaum hatte Laran das gesagt, wurde Julian still und Allistair stieß einen tiefen, halb dramatischen Seufzer aus.

»Wir wussten, dass das kommen würde, Tod. Wir können sie nicht ewig hier verstecken. Es war nur eine Frage der Zeit, bis die Hölle davon erfährt«, sagte Allistair.

»Wovon sprichst du?«, fragte Moira, deren Stimme vor Spannung anschwoll. Sie nahm meine Hand und ich konnte nicht sagen, ob sie merkte, dass die Glaswand gerade gezittert hatte.

»Die Sechs Sünden haben sie gerufen und als Erbin muss sie ihrem Ruf folgen«, antwortete Julian.

Er war darüber in einen resignierten Zustand verfallen, als hätte man einen Schalter umgelegt. Und da wir nicht mehr blutgebunden waren, verbarg er seine Gesichtszüge sorgfältig. Nicht, dass seine Bemühungen mir alles vorenthalten hätten. Seine Emotionen quollen über. Besorgnis. Furcht. Nicht so deutlich, dass ich dachte, ich sei eine tote Frau, aber doch genug, um zu wissen, dass das nicht gut war.

»Nun, das beantwortet wohl meine nächste Frage. Sieht so aus, als wäre unser nächstes Ziel die Hölle«, sagte ich mit grimmiger Miene. Es stimmte also. Es passierte tatsächlich. Ich würde in die Hölle gehen und die Sünden treffen, auch wenn sie Mitglieder des ehemaligen Harems meines Vaters waren. Das würde mich aber nicht davon abhalten, das zu tun, was ich tun musste.

Sicher, ich hatte noch viel zu lernen und nicht viel Zeit. Meine Feinde waren da draußen und wenn Moira und ich recht hatten, waren einige von ihnen näher an uns dran, als uns bewusst war.

Aber ich war am Leben. Ich atmete. Ich hatte meine beiden Vertrauten in Sicherheit und die Stärke meiner vier Gefährten hinter mir. Ich war so gut vorbereitet, wie es für die Erbin der Hölle nur möglich war.

Und dieses Mal spielte ich um alles.

Dieses Mal ... griff ich nach der Krone und niemand, nicht einmal die Sechs Sünden, würde mich aufhalten.

SINUMPA

Sie trat auf den Felsvorsprung, nicht mehr als ein Schatten in der Nacht. Der Wind war abgeflaut und der Himmel hatte sich für eine Weile beruhigt, aber ein Sturm war im Anmarsch. Ein Sturm, dessen Folgen viele Leben lang andauern würde.

Sie starrte das junge Mädchen an, Luzifers Tochter. Ihre Augen waren blau wie seine, aber sie sah aus wie ihre Mutter. Genauso schön wie die Todsünde der Lust. Wenn das Mädchen nur halb so schlau war wie sie und nichts von dem Ego ihres Vaters hatte, könnte sie dieses Spiel tatsächlich gewinnen. *Könnte.*

»Hast du es dir anders überlegt, Sinumpa?«, fragte die Stimme hinter ihr. Ein dunkler Seelie-Mann mit roten Runen auf seiner Haut trat auf den Vorsprung. Sie beobachteten das Mädchen und ihre Wächter aus der Ferne, so wie Sin sie immer beobachtet hatte.

»Nein. Ich werde tun, was getan werden muss«, sagte sie mit einem entschlossenen Flüstern, das über die schlafende Stadt huschte.

»Gehörte es auch dazu, meinen Geliebten zu manipulieren?«, fragte der Mann mit einem Anflug von Bosheit in seinem Ton, aber er wusste, dass er es nicht übertreiben durfte.

»Ihr Geist war zu stark, als dass ich sie direkt zu dir hätte bringen können. Der Rubrum war einfacher. Er war nachgiebiger. Das haben wir doch schon besprochen. Du weißt, warum ich ihn ausgewählt habe. Sag mir nicht, dass dir jetzt ein Herz wächst.« Sie neigte ihr Gesicht zu ihm und hob eine einzelne weiße Augenbraue. Ihre quecksilberfarbenen Augen bohrten sich mit Geheimnissen in seine, die selbst der alte Fae nicht kannte und unmöglich wissen konnte.

»Nein«, lenkte er ein. »Aber du hast fast deine Hand gezeigt. Die Grüne ist dir auf der Spur und sie hat nicht die Ablenkung von vier Liebhabern, die sie von ihrer Suche abhalten.«

»Die Grüne hat nicht genug Informationen. Ruby brauchte ohnehin den Anstoß«, antwortete Sin. Wie ein einsamer Wolf hatte sie sich dreiundzwanzig Jahre lang an dieses Kind herangeschlichen. Sie hatte immer im Schatten gelauert. Immer auf der Hut. Nicht einmal ihr Master wusste, dass sie Lola und das Mädchen schon vor vielen Jahren verfolgt hatte, dass sie schon lange vor Satans Sturz auf der Hut gewesen war.

Ihr Master war zwar selbst mächtig und gerissen, aber Sin hatte ihre Freiheit schon seit vielen Jahren geplant. Sie hatte von den Besten gelernt.

Neben ihr schnaubte der Seelie-Mann. »Du hast sie glauben lassen, ihr Vertrauter sei tot. Sie hätte die Stadt zerstören können, wenn du den Zauber noch stärker gemacht hättest, als ihr lediglich ein Echo des Verlustes eines Vertrauten zu zeigen. Das war einer deiner riskanteren Schachzüge. Ich widerspreche dir nicht, aber es war gefährlich.«

»Sie ist nicht leicht zu brechen. Ich brauchte etwas, um sie zu vereinen und sie zum Handeln anzuspornen. Ohne das wäre deine Schwester immer noch da unten gefangen, muss ich dich daran erinnern?« Sie sah ihn nicht an, aber er schielte zur Seite und schürzte verärgert die Lippen.

»Irgendwann wären sie wegen ihrer Vertrauten gekommen und Morvaen hätte gehandelt. Sie wurde für ihren Ungehorsam bestraft und jetzt habe ich vier Seelie, die bereit sind, die Moral des Mädchens zu bezeugen. So wie ich das sehe, ist das eine Win-win-Situation. Sie wird Verbündete haben, um den Mörder ihres Vaters aus dem Weg zu räumen, und wir bekommen die Chance, nach Hause zurückzukehren.«

Er ballte seine Faust und richtete seine Aufmerksamkeit wieder auf die blauhaarige Frau. Sie hatte die Armbrust an ihrem Arm befestigt. Sie passte perfekt, aber das war keine Überraschung. Er hatte eines ihrer Haare benutzt, um ihr etwas zu fertigen, das nur ihr gehörte. Sie würde nie verfehlen. Ihr würden nie die Pfeile ausgehen. Sie würde sie nie verlieren.

Die Magie, die für ihre Herstellung nötig gewesen war, stellte einen kleinen Preis für das dar, was die junge Königin ihm bringen würde. Es war eine Entschuldigung für das, was er und die weißhaarige Frau ihr angetan hatten. Was sie ihr antun würden, um ihre Ziele zu erreichen.

»Nach Hause zurückkehren ...« Sin hielt inne und lenkte seine Aufmerksamkeit wieder auf sich. »Willst du nach all der Zeit immer noch nach Hause zurückkehren? Die Hölle ist nicht das, wofür du sie einst gehalten hast.«

Der Mann wurde still, während die Nacht um sie herum tobte. Die Luft war abgestanden, aber nicht ganz erdrückend. Er hasste diese Welt und die Einschränkungen, die sie mit sich brachte.

»Alles ist besser als hier, wo ich spüre, wie meine Unsterblichkeit langsam schwindet. Dieses Land mag keine Magie ...« Er schwieg und betrachtete die feinen Falten, die sich auf seinen Händen gebildet hatten. Fünftausend Jahre. So lange lebte er schon auf dieser Erde.

Aber das Alter holte ihn ein. Nach so langer Zeit sollte man meinen, er sei bereit für das, was jetzt kam, aber alles, was der alte Fae sich wünschte, war, nach Hause zurückzukehren. Es war schon viel zu lange her.

»Die Zeit ist gekommen. Die Sünden haben nach ihr gerufen und selbst der Tod weiß, dass er sich ihrer Aufforderung nicht widersetzen kann. Sie wird auf die Probe gestellt und wenn sie überlebt, werden sie sie unterstützen. Es wird nicht mehr lange dauern, Donnach.« Sin legte dem älteren Fae eine Hand auf die Schulter und er tat das Gleiche bei ihr. Es war ein Zeichen des Respekts, eine Verabschiedung, ähnlich wie ein Adieu, aber nicht so zwanglos.

»Sie muss überleben. Das Schicksal der Welten hängt von ihr ab.« Ein Funken seines Alters und seiner Verzweiflung durchdrang seine Stimme. Tausende von Jahren hatte er auf diesen Moment gewartet. Er würde ihn jetzt nicht wegen der Sünden und ihrer Spiele verlieren.

»Mach deine Leute bereit. Ich werde über sie wachen.«

Wie sie es immer getan hatte.

Aber sie freute sich auf den Tag, an dem sie nur noch auf sich selbst achten musste.

Die Freiheit war so nah. Ein falscher Schritt würde alles in Flammen aufgehen lassen.

Das würde sie nicht zulassen. Sie konnte es nicht.

Der Seelie-Mann neigte seinen Kopf zu ihr und Sin

verschwand in der Nacht. In einem Augenblick verschwand ihr weißes Haar und hinterließ nichts als einen blumigen Duft, den sie nicht loswurde, obwohl sie es schon oft versucht hatte.

Donnach drehte sich um und schaute durch eine Glaswand auf die andere Straßenseite, während Ruby und ihre Beschützer den Fae nicht bemerkten, der über sie wachte. Sie war jung und unerfahren, aber sie war auch seine einzige Hoffnung.

Denn in diesem tödlichen Schachspiel wusste jeder, dass die mächtigste Figur auf dem Brett die Königin war.

Fortsetzung folgt ...
Melde dich hier für meinen Newsletter an, um keine Buchvorstellungen mehr zu verpassen!

ÜBER DIE AUTORIN

Kel Carpenter ist eine Meisterin der Worte. Wenn sie nicht gerade liest oder schreibt, reist sie um die Welt, nervt liebevoll ihren Redakteur und verbringt Zeit mit ihrem Mann und ihren Fellbabys. Sie ist immer auf der Suche nach guten Tacos und der besten Pizza. Sie wohnt in Maryland und versucht verzweifelt, den Verkehr zu vermeiden.

www.ingramcontent.com/pod-product-compliance
Lightning Source LLC
Chambersburg PA
CBHW022106310726
48972CB00007B/1902